文治
© wénzhì books

更好的阅读

6 時間後に君は死ぬ

六小时后你会死

［日］高野和明 著
张静乔 译

中国友谊出版公司

图书在版编目（CIP）数据

六小时后你会死 /（日）高野和明著；张静乔译
-- 北京：中国友谊出版公司，2023.12
ISBN 978-7-5057-5730-1

Ⅰ.①六… Ⅱ.①高… ②张… Ⅲ.①短篇小说—小说集—日本—现代 Ⅳ.① I313.45

中国国家版本馆 CIP 数据核字（2023）第 204638 号

著作权合同登记号　图字：01-2023-5302

书名　六小时后你会死
作者　[日] 高野和明
译者　张静乔
出版　中国友谊出版公司
发行　中国友谊出版公司
经销　新华书店
印刷　三河市冀华印务有限公司
规格　880毫米×1230毫米　32开
　　　10.75印张　196千字
版次　2023年12月第1版
印次　2023年12月第1次印刷
书号　ISBN 978-7-5057-5730-1
定价　59.00元
地址　北京市朝阳区西坝河南里17号楼
邮编　100028
电话　（010）64678009

如发现图书质量问题，可联系调换。质量投诉电话：010-82069336

目录

6小时后你会死

1

还有六小时。

原田美绪盯着手表，如此想着。

准确来说，还有六小时十分钟——在那之后，“二”开头的年龄就过去了一半。

为了超越来来往往的行人，美绪渐渐加快了脚步。明明可以从容赴约，却总有种被催促的感觉。

马上就要二十五岁了，四舍五入就是三十岁。

穿行于行人自由通行的十字路口，美绪内心暗忖，自己已经跟涉谷街头不相配了。分明才五月末，身边已尽是身穿无袖衫的年轻人。而这条街道能够让美绪备感兴奋的时间，才过去不到六年。

美绪暂且停下脚步，回望中心街。热闹的街头，仿佛到处都是十多岁的女孩们掉落的时间碎片。在女孩们追寻享受的过程中，珍贵的宝物不知何时已从口袋中滚落。

时间是传送带——穿过十字路口之后，美绪如此想。对于所有人类，传送带皆不会区别对待，一味机械性地向前传输。或许正是因为此处没有不公，世间才能够意外地保持平和。

美绪浅浅一笑，心想，罢了，并放缓了脚步。就算自己长到二十五岁，世界也不会就此毁灭。

就在此时，一个轻柔的声音从背后传来：

“请等一下。”

她转头一看，就见身后站着一个身材瘦高的年轻男人。柔软的刘海下，是对男性而言过于白皙漂亮的肌肤。他应该是大学生吧——美绪猜测。

“我有话对你说。”青年顾虑重重地说道。

“你喜欢比自己年长的女性？”对这种状况早就习以为常的美绪迅速回击，“想要搭讪，干吗不去找年轻女孩？”

“不是的，我是真有话要说。”

新型手法吧——想是这样想，但被人搭讪完全没有感觉不快，从对方诚实的眼瞳中又能感受到某种违和，因此美绪还是问道：“什么事？”

“很重要的事。”

“五分钟讲得完吗？”美绪刻意看了看手表，“我约了朋友六点在摩艾石像[1]前见面。”

“五分钟能讲完，问题是之后……”

“之后？”美绪蹙起眉头。以前，她曾碰到过一个放话说自己能在十分钟之内搞定任何女人的男人，难道眼前的青年想用五分钟就把自己给拿下？“之后又怎样？”

“说不定你需要花六小时左右的时间。”

“然后我们两个就一拍两散了？”总感觉自己一到二十五岁就会被甩，美绪开始生气，“在那之前，我会先把你给甩了。”

“等一下！”青年追了上来。

美绪冷淡地表示：“派出所就在那边。”

“那就边走边说行吗？”青年以意外强硬的口气说道。

“请讲。”

“六小时后你会死。”

本打算将对方的话当耳旁风的美绪花了少许时间才理解了那番话的意思。片刻之后，她停下脚步反问：“你说什么？”

“我说，六小时后你会死。”

一股寒气掠过肩头。不仅是被告知的那番话，甚至眼前的青年都让美绪感到毛骨悚然。她努力稳住情绪，平静地说道：

1　一座外观非常有个性，正、反两面被雕刻成不同表情的石像，位于东京涩谷站南检票口方向，和“忠犬八公像”同为涩谷著名的会合景点。——译者注（后文如无特别标注，均为译者注。）

“我明白了，再见。”

“等等！你不信吗？这是真的！”

“你是预言家还是谁？”

“我偶尔能看到人们的未来。”

“那你能看到马的未来吗？”美绪完全没有放缓脚步，“能靠赛马大赚一笔吗？”

青年对此置若罔闻，以无可奈何的语气说道：“就算赶过去也没用。今晚你注定要一个人，你朋友把约定给忘了。”

“这也在预言里？”

“没错。”

前几秒还在拼命隐藏内心不安的美绪，此刻终于笑开了。即将跟她碰面的朋友是个一丝不苟的人，别说爽约了，就连迟到都没有过。这个人的预言铁定落空。

“你赌多少钱？”美绪边问边穿过银座线的陆桥，走出站台南出口。她眺望着寻找朋友，确信自己胜利在望。就在摩艾石像前，立原好惠正在等人。

“好了，接下来我有约了。”美绪讪讽地行了个礼，朝朋友那边赶去。通过背后的气息能够得知，青年应该没有追上来。

“好惠。”美绪叫了一声，对方便转过了圆乎乎的脸。美绪笑着朝朋友跑去，而好惠却没有微笑，而是半张着嘴看向她。

“怎么了？”美绪问道。

此刻另一名男性现身了，用“等很久了吗？”这种老套的开场白向好惠搭话。

美绪将头发剪得很短的男性和好惠的脸来回比较了一番。

“他是达哉，广川达哉。”好惠终于开口，随后抱歉般地加了一句，“对不起，我忘了跟美绪有约。”

美绪感觉到自己的表情僵住了。

好惠担忧地偷窥着美绪的脸色：“忘记跟你有约，你很受刺激吗？”

美绪摇了摇头，朝自己身后看去，没看到刚才那位青年。

“拜托，今晚就好，把我让给他。”面对合掌恳求的好惠，美绪草草向对方打了个招呼，随即原路返回。

青年站在陆桥下方的暗处。看到折返的美绪，他的表情没有任何变化，仿佛早就预知到了她肯定要回来。

“我有重要的事要对你说。”美绪说道，“五分钟可说不完。”

美绪带着青年走进百货店旁边的咖啡馆。透过玻璃窗就能看到摩艾石像，而好惠和男友已经不见了。美绪心情沉重地转回头，看向餐桌另一头的青年：“你知道我叫什么吗？”

青年缓缓摇头：“没了解到这种程度。”

“原田美绪。”自报家门后，美绪等待着对方的回复。

“我叫……”青年略显踌躇地说道，“江户川圭史。”

“好怪的名字。”

圭史一言不发地轻轻点头。

美绪完全没问对方想喝什么，自作主张地点了两杯冰咖啡，随后小声发问：“关于刚才的话题……”

“嗯。”圭史一副留意周围的模样，压低了声音，“我能看到异象。”

“异象？”

“就是他人的未来。画面会自己浮现出来。刚才看到你时，那个……”

“你看到了我的死亡？”

圭史点点头：“我觉得还是告诉你比较好。”

“你还说过会在六小时后？”

“在异象里，你的手表指向十二点。”

美绪无意识地摸了摸戴着手表的左手腕。

“但为什么一定是今晚？搞不好是明晚十二点呢？”

“在我所看到的景象中，你的发型和着装都跟现在一样。”

美绪低头打量自己的着装。柔和的淡粉色罩衫——这是她决定在二十四岁的今天最后穿一次的衣服。当然，这话她没对任何人说过。

美绪缓缓地将视线转回圭史身上。搞不好他所言都是真的。伴随着胃部仿佛被猛力攥住的恐怖感，确信的感觉初次在美绪心间涌出。

“不必顾虑，尽管说。”美绪压抑着声音中的震颤，“我会怎么死？车祸？病死？还是急性酒精中毒之类的？”

圭史摇摇头，小声说道：“被刀刺死。”

美绪不禁无语。

“抱歉，但我就直说了。遇害地点不清楚，是某个黑暗的角落。我能看到的只有混凝土的墙壁和电灯泡。你被某人刺中，随后倒下，手表刚好指向十二点。”

“刀子刺中了哪里？”

“胸口附近。”

美绪按住胸口，询问道：“我看上去痛苦吗？”声音沮丧得连自己都备感意外。

“这我不知道。我只看到你倒下去。”

“下周待续？”美绪拼命扯出笑意，“怎么搞得跟电视剧似的，见好就收吧。”

圭史以意外的目光看向她。

“我这个人啊，越是遇到危机就越会开玩笑。”

此言一出，圭史的目光终于缓和下来。尽管只有一瞬，美绪还是觉得对方的笑容好可爱。

“现在可不是说笑的时候。”圭史稳当地说道，“你只剩下五小时四十五分钟了。”

美绪慌忙看手表：“那我该怎么办？未来真的不可改变吗？”

“这我也不清楚。”

或许是察觉到了美绪的焦躁，圭史赶紧补充：“但如果我是你……”

“你会怎样？”

“我会去调查想杀自己的人。”

美绪不假思索地盯住圭史的脸。

圭史仿若读懂了她的表情：“你有线索对吧？”

美绪点了点头。

美绪和圭史一同搭上山手线，从涩谷出发朝池袋的方向而去。窗外的景色已迎来日落，天空被彩灯渲染得五颜六色。

在电车驶过新宿之前，美绪一直在反复思考自己所处的奇妙状况。被预言将在六小时后死去，一般来说根本不可能，但眼前这个纤瘦的青年说中了好惠爽约的事，再结合自己目前遇到的麻烦——被人跟踪——去想，不得不承认圭史的预言有一定的可信度。

在美绪不礼貌的目光之下，圭史开口询问：“怎么了？”

“超能力者，听上去就跟两千日元的纸币[1]一样罕见。”担心被周围乘客注意到，美绪压低了声音，“我可以叫你圭史吗？”

“可以。”

“圭史，你是做什么工作的？”

对方摇了摇头：“我是‘浪人’[2]。”

“就职浪人？”

“不是，我想进研究生院……专攻心理学。”

仅念到短大[3]、整个学生时代都在玩乐的美绪多少高看了圭史一眼：“知识分子哦。”

“没这回事。只不过……”说到一半，圭史又闭上了嘴。

“只不过什么？”美绪追问道。

“想要研究自己奇怪的能力而已。”

这也算是心理学的专业吧——美绪表示能够接受。只不过，“超能力”算不算是学问的范畴呢？

“刚才你提到的异象，是不是想看的时候就能看到很多？”

“不，意志力控制不住。每当我看到谁，眼前就会突然出现

1　日本主要流通的纸币有 4 种面值，分别是 1000 日元、2000 日元、5000 日元和 1 万日元，其中 2000 日元为流通数量最少的一种。

2　“浪人”在日语中通常指日本明治时期西南战争后到处流浪、居无定所的穷困武士，到了现代也有“复读生”的意思。

3　“短期大学”的简称，学制为 2 到 3 年，学历等同于中国的大专。

异象。”

“对方死时的情况什么的？”

“不仅限于死亡。我能看见的，全都是非日常性的东西。”

这句话让美绪摸不着头脑，因而反问：“非日常性？”

“也就是说，”圭史略加思索后说道，“所有人都会在生活中无意识地对可能发生的事和不可能发生的事加以区分，我们可以称之为常识。但说到底，这一切都只是假设，有些看似不可能发生的事，有时也会发生。”

“也就是说，”美绪尝试思考了一下，“被男友甩算是可预测范围内的事，但谁也不会想到自己会被杀。”

“嗯，但这也是有可能发生的。我所看到的幻象，都是这种常识之外的事。这些事通常是不可能发生的。”

“既然这样，要是你看到的是我中彩票该多好啊。”美绪愤恨地说。

电车驶出大久保站。美绪眺望着陆桥下端开着车头灯的车辆队列，开始思考。圭史说得没错。自从四个月前美绪发现自己被跟踪，确实感觉很恶心，却完全没想过自己可能被杀。发生这种事的可能性，完全超出了常识范围。

自己真的会死吗，在日期变为二十五岁生日当天的瞬间？

电车到达池袋，美绪的心情越来越沉重。这是她下定决心不再踏足的街道。过去的她没有意识到自己所拥有的年轻和时间都是有限的，还把那些时间都毫无保留地浪费在了这条繁华的街上。

走出西口，走上霓虹灯闪耀的大街，美绪开始思索那时的自己是不是太过焦急了。但她到底为什么而焦急呢？

“人可真多。”将目光投向周围人群的美绪，边确认手表上的时刻边说，“二〇〇一年五月二十四日下午六点四十四分……就在现在的这个瞬间，肯定有人因为某些值得高兴的事而欢喜不已吧。”

圭史看着美绪的样子，仿佛在询问“你想说什么”。

“那些开心的人应该很难想象，这里还有一个被告知将死于六小时之后，并因此闷闷不乐的女人。”

“抱歉。”

“我没有责怪你的意思，”说着，美绪忽然又想到，不知在预知能力者的眼中，周围的人群又是什么样的，“只是这样想想而已。人群中应该也有比现在的我更加不幸并哭泣的人。”

“全员加在一起，就是整个东京。”

“嗯。”美绪坦率地点点头。

“话说，咱们要去哪儿？”

“丰岛警察局。”

“警察局？”圭史似乎吃了一惊，停下了脚步。

“因为有一个跟踪狂啊。”美绪皱着眉头说，“有位刑警跟我谈过这件事。”

“你所说的线索，就是那个跟踪狂？”

“嗯。”

刚到丰岛警察局门前，美绪的手机就响了起来。一看来电显示，正是约她见面的刑警。意想不到的偶然让美绪压抑的心情稍微平复了一些。或许好运气正紧跟着她。

美绪让圭史等在外面，自己进入警察局。

来到生活安全科，三十来岁的年轻刑警沢木瞪圆了双眼。

美绪仰起笑脸说道：“您刚巧打电话给我。”

“你刚巧来附近？”

“正想着跟沢木先生碰个头。”在说出自己的事之前，美绪首先询问了刑警打电话的缘由。

“就想问问你在那之后的情况。”沢木说道。

“我也是为了这件事才来的。还没查清那个跟踪狂的身份吗？”

“很遗憾。”

美绪在二月初察觉到自己被人跟踪，契机是她没收到电话账单，反倒收到了缴费滞后的通知单。在那之后，本该送到她家地址的信件统统从邮箱中消失了；深更半夜还会接到恶作剧电话，从话筒另一头传来的声音经过机械变调，令人毛骨悚然。

最终，在听到电话答录机中“想不想去天国？”的留言之后，美绪冲进了丰岛警察局。她以前就认识生活安全科的沢木。

“两周前通话时，你说过跟踪行为停止了对吧？”

“对。”美绪带着疑惑回答。

“那今晚为什么要来这里？”

美绪思索着要不要把圭史的预言说出来，但总觉得会被嘲笑，就放弃了。很少有男人能理解相信占星术的女人的心思。美绪便直接说出了自己眼中的跟踪狂嫌疑人：“你们调查过沼田吗？”

“没证据的话，警察是不能擅自行动的。”

“没证据……是吗？”

至少拜托刑警守护自己一个晚上的期待就此落空。警察应该不会专门保护被预言给吓得半死的人。只能依赖圭史了——这样想着，美绪突然皱了皱眉。再这样下去，能和自己一起待到午夜十二点的只有圭史了。

很快，美绪又打消了疑虑。假如圭史想要杀她，应该会直接突袭，完全没有必要扯个虚构的预言，再跟自己一起行动。

美绪回到原来的话题：“那么沼田的住址和电话号码呢？”

“这些都有。”

沢木翻开放在桌上的大号记事本，以一句“本来应该保密的”作为开场白，随即说出了沼田的联络方式。美绪将信息写到自己的笔记本上。

“你是不是碰上什么麻烦了？”

“明天是我生日。”

“生日？”沢木露出笑容，“生日快乐。”

“谢谢。如果我能平安活到明天，再跟你详谈。”

沢木似乎把美绪的话当作玩笑，用漫不经心的口气说道：“我该送什么作为生日礼物呢……”

美绪挂心在外面等着的圭史，因而快速告辞。

待原约会俱乐部的小姐告辞离去，刑警沢木离开自己的部门，朝走廊最深处的会议室走去。会议室门口贴了一张纸，上面写着“连续随机杀人事件联合搜查本部”。

进入会议室，沢木来到在入口附近的席位上撰写报告书的搜查员面前。

“有空吗？”

沢木话音刚落，搜查员抬起头来。沢木开始询问两名女性被刀刺杀的随机杀人事件相关细节：“第一个被害者，是在生日当天遭袭的吧？”

“对。”搜查员回答，“不光是第一个，第二个被害人也是如此。就在被害人生日当天的瞬间，‘扑哧’一刀就过去了。”

“第二个被害人也是生日当天遇害？”沢木抬起眉毛，“我听说是无差别的随机杀人事件啊。”

“情况变了。我们也考虑过‘生日’的一致性会不会只是凑巧，现在正同时往两条线去调查。”刑事科的搜查员厌烦地看了看写了一半的报告书，“就算两名被害人从一开始就被盯上了，犯人为什么要选生日当天？”

“犯人该不会是在恋人生日当天被甩的家伙吧？”

“那就太过分了。”搜查员笑了，“异常者也自有一套理论。”

“两名被害人有没有其他共通点？”

“这个嘛……”搜查员留意周围是否有媒体相关人员，压低了声音，“两人遇害前，全都被跟踪狂纠缠。”

“有没有跟踪狂方面的线索？”

“完全没有。还有一点，根据今天的走访，我们掌握了一条奇怪的信息。两名被害人在被杀之前都跟朋友透露过，自己碰到了一个预告了自己死讯的男人。”

“你说什么？”沢木反问，“预言？”

“对，两名被害人都曾被预言自己命中注定要被杀。对此我们也是半信半疑，但相关证言不止一条。”

“预言……”沢木讶异地重复了一遍，继续问道，“搞清那个预言家的身份了吗？”

“还没，正在排查被害人的朋友关系。今晚十点左右大概能得到新情报。”

“如果你知道些什么，能马上告诉我吗？”

“没问题。”搜查员点了点头，随即换上认真的神色追问，“你还真热心，发生了什么吗？”

“没……”沢木含糊地回应了一句，看向墙壁上的挂钟。

晚间七点十五分。

距离原田美绪迎来自己二十五岁的生日，还有四小时四十五分钟。

2

美绪走出警察局，就见圭史站在人行道树下等着自己。

“有什么线索了吗？”

美绪边走边说：“搞到了沼田的住址和电话号码。”

“沼田是谁？”

“以前认识的。”

“你为什么认为他是跟踪狂？”

“总觉得就是他。”满肚子不高兴的美绪对露出一副无法接受的表情的圭史说道，“虽然我没有预知能力，但我有女人的直觉。”

“嗯。”仍旧满脸惊讶的圭史问了个美绪不想回答的问题，“前男友？”

“才不是！”美绪不假思索地拔高声调，才走出五米左右就后悔了。她朝身边一看，就见圭史垂头丧气的模样，似乎为伤害到美绪的感情而懊悔。

“对不起，我不该大声吼你的。”道歉过后，美绪开始思考。根据刑警给她的情报，沼田住在西日暮里，在到达那里之前，还有时间跟圭史慢慢说。

美绪压抑住萦绕在心头的苦涩回忆，开始叙述：“我十八岁来到东京入读短大。”

圭史始终低着头，但应该在听她说话。

“靠着父母给的生活费，我游手好闲地玩了整整两年。之后进入某家小型事务所就职，但工作很无聊，就辞职了。离职之后我就打工。一开始在便利店打零工，在那期间找到了一份很不错的工作……”

她在面向女性的求职杂志上看到了那家约会俱乐部，地点位于池袋。光看广告完全无从得知详细的业务内容，她也考虑过搞不好是某种风俗店，但四千日元的时薪还是很有吸引力的。美绪对自己说着“就去问问”的借口，到访了广告上的地址。那是位于池袋站附近、铁路沿线某栋公寓里的一间房。

“事后想想，我真的运气很好，那里是一家温和的服务性店面。没有女友的寂寞男性会打电话过来，事务所的社长会打听出对方的喜好，分配女生给他们。然后，女生跟对方约会两小时，吃吃饭、买买衣服什么的。”

今天她穿在身上的衣服，也是当时约会的对象买来送她的。但她早把对方的长相忘光了。

来到JR线池袋站，美绪把圭史的车票一同买了，在前往站台的当口，断断续续地说道：

“我在事务所交到的朋友不多，但都很合得来，刚才爽约的好惠就是其中之一。所有女生都跟我一样，想要做些什么却不知到底该做什么。其中也有人为了金钱而越界。”

说着，美绪偷窥了一下圭史的表情。

“或许你会觉得这份工作不正经，但看到那些开心的客人，我们都觉得自己多少帮到了他们。从某种层面来说，这也是很有意义的。”

美绪郑重其事般地说着，圭史则点了点头。

“只不过，客人之中也有很麻烦的人……”

她还记得，初次与沼田见面是在一个炎热的夏日。二十六岁、有些显老的微胖客人擦拭着喷涌而出的汗水，出现在美绪面前。在咖啡馆里喝茶、去附近的购物中心散步的过程中，沼田几乎没怎么说话。约好的两小时很快就过去了。在跟客人告别之后，美绪开始反思自己的应对方式是不是不太好。然而到了翌月，她又接到了沼田的指名见面要求。

同样尴尬的时间重复了一遍。下个月、下下个月也是如此。这个人会不会对自己有什么要求？——美绪开始思索，感觉有些毛骨悚然。

然而过完年，她和沼田的交往就突然中止了——约会俱乐部被警方取缔。虽然美绪不知内情，但店方确实雇用了未成年女高中生。美绪数次被警方叫去调查，也就是在那时认识了刑警沢木。

失业时，美绪二十四岁。在考虑今后该做什么时，她忽然对自己的所作所为感到后悔。就连电视节目中作为壁花[1]出场的女艺人都比自己年轻了。回顾自己来东京的这六年，美绪为自己失去了大把的时间而大受打击。之后就像是某人针对她的消沉发起了追击那般，她开始被人跟踪。

“所以说，叫沼田的那个人很可疑。俱乐部一停业，跟踪狂就出现了。”

“大致是合乎逻辑的。”圭史心领神会地说道。

两人搭乘的电车到达西日暮里站。走下站台后，美绪在意地问道：“我刚才说的，你怎么看？”

1　本义是“桂竹香”，英文 wallflower 又有“局外人”“舞会或聚会等坐在角落无人问津的人”的意思。

“说是女人的直觉，更像是推理。”

“我指的不是这个，”说着，美绪压低了声音，“是说我之前的工作。”

“我觉得无所谓，又没给别人惹麻烦。”

闻言，美绪变得愁眉苦脸。圭史的这番话跟自己内心重复多次的借口完全一致。

检票口附近有一家报亭。他们在报亭买了住宅地图，在图上对照了沢木刑警告诉美绪的地址。距离车站徒步约需要十五分钟。

“接下来你打算怎么做？”圭史问道。

美绪拿出手机，拨通沼田家的号码。紧张地等待了一阵应答之后，结果却是在通话中。美绪挂断电话说：“沼田在家。趁对方疏忽，我们直接上门。”

“啊？”圭史不禁哑口无言，“……然后呢？”

“假如沼田就是跟踪狂，从我家偷走的邮件肯定还在。把邮件找出来然后报警。只要有证据，警察就会帮我。”

“但沼田会允许自己家被搜查吗？”

“所以就要麻烦圭史你了。只要沼田出手制止，你就用手腕……”美绪看了看圭史白皙纤细的手腕，变更了作战方案，“有什么能充当武器的东西吗？”

两人迅速环顾四周，将目光锁定看似商店街的那头，然而那里除了餐饮店还开着，所有店铺都拉下了卷帘门。

“没事，我直接跟沼田对话，圭史不要出声，站着就行——尽可能摆出可怕的表情。”

“好的。”

随后，他们在深入住宅街的道路上走了约二十分钟，迷路了好几次才找到沼田家。他住在一栋位于禁止车辆进入的狭窄胡同的深处、共六户人家居住的二层公寓式住宅内。

美绪感受着加快的心跳，将笔记本上的“一〇二号房”和对应窗口的光亮比对了一番。

沼田在家。

美绪转到公寓入口处，却在此处被现实状况打了个措手不及，停了下来。只见一〇二号房的房门大敞，室内的光线照射到玄关前端的暗处。

房间中走出一名年轻男子。这名挽起袖子的肌肉男并非沼田，他正手提垃圾袋，头缠白毛巾。从对方精神抖擞的感觉来看，很像是一个喜欢祭典活动的青年。

“有事吗？”留意到两人的青年率先开口，他的声音爽快，完全不像是跟踪狂的同伙，“找沼田有事？”

“对。”美绪回答了一声，又在察觉到男子到底在做什么之后表现出愕然，“他在搬家？”

“对啊，我是来帮忙的。”

“房间里的东西都要被处理掉吗？”

“不要的东西会处理掉。”

正在美绪思索该如何是好时，圭史开口询问：“沼田先生在哪里？”

“你们见不到他了，他已经走了。”

“怎么回事？”

“他回岛根的老家了。我正在帮他善后。”

美绪和圭史对望了一眼。

“他什么时候回老家的？”

“就在刚才。他要搭今晚的长途巴士。”

“我们想去送行。”美绪立刻撒了个谎，“巴士几点，从哪儿出发？”

“今晚九点三十分，从新宿西口出发。”

美绪看了眼手表，刚过晚上八点。

“谢谢。”

圭史说出最后的致谢后，两人沿原路返回。

“回老家？”美绪拼命整理思绪，“不是要偷袭我？”

“虽然我不太想怀疑别人，但他可能是为了制造不在场证明？”圭史说道，“他对周围的人说自己要搭乘深夜巴士回老家，其实今晚还留在东京……”

“就是这个！”美绪仰起脸，“租住的房子也退租了，也就是说，那个词叫什么来着？”

“远走高飞？”

“对，这不就是罪犯特有的行为吗？！”

美绪边加快脚步边考虑接下来的对策。只要监视新宿西口的巴士站点，就能确认沼田是否真的上了车；假如本人没出现，那就如圭史所说的，他在制造不在场证明。

就在此刻，圭史忽然停下脚步。

“你怎么了？”美绪转头，却在看到圭史面色的时候倒抽了一口气。他的脸上毫无表情，全部肌肉松弛，宛如能乐面具[1]。

圭史半张的口中漏出轻微的声音：“……异象。”

美绪大吃一惊，死死盯着正在预见未来的圭史。

接下来的十几秒，只见圭史双目失焦。片刻之后，光芒重新回到他那双呆滞的眼瞳里，他眨了眨眼，看向美绪。

美绪战战兢兢地问道：“看到什么了？”

“一个老婆婆。”

“老婆婆？”

“从没见过的老婆婆，但不知为什么，模样很像你。”

圭史的话让美绪想到了什么。她长得很像外婆，而外婆如今因为脚部骨折，正在乡间医院住院治疗。

1　能乐，亦称“能”，特点是面具兼有“悲哀与微笑两种截然相反的表情”。

圭史继续说道："地点像是在医院。"

"你等一下。我外婆现在确实在住院，但没有生命危险。"

"但我真的看到了。像是孩子、孙子之类的人全都围在床前，所有人都很悲伤。"

"那些人中有我吗？"

圭史歪了歪头，一副搜寻记忆的模样："没有。"

美绪从双肩背包中拿出手机，拨打老家的电话。她边祈祷外婆平安无事，边把手机放到耳边，铃声响起两次后，电话接通了。然而在耳边响起的，却是自己回老家时录下的电话留言："你好，我是原田。现在外出……"

不祥的预感越发强烈。在政府部门工作的父亲和全职主妇的母亲此刻都应该在家才对，莫非是外婆发生了什么状况？美绪先给家里留言，要家人打她的手机，随后挂断电话。

"关于你外婆，"圭史说道，"总感觉跟今晚的事有关联。她为什么会住院？"

"两周前被车撞到了，对方肇事逃逸。"

"肇事逃逸，也就是说没抓到犯人？"

"对。"美绪说着，不由得看向圭史，"难道是跟踪狂干的？"

"这就不清楚了。"

但这也太奇怪了，就算是跟踪狂，也不太可能跑去她的老家甲府，还撞了她的外婆。

再次前往西日暮里站的路上，美绪内心疑窦丛生。圭史真的能够预知未来吗？该不会只是胡扯的，而自己是被他瞎折腾？但这又无法解释好惠爽约的事，圭史真的把这件事说准了。

只能选择相信了——美绪重新认定。如果圭史是货真价实的预知能力者，无视他的预言，自己就会小命不保。

来到车站，美绪又在自动售票机前停了下来。她开始考虑立刻回老家的可能性——离开潜伏着试图杀害自己的某人的大都市，回到父母等待她的故乡。

“坐电车的话应该赶得上。”美绪说道，“我的老家在甲府，只要搭上中央本线就不用换乘。”

“然后呢？”

“回到父母身边，确认外婆平安无事，然后迎接二十五岁的生日……”

“对不起，”圭史先致歉，然后说，“我无法赞成。”

“为什么？”

“现在还没搞清你遇袭的地点，搞不好就是甲府的老家。如果真是那样，或许会把你身边的人卷进去。”

美绪瞪大双眼看向圭史：“你是说，被杀的搞不好不止我一个？”

“我是说，会有这种可能性。”

美绪深深地叹了口气。既然不想波及其他人，就只能独自迎来生日了：“变成二十五岁的感觉真的好沉重。”

接下来的行动就此确认。她所能做的只有前去新宿西口，确定沼田是否会出现在长途巴士车站。

买好车票，美绪又问：“那么，圭史，你准备什么时候跟我说再见？”

“再见？”

“跟我在一起的话，搞不好你也会被卷进来。”

“我会一直陪着你，直到你迎来生日。”

美绪颇感意外地注视着圭史的脸，看到对方满脸认真。

“你是打算对我负责？”

圭史却什么都没说。

肯定还有什么事儿——看着圭史痛苦的模样，美绪的直觉如此告诉她。圭史肯定隐瞒了什么，但她不知道究竟是什么。

不到晚上九点，刑事科的搜查员来到丰岛警察局的生活安全科。

一直等在自己办公桌前的沢木立刻发问：“弄清预言家的身份了吗？”

“不，还没有。”搜查员边说边在沢木身旁的位子上坐下，“我们找到了其他线索。”

“什么线索？”

“找到两名被害人的交点了——她们同属一家约会俱乐部。”

看着蹙眉的沢木，负责追查两起随机杀人事件的搜查员继续说道：“两人都隐瞒了实际工作，直到刚才才被查出来。”

“你等一下，那家约会俱乐部难不成是……”沢木报出了他们在新年伊始取缔的那家俱乐部的名字。

“就是这家。”刑事科的搜查员立刻有了反应，“犯人应该是出入俱乐部的顾客，或者是经营俱乐部的人。”

“当时的资料还在。”沢木朝堆积在储物柜上方的纸箱扬了扬下巴。

搜查员却视而不见，继续说道：“只有一点还没搞清楚，就是那个跟踪狂。”

沢木探出身子，催促对方快说。

“可以假设纠缠两名被害人的跟踪狂就是犯人。那家伙知道被害人的住址和电话，所以才会跟踪对方。”

“这是当然。”

“但约会俱乐部的女生们应该不会把自己的个人信息透露给客人，这样一来，进出俱乐部的男人们就会从搜查线上消失。另外，掌握女生们联系方式的经营者已经被捕了。”

略作思考后，沢木低喃道：“确实很奇怪。”

“没错。假设知道被害人住址的人才是犯人，那么剩下的嫌疑人就只有在同一家店工作的女生们了。”

"但怎么可能是女人干的……"

"我也这样想，所以需要借助你的头脑。"

"那个预言家呢？"沢木仰起脸，"那家伙会不会知道些什么？"

"还是绕回这条线来了。"说着，搜查员看了看墙壁上的挂钟，"那就只能等着了。去走访的人大概还有一小时才能回来。"

时间到了晚上九点。

距离原田美绪迎来自己二十五岁的生日，还有三小时。

3

随着家电量贩店[1]那原本将街角染红的霓虹灯灯光消失，周围一带忽然变得寂静下来。

地点是位于新宿西口的长途巴士出发站。美绪和圭史尝试寻找长椅却没找到，只能并排坐在护栏上，让疲累的双脚休息。

美绪祈祷沼田不要出现。但如果那个男人真的是跟踪狂，

1 "量贩"在日语中为"自选自购"之意，家电量贩店即专门售卖家电的大批发超市。

并且想要她的命，至少她能从寻找犯人的苦差事中解放出来。接下来，她就可以找个沼田绝对不会出现的地点，等待那个日期变化的时刻。

想到这里，美绪忽然抬起头，她察觉到一个奇怪的事实：既然有人想要她的命，如何能找出她现在的所在位置？从今天晚上六点后，她的行动甚至超出了自己的预想。

“啊！”她不假思索地叫出了声。

圭史看向美绪，表示“怎么了”。

“是沼田。”美绪说着，同时感觉脊背发凉。

“在哪儿？”圭史凝神注视起来。

从新宿站方向拐过来的路口处，站着一个背着运动背包、模样憨实的男子。对方并没有看向美绪等人所在的出发站，只是呆呆地眺望着尚未有巴士驶入的入口道路。

美绪快速别过脸，用余光看向沼田。“他一直跟在我们后面，带包也是为了远走高飞做准备。”

“不过，”圭史也轻声说道，“那就太奇怪了。沼田家不是有帮忙搬家的人吗？那人说过，直到傍晚沼田都还在家里。”

“会不会是一伙的？”

就在此刻，伴随一声巨响，大型巴士驶入出发站。目光追随巴士的沼田也把脸转到了两人的方向。

美绪试图转移视线，却做不到。沼田似乎发现了美绪，他表情不带分毫变化地缓缓走来。

无意识中，美绪紧紧抱住了圭史的胳膊。

沼田来到两人面前，语调平淡地说：“是‘彩香’吧。我是沼田，还记得吗？”

“嗯。”约会俱乐部时期所使用的假名又被人提起来，美绪不好意思地点了点头。

沼田轮流打量着美绪和圭史，问道：“你们在约会？”

事到如今也不能突然改变姿势，美绪继续抱紧圭史的胳膊：“对。”

“你们很般配。”从沼田的口吻中感受不到任何隔阂。

备感意外的美绪稍稍冷静了一些，开始观察沼田的表情。对方给她的印象完全没变，就跟在约会俱乐部交往时一样。不过现在的沼田一脸清爽，仿佛先前他身上的附体物消失了一般。

“沼田先生怎么在这里？”美绪试探地问道。

“我要回老家去。”沼田朝新宿站的方向看了一眼，又说，“来到东京后没碰上一件好事。所以我要回去了。”

听到此话，美绪在震惊的同时也感同身受。沼田说的都是实话。他既非跟踪狂，也非杀人犯，只是个被都市生活折磨到疲惫不堪、真心打算回归故里的人。

“再见了。”沼田说完，就朝车门开启的巴士走去。

“请等一下。”美绪站起身来，“能告诉我一件事吗？”

“什么事？”

“你去俱乐部的时候，为什么单单指名我？”

停下脚步的沼田困惑地把美绪和圭史来回打量。

觉察到对方顾虑的美绪说道：“没事的，他知道我过去的工作性质。”

“那我就说了。我觉得‘彩香’能了解我没能得到任何回报的痛苦。”

“痛苦？”美绪重复了一遍，仿佛在自我询问。

沼田垂下目光，看向脚下的沥青地面，完全就是个一无是处的人的模样。他似乎想要说些什么，最终却只是抬起头来微笑。这是他第一次对美绪展露笑意。

“约会时间虽然很短，但我很开心。谢谢你。”沼田留下这句话，便上了巴士。

“我得告诉他，”美绪显得有些狼狈，“我得把真名告诉他。”

“为什么？”圭史问道。

“因为沼田先生就连我的真名都不知道……”

“你现在还有更重要的事。”圭史表示，“还要看着巴士开走，确认他真的回老家才行。”

他竟然还在怀疑沼田——美绪不禁吃惊。而她毫无责怪圭史的意思。她之所以解除了对沼田的怀疑，纯粹是出自极其个人的感伤罢了。

五分钟后，晚上九点三十分，长途巴士准点从新宿出发。

回归故乡的沼田，直到最后都不知道美绪的真名。

美绪陷入沉默。在巴士站附近的通宵咖啡馆坐下后，她呆呆地看着手表。

“还有时间，”圭史鼓励般地说着，“想想下一步该怎么办吧。”

美绪依旧默不作声。见过沼田之后，她才发觉自己一直戴着面具——在进入俱乐部工作之前，从在东京生活起，她不就已经自称“彩香”了吗？

刺耳的铃声将美绪拉回现实。她看了看手机上的来电显示，是从甲府老家打来的。

美绪慌忙接通电话，气喘吁吁地向电话那头的母亲问道：“你们去哪儿了？外婆没事吧？”

“就是为了外婆的事。”母亲的声音不知为何听上去有些激动，“我和你爸刚从警察局回来。”

“警察局？出什么事了？”

“肇事逃逸的人抓到了。”

“是邻镇的公司职员，工作太着急了才撞了你外婆。”

这样一来，线索全都断了，撞外婆的人与跟踪狂毫无关联。

“外婆没事吧？”

“嗯。以老年人的体质来说，外婆骨头愈合的速度还算很快的，医生都很吃惊呢。”母亲含笑说着，又向女儿询问道，“美绪下次什么时候回家？外婆想要见你呢。”

美绪拼命在涌上心头的悲伤中寻找字句。假如她真在今晚十二点被杀，这就是跟母亲最后一次通话了。

“妈妈，”美绪发出精神抖擞的声音，“你别担心。我会想办法的，一到二十五岁就回去。”

“明天就是你生日了。虽然早了一天，还是祝你生日快乐。”

“谢谢，再联系。”

“嗯。”母亲挂断了电话。

美绪盯着挂断的电话短暂地看了一阵子。听到母亲的声音，她内心溢出了乡愁。

甲府的街道，就像是只截取了涩谷的一个区域。狭窄小巷的每一个角落，都充满了美绪幼年和青春期的回忆。而在进入高中、决定将来出路时，她满心都想着离开那里，离开小小的故乡，前去东京。美绪是有梦想的，虽然还没决定好要做什么，但只要去东京，快乐就会像路边的小石子一样随处可见。

吐出一口伴随着疲劳的叹息，美绪说道：“怎么会变成这样？”

“这种时候，只要考虑顺利的事就好。”坐在餐桌另一头的圭史明快地表示，“如果能平安度过今晚，你打算做什么？”

“我还没想那么远。”

“就想想嘛。”

“住在一个小小的家里。”美绪突然说道，从儿时起就隐隐描绘出的梦想脱口而出，“一个小小的家，很多的家人。然后，笑着和大家一起生活。这个怎么样？”

“很不错。”圭史好像也变得很开心，“你相当visionary哦。”

“什么，‘变成美女’？”

“嗯，visionary。在英语中，会这样形容有梦想的人。”

Visionary和“变成美女”[1]。想起这种无聊的谐音梗，美绪觉得有点好笑，心情也略感恢复。“Visionary和异象之间有关联吗？”[2]

“是派生词。”

“那圭史也算是visionary了，谁让你能看到异象呢。”

被美绪这样一说，圭史忽然又闭紧了嘴。他又露出了两人从相会到现在偶尔会表露出来的痛苦表情。

在探索隐藏在他表情之下的某些东西时，美绪似乎明白了圭史的烦恼所在。违背他本人的意志所看到的那些幻象，对于他人而言全都是噩梦。在预知多数人的不幸的同时，圭史还束手无策。

1　英语 visionary 是“愿景家”“有远见的人”的意思，和日语“变成美女”（美女なり，Bijonari）发音相近。

2　“异象”的英文单词是 vision，原文使用了英文单词的片假名发音写法。

美绪想起自己所处的状况，又看了看手表。

时间已经指向晚上十点。

距离日期变化，还有两个小时。

“搞清预言家的身份了。”

刑警沢木接到这通内线电话并前往联合搜查本部时，时间是晚上十点十分。

走出会议室的搜查员向他提供了情报：“做出被害人将被杀害的预言的，是一名叫山叶圭史的无业男性，他是第一名被害人的男友。”

“男友？”沢木反问，“被害人的？”

“没错。”

“预言第二起事件的也是同一个人？”

“对。他自称江户川圭史，应该是假名。可以看作是同一个人。”说到这里，负责追踪两起随机杀人事件的搜查员吐出一口气，“还差一点。”

“还差一点？”沢木反问，并用手指敲击自己的额头，“疏忽了，那个预言家应该就是犯人。”

“我们现在才意识到，”搜查员满脸无奈，“能够预知被害人将被杀的，只能是犯人或者共犯。”

“接下来会怎样？”

“情况绝对不乐观。现场没有发现能够断定山叶圭史犯罪的证据，短时间内我们只能继续暗中调查了。”

“没有证据是吗……”陷入思索的沢木以半开玩笑的口吻说道，“如果我能找到相关证据，是不是就能升职到本厅？”

“原来你的目的是这个啊。”搜查员笑了，“一直刨根问底，我还觉得很奇怪。”

“就算去不了本厅，至少也能离开生活安全科。”沢木表示。

重返新宿站后，美绪打电话给好惠。既然沼田不是跟踪狂，那么通过约会俱乐部认识的全体男性都是嫌犯。

“可能会是跟踪狂的客人？”电话那头的好惠想了想才说，“达哉吧。”

耳熟的名字让美绪不由得探出了身体：“他是谁？”

“我男友啊。”

美绪这才回想起来，正是下午六点时出现在摩艾石像前的男人：“别开玩笑了。”

“对不起，”好惠笑出了声，仍用自满的语气说着，“但我跟达哉真是在那家店认识的。”

“没其他人了？”

“怎么可能有？客人们都不可能是跟踪狂的。”

“为什么？”

“你会叽叽喳喳地把自己的住址和真名告诉客人吗？”

美绪不禁哑口无言。好惠说得没错。

“而且，社长也提醒我们了吧。”

美绪想起被警察逮捕的约会俱乐部的经营者。挂着一张阴郁脸的社长，却会亲切地提醒女生们回家路上注意不要被人尾随。

至此，美绪终于弄清了试图杀害自己的男人的身份——无差别杀人犯。

是跟自己的生活毫无关联的男人，是会迎面扑上来的随机杀人犯。

美绪领悟到这一切都是命运。现在跟圭史一起行动是早就注定的命运，两小时后遭遇随机杀人犯也是剧本上写好的。

电话那头的好惠不停向不出声的美绪发问：“喂喂？怎么了？”

“我说，你有没有带防身用品？催泪喷雾、电击枪之类的。”

“那种东西，当然不会随身带啊。”但好惠又说自己有个喜欢军事的宅男闺密，“去他家的话应该能借给你。”

和圭史一起走下五反田的站台时，刚过晚上十点四十分。两人又步行了十分钟左右，来到好惠男闺密居住的公寓。

距离生日，还有一小时十分钟。

“事已至此，也只能自己保护自己了。”美绪抬头打量眼前的六层公寓，“圭史，你在这里等我。”

“为什么？”

“你在这里观察，看是否有人尾随我。如果没人跟来，那么十二点出现的人肯定就是无差别随机杀人狂。”

“好。”

美绪步入公寓，朝好惠口中的“军事宅男闺密”的房间走去。电梯升到五楼，走到走廊最深处，房门上贴着“武藤”的名牌。按下门铃后，一个头发打理得相当整齐，一看就像是军迷的男性探出头来。

“好惠跟我说了。”武藤表示，“请进。”

“不能就在这里拿吗？”美绪想隐藏自己的恐惧，但仍被对方察觉。

“我不会对非战斗人员动手的。”军事宅男面露不满，转头钻回房间。再次探头时，他抱着各种各样的东西。

“防身喷雾、电击枪、头盔和防弹背心，你想要哪个？”

美绪统统都想要，但全部拿走显然不可能。“有刀吗？”

“有是有，但不能借你。”

“为什么？”

“你会因违反《枪刀法》而被捕的。”

美绪不情愿地点点头，选了防弹背心。

武藤询问道：“敌人会带枪来？”

“是刀。”

“那防弹背心就没用了。”

“为什么？”

“防弹背心能挡住手枪的子弹，却防不住刀子的攻击。”

“防不住？”美绪哑口无言，随即又问，“那被刀子袭击时该怎么办？”

在对方给出回答前，美绪的手机响了起来。手机就快没电了，美绪看了一眼来电显示便慌忙接通。

“我是沢木。能问个奇怪的问题吗？”刑警直接发问，“现在你身边是不是有个自称预言家的男人？”

美绪大吃一惊：“你怎么知道？”

“还真有啊！”沢木发出满足般的声音，随即说出在被害人生日当天发生的两起随机杀人事件，以及预知此事的男人，“联合搜查本部已将江户川圭史——本名山叶圭史的男人列为嫌犯。”

美绪说不出话来。挑选年轻女性生日当天将其杀害的猎奇杀人者。在听刑警解释事件详情的途中，她感觉自己了解了圭史的目的。只要一直待在自己身边，只要日期一变，她不就会在生日到来的瞬间遭袭吗？

想到跟踪自己的那个人搞不好也是圭史，美绪不禁脊背发凉。如果不光是自己，连朋友也被盯上了呢？只要调查好惠的行程，不就能预知她会爽约？

美绪张开嘴，却发不出声音。她快速丢下一句“让我想想”，就单方面地挂断了电话。

盯着美绪看的武藤满脸担忧：“我这里还有能当提神醒脑药用的白兰地。”

电话铃声再度响起，还是沢木打过来的。

美绪愕然地凝视着来电显示。她犹豫地接通电话，那头的沢木说道：“有件事想拜托你……”

晚上十一点十分，美绪走出武藤所住的公寓，抱着一个装满借来的物品的沉重纸袋。

透过街灯的光线，她看见圭史站在自行车停放点的一侧。

“花了不少时间啊。”圭史走了过来，“我一直在看着，没人来过。”

美绪点点头，朝五反田站的方向走去，随后才向圭史问道：“我说，你是不是有事瞒着我？”

圭史惊讶地看向她。

“‘江户川圭史’是你的真名？”

在美绪的注视下，圭史嘟囔了一声“女人的直觉啊”，随即垂下头：“真名其实是山叶圭史，对不起，我说谎了。”

“为什么要用‘江户川’？”

“美国有个叫埃德加·凯西[1]的预言家，我模仿了他的名字。”

“把‘埃德加’模仿成‘江户川’，是从江户川乱步[2]以来就有的传统。”美绪努力表现出开朗的模样，“但为什么要用假名？”

“如果我预告杀人事件，肯定会被当作怪人。”

“难道你之前也做过这种预言？”

圭史陷入沉默。

“当时你也跟被害人在一起？”

美绪等待对方的回话，而自称预言家的男人只是无力地摇了摇头。

生日迫在眉睫。在通向车站的大路上，美绪拦下一辆出租车。圭史虽略显讶异，却仍在美绪的催促下上了车。

二十分钟后的晚上十一点四十五分，出租车到达位于乃木坂的办公大楼街，四周早已不见行人，下车后的美绪和圭史站在一座建造中的大楼面前。

---

1 埃德加·凯西（Edgar Cayce，1877—1945），美国“睡眠预言家”，主要能力是在催眠状态下给出解决病痛的建议。凯西解读和预言的数量也非常多。

2 江户川乱步（1894—1965），本名平井太郎，日本最负盛名的推理作家、评论家，被誉为日本“侦探推理小说之父”。后文的“江户川乱步奖”就是以其名字命名的。

“要进去吗?”圭史抬头看了看被钢管和脚手架包围的建筑物，如此问道。

“没错。我要在这里迎接二十五岁的生日。”美绪说完，将空空如也的纸袋丢开。

两人钻进建造中的大楼和隔壁大楼之间的空隙，找到工作人员使用的入口。

脚穿高跟凉鞋的美绪仔细留意着脚边，进入黑暗的工地现场。找到台阶后，她和圭史一起走向三楼。

“就这里吧。”

找到堆满耐热板材的小房间，扭开悬挂在入口一侧的照明灯具的开关，塑料的格子间正中，一颗灯泡亮起。此刻距离美绪的生日还有不到十分钟。她和圭史并肩坐下，等待迎来二十五岁的瞬间。

“我有件事要告诉你，”圭史耐不住沉默般地开口，“一个月前，我的女友死了。”

美绪倒抽一口气，看向圭史的侧脸。他的双目失焦，正如看到异象时那般。

“虽然我事先就知道，可我还是无能为力。后来在她的葬礼上，我在人群中发现了另一个人——命中注定要死去的人。她是我女友的朋友，我跟她说了看到的异象，她却不信。然后，她也死了。”圭史双手抱头，“异象变成了现实，它真的会实现。”

“没这回事。未来会按照自己的意志而发生改变。”美绪试图说服他，同时转动眼珠看向手表。

晚上十一点五十六分。

在逐渐加剧的不安中，美绪从包中取出手机，拨通“117”后，报时的声音响起：

“现在时间：晚上十一点五十五分三十秒。”

美绪将维持报时状态的手机放在地上。在这间约八叠[1]的小房间内，生日倒计时响起。

再度看向手表，美绪当即被吓了一跳。手表的指针比报时快了一分钟。如此说来，自己被刀子刺中的正确时间，应该是晚上十一点五十九分。

“然后，”圭史继续说着，“我找到了你。”

“咦？”美绪看向圭史，“怎么找到的？”

“我的女友和第二个遇害的女孩都曾在同一家约会俱乐部工作。于是我就把在那里工作过的女孩一个个找出来。从熟人开始，再找熟人的熟人。如此，终于找到了命中注定会死的人。”

“而那个人就是我。”

“没错。”圭史低喃般地说着，又将纤细的指尖朝自己的脚踝处伸去。裤脚的内侧可以看见插入刀子的刀鞘。

1　1叠约为1.65平方米，此处约为13.2平方米。

手机在此传来报时的声响：

“现在时间：晚上十一点五十六分十秒。”

圭史拔出隐藏至今的刀，说了一声“快到了”。

“你的生日就快到了。”

美绪把紧迫的视线从预言家身上转向门口。圭史也察觉到了其他人的气息而转头。等待已久的人影终于现身。

“不许动。”沢木刑警尖锐地说道。

紧握刀子的圭史吓了一跳，摆好应战的姿势。

“丢掉武器，双手靠墙！”持枪的沢木叫道。

圭史将目光投向美绪。

“我们做了一场诱饵搜查，”美绪说，“把自称预言家的人带来了这里。”

“现在时间：晚上十一点五十七分十秒。”

圭史以呆滞的目光看向美绪。枪声也在此刻突如其来般地响起。

“给我老实点！”朝天井射出威吓子弹的沢木再度将枪口转向圭史，“不照做就开枪了！”

停下动作的圭史忽然转向沢木，挥舞刀子试图袭警。下一秒，瞄准圭史的枪口喷出火花。胸口中枪的冲击令圭史身体翻转，往后方倒下。他的双腿痉挛了一阵，最终静止不动。

“现在时间：晚上十一点五十七分三十秒。”

“太危险了,”心不在焉地听着报时的美绪说道,“谢谢。”

“不客气。”沢木笑着表示,“这样你就能迎来生日了。”

美绪僵硬的脸上勉强挤出一丝笑容。

沢木瞥了一眼倒在地上的圭史,将手枪收回上衣下方的枪套中,又从另一侧的内袋拿出折叠刀。

美绪收回笑容,视线被刀具吸引过去。随即,她用嘶哑的声音问道:“这是什么?”

“看一眼不就知道了,是刀啊。”

“现在时间:晚上十一点五十八分十秒。”

“你为什么带着这个?”

“这是我送你的生日礼物啊。”沢木露出扭曲的笑意,“二十五岁的生日礼物。”

“现在时间:晚上十一点五十八分二十秒。”

美绪开始缓缓后退。沢木像是配合她的脚步一般从正面迫近。从对方的瞳孔中,美绪仿佛能感受到沢木正在做出舔舌头的动作。

“年轻女性的生日总带给我不好的回忆。”沢木小声说,“谁让那个女人跟别的男人过了生日。”

美绪被逼到房间的一角,退无可退。

“现在时间:晚上十一点五十八分五十秒。”

“我这么做是为了驱除厄运。”沢木把刀架在腰上,“俱乐部都被取缔了，你就能做我一个人的女人了，为什么还要践踏我的好意？为什么不听我的？”

沢木对话的对象并非美绪。他那对呆滞的眼瞳，正看着那个拒绝他并伤害他的女性。不把对方杀掉就得不到满足的异常欲望已临近爆发边缘，刀子尖端开始抖个不停。

为了争取时间，美绪大叫：“我的生日还没到！”

“现在时间：晚上十一点五十九分。”

美绪试图从沢木身侧钻过去逃走，但沢木捅出的刀子精准命中了她的胸口。刀尖刺穿衬衣，扎进更深处。

美绪“呜”地低声呻吟着，当场蹲下。

沢木在美绪身边弯下腰，抬起她的下颌，试图割开她的脖子。随后，他忽然停下了动作，发出苦闷的叫喊，缓缓地朝着后方倒下。

美绪抬起头，看见圭史手持沾满鲜血的刀子站起身来。

“你没事吧？”他问道。

“没事。”美绪捂着胸口，脸色苍白地站起来，“你呢？”

“嗯，我没事。虽然受到了不小的冲击。”

武藤借给她的防弹背心和防刃背心起到了作用。

“我没想到袭击会提前一分钟。”圭史低头看向按着后背、呻吟不止的沢木，“但你怎么知道刑警就是犯人的？”

“我突然想到，能掌握约会俱乐部全体女生个人信息的人，只有负责调查的刑警了。今天打电话找我的人也是他，他是打算晚上把我喊出来吧。”美绪把目光投向圭史，“但在得知预言家的存在后，他改变了计划——想让圭史顶罪，然后把我杀了。”

沢木策划的诱饵搜查，最终把他自己逼上了绝路。

“所以我立刻明白了。谁让他指定的地点偏偏符合圭史在异象中所看到的呢。会在十二点把我叫到指定地点的人，不就是犯人吗？”

圭史点点头，把手中的刀子丢在地上，又用哀伤的口吻低喃：“这样一来，我也算是给她报仇了。”

“现在时间：午夜零点整。”

在手机传出的报时声里，美绪和圭史对望着。读秒的声音响起了四次，正式宣告了日期的更改。

“生日快乐。”圭史绽开笑容说道。

“真没想到进入二十五岁能让我这么开心。”

说着，美绪当场蹲下，哭泣了片刻。

4

背部受重伤的嫌犯沢木被到达现场的救护人员送到了附近

的医院。

美绪和圭史则被刑警们带往辖区警署，遭遇一堆提问攻击。预言这种事，哪怕说了恐怕也没人会信，因此两人把除此之外的事和盘托出。女友被杀的圭史，则说自己是出于个人原因而追查真相，把来龙去脉全都说了一遍之后，刑警同意结束当天的侦讯后就释放两人。

美绪和圭史走出警署时，已是天亮，东边的天空被染成赤红色。美绪二十五岁的生日，迎来了一个晴朗的清晨。

“圭史，”两人肩并肩地走着，美绪问道，“接下来你打算做什么？”

“什么意思？”

美绪尽可能表现得若无其事：“你没想过跟我交往吗？”

圭史停下脚步。美绪等待着他的回答。

“你打算叫出租车吗？”过了片刻，圭史才如此询问，“我打算等第一班地铁。”

“这算是你的回答吗？”

“嗯。”圭史抱歉般地应声道。

“我明白了。”美绪干脆利落地说着，并露出微笑。她认为，这就是自己的风格。

“那你打算做什么？”

“还不知道。但我现在明白了，只要努力，就能改变未来。”

“没错。”圭史颔首。

“谢谢你跟我一起迎来生日，我很开心。”

“我也是。”

“再见。”

“嗯。”

美绪握了握圭史伸过来的手，独自迈出脚步。

圭史在原地伫立了片刻，目送美绪的背影远去。

没过多久，就在她的身影彻底看不见时，异象又出现在了圭史的脑子里。那是前一晚曾经见过的老妇人躺在病房内的光景。

那位站在床边看上去像是其丈夫的人，并不是自己。

确认过这点后，圭史将意识转移到异象的中心。

那位看上去即将咽气的老妇人，悲伤的家人们围绕在她身边。儿子媳妇、女儿女婿都在，五个年龄各异的孙辈也全都在。

这位老妇人应该有一个小小的家，以及很多家人吧——圭史如此想。正如她从小所描绘的梦想那般。

圭史仰起脸，在心中对二十五岁的美绪说道：

“六十年后你会死。”

在此之前，你的人生肯定很幸福。

时间魔法师

1

时间无情地流逝。

此刻为下午四点十分，距离截止时间还有不到一小时。

朝冈未来从打字机的液晶屏幕前抬起头，将充血的双眼投向天花板。创作中的原稿，还剩几张便能完稿，只需让身为侦探的主妇利落地解决事件就好。

好了——未来紧皱眉头，绞尽脑汁——两小时电视剧的高潮部分，即揭露真凶的场面又该怎么处理?

然而，无论如何都想不出好点子，她总觉得脑子就像一块用旧了的橡皮，都被磨损殆尽了。毕竟已经跟打字机对峙了二十多个小时。

未来站起身，穿过六叠大的工作间兼卧室、客厅的房间，来到玄关一侧的操作台。她花掉了宝贵剩余时间中的五分钟，给自己冲了杯速溶咖啡。

在等待热水煮沸的过程中，她保持注意力集中，让思考暂且休憩。之所以拥有这种本领，也是她长期从事这项工作的缘故。

情节作家，这是未来的职业。

这个职业之所以不常见，是因为单凭这一份工作不足以维持生活。在电视剧企划成立之初会制作“企划书”，而将其中的概括部分写出来，就是情节作家的工作。通常来说，预定下来的剧本家会亲自撰写企划书，但在企划先行，或者剧本家本人是了不得的大人物的情况下，就该轮到情节作家出场了。情节作家会跟制作公司的制片人和导演商讨，决定对话内容，随后整理出十五至五十张稿纸。然而每次商讨都会被要求修改内容，实际的执笔数量会达到前述稿纸量的三倍左右。

在此之后的问题还在于，电视剧企划这种无法实现的实例非常多。根据未来的经验，二十本中能够通过的大概只有一本。这样一来，绝大部分拼命写出来的原稿都变成了拿不到报酬的工作。

几乎没有人能够单凭创作情节的工作填饱肚子。稿费从三万日元到五万日元不等，有些制作公司甚至一毛不拔。而未来之所以还在写，完全是因为情节作家是成为剧本家的捷径。一旦自己写的原稿入了制片人或导演的法眼，就有可能被任命担纲写剧本。

未来端着咖啡杯，边驱逐焦躁感边回到打字机跟前。

既然想不到好点子，她决定还是依赖传统手法：主妇侦探将事件关联者聚集到一起，指出其中的犯人，愚蠢的中年刑警闻言大吃一惊。主人公的推理和回想场景一起推进，事件得以圆满解决。最后，杀害了父亲的可怜少女流着泪向主人公致谢，全剧终。

一鼓作气地敲击打字机，在打下“全剧终”三个字时，距离截止时间尚有七分钟。结束滚动屏幕、推敲文字之后，距离提交时限还有两分钟。快没时间了，打印原稿和传真送稿必须同时进行。

按下制作公司的传真号码时，时间正指向截止的下午五点。未来松了口气，这次走钢丝般的行为也很顺利。

原稿发送完毕，未来顿时感到头部发麻。她强忍着想要倒在床上的冲动，走进浴室。她脱掉汗津津的家居服，拧开淋浴栓。

镜子映照着她那张缺乏生气的土色的脸庞。低头打量自己的身体，明明很瘦，却总感觉皮肉分外松弛。谁让我用了不健康的瘦身方法呢——未来如此想。这段时间以来，她一直都过着连饭都没好好吃的生活。

用温水冲走疲惫，想要顺便洗个头的未来伸手拿起洗发水，却发现所剩无几，无法顺利地从瓶里倒出来。

明天得花三百八十日元去买洗发水。这样一想，她的心情再次变得沉重。

写完原稿的充实感消失了。

这个月的生活费应该没问题吧，未来边洗头边一心考虑这件事。

翌日，未来前去提交原稿的制作公司叫作Vega Production。这家制作公司位于麹町某栋办公楼，是未来所有合作方中最大，同时也是关系最为亲密的。

梅雨季还没到来，这天却热到破纪录。办公室里开着空调，所有人似乎都出去拍外景了，排列着约三十张办公桌的楼层显得很冷清。

“早上好。”

听到门口传来的声音，坐在内侧办公桌前的制片人宫川阳子站起身来。她用太阳镜代替发箍，年龄比未来大上两岁，今年三十一岁。阳子看了眼手表，露出微笑：“你还是老样子，非常准时。”

“您昨天看过了吗？”

“嗯，看过了。我们里面谈。”阳子将未来带到隔板另一头的会客角。

两人面对面地在沙发上落座，叹息中夹带着笑意。通过工作成为朋友的两人，不知为何就连打招呼都要叹气。

“昨天干得好。”阳子边点烟边说，“总之，先等电视台那边的反应吧，结果这个月内应该能出来。”

未来安下心来。就算是朋友，阳子在工作方面也决不妥协。暂且算是得到合格的评价了。

“今天特意把你叫出来，是为了另一件事。”

“另一件事？”未来探出身子，“难道说，是那个企划案？”

阳子“嗯”了一声，点了点头。

那是三个月前写的两小时电视剧的原创故事，讲述了一名小女孩目击杀人事件的故事。女主人公发现自己的记忆和现实之间有分歧，不禁怀疑自己会不会把无辜的人指认成了犯人。这是一部记忆被渲染、描写人类深层心理的黑暗的作品。

“是不是有什么动作了？”未来的声音都拔高了。她对这个故事很看好，总觉得自己说不定能靠它当上剧本家。相关采访她也做得很到位，买了很多书，听了心理学家的演讲，花了超出情节作家所能挣到的钱，才写出了这个让自己感到满意的故事。

“关于这个，”阳子压低声音说道，“电视台那边的制片人表示‘实在太有意思了’。”

“真的？”未来绽开笑容，又很快沉下了脸，因为阳子并没笑，“然后呢？”

“然后对方表示，‘就是因为太有意思了，所以才要销毁’。”

“到底怎么回事？”

“就是这么回事。不管哪家电视台的两小时电视剧，制作节目的指南都已经做好了。首先就是能获得收视率的演员，杀人事件有两起以上，女主角解决完毕就剧终了。这跟你昨天写出来的企划书模式是一样的。”

“这点我知道……稍微偏离一点指南不是更有意思吗？”

“电视台那边不会这样想。只有按照既定事项去做，才能提升收视率，他们不会冒险的。”

未来气呼呼地鼓起面颊，阳子也模仿起她的动作。她们不约而同地露出无力的笑容，但未来的沮丧感丝毫没有消失。

“既然K台不行，我就拿去OSC。”阳子说出关西地方台的简称，“那家会在全国网络上每年播放两部两小时电视剧。”

“就放两部？”

“可能性虽然很低，总比放弃好吧。有消息我会立刻通知你的，你再等一等。”

“好的。”未来垂下头去。这部原创企划和未来的梦想、生活息息相关。换言之，就是也许可以借此成为剧本家，并因此赚取超过百万日元的稿费。可是此刻，未来被拖回到了现实之中。

“那么，昨天交稿的情节稿费……”未来以沉重的口吻切入主题。

“嗯，下个月底之前汇给你，你再等等。”

“这个月汇不了吗？”未来硬扯出一个笑容说道。这种对话无论经历多少次都习惯不了。两年前买的衬衫底下，未来的体温开始急速上升。

“这个月？应该没问题，我去跟经理说说看。”

“拜托你了。”

阳子重新点燃一根香烟，唐突地问道：“要不要试试打工？”

“打工？”

“嗯，我们社的综艺组正在找能帮忙查资料的人。如果你想做，我帮你介绍。”

虽说现在做的情节写作也跟打零工没两样，但阳子将其明确区分成主业和打工，还是让未来觉得很开心。“那好，我做做看。”

“那现在就去楼上的会议室吧。负责人就在上面。”

楼上会议室里有一位三十出头、戴着黄色赛璐珞眼镜、看上去很年轻的男子。这位名叫佐竹的制片人连招呼都没打，直接切入正题：“节目名叫《二十世纪乡愁》。”

“哦。”未来稀里糊涂地附和了一声。她的专长在连续剧，并不习惯综艺节目的制作。阳子坐在会议桌旁，笑嘻嘻地关注着两人的谈话。

“大致来说就是，”佐竹继续道，“聚焦所有人早已忘却的二十世纪的代表性事件，对其进行验证。”

“好的。”

“但并不是很严谨。节目组会找一堆脑子不好的艺人过来，让他们进行评论。”

这种人就是在业内很常见的，把观众当傻瓜的制片人啊——未来注视着对方的脸，内心如此暗忖。

佐竹眼镜后的那对小眼睛笑歪了，说了好一阵节目的内容。“我们需要朝冈小姐制作给构成作家的资料，大致就是二十世纪后半叶的年表。”

“您说年表，就是小学时做的那种？”

“没错。但这不像上历史课，而是需要把那个年代的电影代表作、披头士热潮等元素加进去。加点流行语什么的也不错。”

未来动了动脑筋，这些资料只要去图书馆就能搜集到。

“距离截止日期只有不到一周的时间了，你办得到吗？”

“可以，没问题。”

“报酬怎么算？”一旁的阳子发问，“应该挺慷慨的吧？”

“这个嘛，”佐竹交替地打量着两人，“‘五排’怎么样？”

所谓“五排”，是指五万五千五百五十五日元。这种报酬设定是业界习惯，扣除百分之十的源泉所得税，到手五万日元整。

“好的。”未来点点头。

“这个月底能支付吗？”阳子再度发问。

“嗯，没问题。如果能陪我吃晚饭，就能拿到‘六排’哦。”

“啊？”未来蹙眉看向佐竹。

“开玩笑，开玩笑的。”佐竹轻佻地笑着否认道。

自己的表情会不会太过僵硬了呢？未来如此反省。若面对这种程度的骚扰都不能一笑而过，在这个业界是混不下去的。

“那就拜托了。”佐竹说完，就此结束了这场碰头会。

虽说得到了新工作，但走出Vega Production时未来仍旧步履沉重。从办公楼街区朝最近的车站走去时，她郁闷地想着自己的梦想何时才能实现。

既然企划案都被拿去了地方台，原创企划这条路恐怕是行不通了。这并非悲观，而是现实性的判断。阳子已经很努力了，但既没能掌握当红艺人的日程，也没有走通推销对象的私人门路。对于电视剧企划，电视台方面所要求的正是以上两点，至于故事情节是否精彩，根本不是问题。

未来倾注心血完成的故事，恐怕要在谁都不曾留意过的情况下葬送在黑暗之中。

到达JR站时，她的双肩已完全垮了下来。为了买回程车票，她拿出仅有两张千元纸钞的钱包。银行里还有四万日元呢——未来如此安慰自己。只要完成今天被委托制作的历史年表，月底就能进账五万日元，扣除房租和水电费还能剩下一万五千日元；阳子那边的情节创作费用也能在月底进账的话就是六万五千日元，用这笔钱熬过下个月底为止的五十天就好。

但那之后又该怎么办呢？五十天转眼即过，在这之前要是找不到其他工作，她就要一文不名了。

未来不禁对自己的未来感到厌恶。这样下去绝对不行。她开始在内心默念自己的名字：

“未来（Miku），未来，充满希望的未来（Mirai）。[1]”

这是从孩童时代起就会说的魔法咒语。感到辛酸、痛苦的时候，只要默念父母给自己起的名字，力量就会不可思议地涌现出来。

自己到底是从什么时候开始有了这个习惯呢？未来试图回忆童年，却叹了口气。没有生活艰辛、关注的只有当天的电视节目和父亲下班后给自己买的蛋糕的那时……

流淌的时光裹挟着未来，如同流过面颊的泪水，温暖又缓慢地流逝。

---

1 日语“未来”通常的读音为 Mirai，很多取这个名字的人也同样读作 Mirai，而女主的名字读音则是不常见的 Miku。

2

“喂？”

回到单间公寓后，未来打了个电话，铃声响了两下，山叶圭史就接通了电话。

“啊，未来小姐？”比未来小六岁的圭史，一直对她使用敬称。

“嗯。你还在学习？”

“不，没关系。”身在研究生院心理学教室的圭史回答道。

“我想报告一下那份企划的中途经历。”

“有什么进展吗？”圭史的声音变得明朗起来。

未来是通过朋友介绍认识圭史的。为了整理原创故事，她需要心理学方面的专家。在前去取材和圭史初次面对面的时候，未来被某种奇妙的想法所捕获，总觉得自己跟圭史曾在某处见过。但在惯常的自我介绍中，未来说出“我的名字写作‘未来’，读作‘Miku’”的时候，圭史瞪圆了眼睛，表示“真是个好名字”。因此未来知道，他们果然只是初次见面。

未来把制作公司制片人的原话照搬说给了圭史听。“对不起，特意拜托你帮忙，结果进展磨磨蹭蹭的。”

“你不必在意。可能性还是有的。”

“对哦。”未来微笑起来。

“只要努力，一定会碰上好事。”

圭史真是个不可思议的人物，光是和他说说话，就能让自己的心情晴朗起来。再老套的鼓励，只要是从他嘴里说出来的，就能让人坦然接受。或许正是因为他学习了心理学，才具备了心理咨询师的资质吧。

“有进展的话我会再打电话给你的。”

“嗯。”

“那我先挂了。”

“好的。”

“你也加油哦。”

“嗯，回见。”

两人通电话的次数还很少，所以花了不少时间道别。

放下电话后，未来首先考虑的是无论如何也要赚钱。如果继续过这种连车费都要发愁的生活，根本谈不了恋爱。

翌日也十分炎热。

未来喝了一杯蔬菜汁充当早餐，穿着旧T恤搭配牛仔裤，前往家附近的图书馆。

在书架前边看边走了约十分钟，就找到了十多本资料。借书上限是五本，其余几本仅把需要的部分复印下来。

窝在家制作年表的工作，一开始进行得很愉快，仿佛重返小学时代，朋友们一边吵吵嚷嚷，一边制作要贴在教室墙上的年表。

当时的同学们如今都怎样了呢？未来把打字机上打字的手停下，暂且休息，想到已经十七年没和同学们见面了，吃了一惊。

自己都二十九岁了，再过两个月就要满三十岁。父母给她起了发音可爱的“未来”（Miku）这个名字，听上去也越来越不适合她了。

未来抓起一本资料离开桌子，躺到靠墙摆放的单人床上。

她用目光追踪卷末的年表，把自己出生的时期和年表加以重叠。

一九七二年，未来出生的这年，冲绳归还日本[1]，之后还有洛

1 1972年5月15日，美国将冲绳施政权交给日本。

克希德事件[1]和《中日和平友好条约》[2]。而这一切对于未来而言都毫无记忆。

在聚焦于二十世纪八十年代时，她猛地回想起来——防空壕。

那是老家附近的神社内侧忽然裂开的一个洞穴，她经常和附近的男孩子们一齐去玩耍。防空壕内层发生过不可思议的事情。

那年未来九岁，一群孩子在神社里玩捉迷藏。不知为何，未来在防空壕里睡着了，直到被母亲紧紧抱住才醒过来。事后她才得知，距离玩捉迷藏的时间已经过去了整整一天。换言之，未来消失了整整二十四小时。父母在附近彻夜寻找她，警察甚至把此事当作诱拐事件，闹出不小的动静。

---

1 1976年2月4日，美国参议院外交委员会跨国公司小组委员会主席邱比奇在听证会上，揭露了洛克希德公司为向国外推销飞机而以各种名义行贿外国政要的不正当竞争事实。在随后展开的一系列调查中，日本检察官从中发现了一张领受人为田中角荣的5亿日元的收据。同年7月27日，东京地方检察厅正式逮捕田中角荣。1983年10月12日，历经7年审判和数百次的开庭后，法院认定田中角荣违犯外汇法、受托受贿，判处其4年徒刑，罚金5亿日元。田中角荣当场表示上诉。1987年，东京高等法院宣判驳回其上诉，维持原判。1995年，经过三审，日本最高法院做出终审判决，依法驳回田中角荣二审上诉，维持原判。而此时，田中角荣已病逝将近两年。

2 1978年8月12日，中日双方于北京缔结《中日和平友好条约》。同年10月23日，双方于日本东京互换批准书，条约正式生效。

平安无事地被找到之后，众人询问未来到底在哪儿，又做了些什么，她却什么都想不起来。最后，事件被定性为梦游或类似状况并得以平息，但所有人都有种被牵着鼻子走的感觉。这也是未来的人生之中唯一发生过的一起意外事件。

未来重新将目光放回资料上，追踪之后的人生。

二十世纪八十年代，正值青春时期，她有了恋情、友情，为成绩而苦恼，度过了微小的幸福和不幸同在的学生生活。想要成为剧本家的念头，也是从那时候开始有的，契机是看了某个女剧本家所创作的连续剧，尤为感动。然而，当时的她并没有真正下定决心，说到底，不过是在将来的无数个选项中，存在“剧本家”这个职业罢了。而爱做梦的日子，在她进入短大时变得一片昏暗。

二十世纪九十年代，父亲住院，医生向家属宣告父亲罹患肺癌。此刻正是从事内部装修的父亲感觉到经济宽裕后准备扩张事业的紧要关头。

朝冈家的生活发生突变，家庭收入断绝，还欠了高额医药费。

母女二人将绝望隐藏在僵硬的笑容之后，每天都去探望病床上的父亲。带着晦暗的心情回到家中，打开电视一看，和自己同龄的女生们却在疯狂地跳着迪斯科。

父亲已经无药可救。那些在叛逆期投向父亲的话语，原封不动地扎入未来的胸膛。她考虑过好多次，必须趁还来得及去跟父亲道歉，但她办不到。她怕诚恳地向父亲谢罪的行为，会让父亲明白自己死期将近。

在“对不起”和“谢谢”全都说不出口的过程中，唯有艰辛的时间不断累积，而最终，父亲迎来了临终。那时，未来紧握父亲的手，在感受到父亲的体温急速消失的同时不禁呆住。从未想过会失去的人，就在自己眼前消失了。无论如何呼喊“爸爸”，父亲也回不来了。从未来出生那天起便守护着她的那个人，手持单程车票踏上了人生最后的旅程。

对于孩子来说，父母就是圣人般的存在吧。为准备葬礼而疲惫入睡时，未来如此想着。父亲只知付出，却不求任何回报。他长了一张普通的脸，做着普通的事，带给未来普通的生活，然而这一切都绝不普通。未来明白，通过努力而得来的普通生活中，包含着难得的幸福。

然而，随着父亲的过世，这种幸福也从被留在人间的母女二人面前消失了。随着景况变差，世上的一切都变成了敌人。先前为了扩张事业而负债累累，正是从严厉的讨债开始，原本可以依赖的人们忽然变了个样。

未来被迫明白，孩童时代的感知是错的，这个世界绝非安居之地。所谓了解社会，就是了解社会所隐藏的残酷。

最终，母女二人离开了那个充满回忆的家。全部行李搬出房子之后，未来和母亲一起打扫了空空如也的房子：二楼自己的卧室、厨房、父母的卧室。一家三口共进晚餐的和室内，只留下标记了幼年未来身高的柱子。当时她身高约一米。未来回想起用抚摸自己头顶般轻柔的动作在柱子上划下印记的父亲，泪流不止。母亲也哭了出来。两人边哭边用抹布擦拭位于房中心的顶梁柱。

财产处理完毕之后，还留下了一大笔钱。然而想要支撑当年四十八岁的母亲的余生，这笔钱还是太少了。母亲搬到亲戚多的浦和居住，开始在一家衣料杂货连锁店工作。

已经定下职业方向的未来留在了东京。某个决心在她内心生根发芽——成为剧本家的梦想开始变得具体。希望向他人诉说什么的冲动从心底涌起。

白天在小型商务公司从事事务性工作，夜间不停撰写剧本习作的生活就此开始。起初，她只写一些空洞的业余作品，但连续写了一两年后，她的水平确实得到了提高。

一九九五年，二十三岁的秋季，她终于写出了值得一看的作品。但她不知该如何处理结局，为此烦恼不已。从故事经过来看，可以写一个悲剧性的结局，可一想到登场人物等同于自己的分身，未来就很想避开悲剧。最终，她写了个幸福的结尾。她将后半部分稍做改写，结尾写成主人公实现了梦想，将这部剧本拿去参加了一个奖项的应征。

得知自己的作品通过了第一轮筛选，未来的心情前所未有地雀跃。第二轮遴选也通过时，只要想到得奖，她的心脏就会猛地跳快一拍。然后到了最终选拔……

未来的作品以第二名败北。刊登在剧本杂志上的评委评论，将幸福的结尾描述成“不合理的展开”。

假如当时以符合故事经过的悲剧性结尾收笔，大概就得奖了吧。当年获奖的女生跟她同龄，如今已是一名畅销剧本家。冲击奖项的挑战，变成了悔恨不已、刻骨铭心的回忆。

然而，这也成为她被人搭话、询问要不要做情节作家的契机，也是通向现如今自己的持续性苦难的开端。

只要进展顺利就能成为剧本家——单凭相信这点，未来就不停地撰写情节。时间变得无法安排，她不得不辞去公司的工作。但委托创作原稿的工作并不固定，想要打工也无法如愿。即便如此，未来在为金钱所困的同时，依旧面对打字机写个不停。每当遇到痛苦时刻，她就把孩童时期的那句魔法咒语说给自己听——未来，未来，充满希望的未来。

即便如此，贫困究竟是怎样的，没有亲身经历的人绝不可能明白。身上的衣服逐渐过时、变旧，水电费延期支付，被水电不知何时会被停掉的不安折磨。她没有手机，一旦买下一本工作所需的资料，就有三顿饭没着落。

回顾自己的精神状态，最危险的时刻莫过于三个月前。那时，未来刚提交那份原创企划。资料费过于昂贵，她的全部财产只有九千日元。她下定决心，必须找一份定期的零工，于是跑去书店看求职杂志。在杂志中，她发现一家条件特别好的餐饮店的广告。未来写了简历，来到了广告上登载的地址。

那是一家位于歌舞伎町中心位置的风俗店。她在店门前右转，但在返回车站途中，确实有种恋恋不舍的感觉。没钱就无法继续生活，更不能追逐梦想。

对于在歌舞伎町中徘徊不已的自己，未来忽然生出一种羞耻感，她冲进小公园的公厕里，哭了出来。

此刻的未来正躺在床上，跟那时一样泪流满面。

“这就是我所经过的时间。”

“这就是我所经过的人生。”

本该可爱的人生，却变得无比悲惨。未来好想回到小时候，回到一家三口看着电视吃晚饭的时候，回到不明白那种时刻有多幸福还看作理所应当的时候。

当时的家，现在不知什么样了。一家三口满是幸福的家，现在还在吗？——未来如此想。

在乡愁的驱使下，未来支起了身体。对故乡生出念想，她自己都备感吃惊。

未来开始在脑中计算车费。从现在居住的杉并前去老家，需要换乘三辆电车，单程五百日元，往返一千日元。

相当于三顿饭，但花这些钱就能在心里唤醒过去的幸福，还是相当划算的。

3

走出屋子时，是下午三点多。

未来带着不足两千日元开始旅行。前去车站的中途，未来顺道去了银行，将账户上的四万日元全部取出。她稍微有些担心。

第二次换乘电车时，未来的内心开始躁动。从初中到短大一直搭乘的上下学电车还是老样子，是东京都内很少见的四节车厢，很有地方线的味道。

未来在第五站下车。从月台上看到的下町风景，令她的怀念之情涌上心头。她怀着战战兢兢的心情走出检票口，踏上商店街。

熟悉的店铺几乎全都保留了以前的模样，蔬果店、肉店、玩具店、文具店，全都是只有两个门面的小店。遗憾的是，过去常常攥着零花钱去的书店不见了，那里变成了一块空地，改建成了大约能停放六辆车的停车场。

走过商店街，未来不禁心潮澎湃。老家就在附近了。然而随着步伐的迈进，未来的希望变成了沮丧。

房子不见了。未来走到地基前看了看。老家的旧址上建起了一栋单间样式的小型公寓。白色的外墙已暗淡无光，想必建成了很久。未来出生和成长的家，恐怕在她们搬离后没多久就被拆除了。

她怀抱着寂寞的心情回望近邻处。周边的住宅有好几栋变了样，有的经过了改建，有的彻底没了踪迹。

过去果然只是过去。有些重要的东西早已不存在于这个世界，只存在于自己记忆之中。那个家中的欢笑和泪水，除了自己外，再无他人知晓。

未来恋恋不舍地在原地伫立了片刻。如果回到杉并的住处，无论愿不愿意，她都会被拉回名为“现在”的现实之中。在此之前，她仍想拥有片刻的时间。

看了眼手表，下午四点三十分。未来看到远处那座小时候和朋友们一同玩耍的神社，抬脚朝那边走去。

未来觉得自己来对了。爬上石阶后看到的神社院内，仍保留着昔日的风情。小学三年级大小的孩子们在那里玩着捉迷藏。想到自己也曾这样玩闹过，未来不禁露出微笑。

她在神社后面转了一圈，又想起了防空壕。自己下落不明、让父母担心不已的二十四小时，是人生中最大的谜题。

穿过树林走进去，小河堤下端能看到一个黑漆漆的窟窿。孩提时代，此处可谓绝好的藏身之地。如今玩游戏的孩子之中，应该也有人会藏在这里的吧。随后，她立刻看到一颗小脑袋缩进了黑暗中。

果然有。

未来乐不可支，故意发出脚步声朝洞穴入口处走去。

洞穴中传来孩子生怕被鬼发现、提心吊胆的呼吸声。

未来露出微笑。好久没有这么开心了。她想看看那个让自己心情平静下来的孩子，便故意加快速度跑到防空壕前。

“这里没人！”女孩的声音响起。

听到这拼死的抵抗，未来不禁笑出声来。

“咦？”洞中的女孩好像听出对方并不是鬼，问道，“你是谁？”

“我是谁啊？”未来装傻充愣般地说着。

一张少女的脸庞从洞穴的昏暗处探出。原本微笑着的未来，在看到少女后一动不动。她突然感觉哪里不对劲。

女孩皱着小小的眉头，仰脸看她。

未来首先感觉到的是，女孩的打扮有点老气，发型剪成利落的娃娃头，连衣裙很短。

而且，那孩子的脸完全就是自己的翻版。

“阿姨，你是谁？”女孩问道。

未来再次大受冲击，并非因为自己被称作阿姨，而是女孩的音质和语调的抑扬顿挫，都跟自己完全一样。

“我叫朝冈未来。”

未来报出自己的名字，女孩顿时瞪圆了双眼：“跟我一样！”

“咦？”

“我也叫朝冈未来，写作‘未来’，读作‘Miku’。”

未来因女孩的自我介绍方式再次震惊。“未来，你几岁了？”

“九岁。”

小未来边回答边爬出防空壕。未来打量着女孩的全身。和身高不相称的轻盈身材，白皙的皮肤。她备感惊讶，仿佛看到了小时候的自己。

小未来也带着满脸不可思议注视着未来。她或许也觉察出眼前的人跟自己很像。

小未来开口询问：“阿姨几岁了？”

“二十九岁。”

“来这里干什么？”

“散步。”

“住在附近吗？”

“不是，”未来摇摇头，“但我小时候住在这里。”

“小时候？”小未来惊讶地抬起眼睛，“住在哪儿？”

“若叶町三段三号。”

“不会吧？！”小未来再度瞪圆双眼，“我也是！”

“你也是？小未来住在公寓里？”

“不是公寓，就是普通的房子。”

“但那里不是造了公寓吗？”

小未来表情顽固地直摇头。

未来的声音无法抑制地越变越低：“小未来，你在这里做什么？”

“捉迷藏。”

“跟谁？”

“跟隆志他们。”

小时候，未来确实有个叫隆志的朋友。未来想到自己二十年前消失的那天。自己消失、父母担心不已的前一刻，她确实在这间神社，和隆志等朋友一起玩捉迷藏。

未来逐渐感到，自己被拉进了某种非现实的世界。杉并的单人间公寓、打印缓慢的便携式打字机、为明天的生活费而提心吊胆地生活的自己——不愿回去的现实，仿佛正在消失。

未来看向长到自己胸口高的少女的眼瞳，又试着触碰她的脸颊。温暖的触感传到手上。这一切绝非梦境或异象，和二十年前的自己一模一样的女孩确实存在。

未来心中涌上一股近似恐怖的感觉，但她所惧怕的并非眼前的少女，而是时间。

就在此时，一个男孩的声音响起：“找到大介了！”

未来和小未来双双朝声音的方向看去。两个男孩正站在神社背面。

未来发问：“你是在跟那些孩子玩捉迷藏吗？”

“不是的，”小未来摇摇头，“不是那些男孩。”

未来鼓足勇气，提了一个问题：“现在是哪年，几月几日？”

“现在？”小未来反问了一句，略作思考才回答道，“一九八二年六月七日。”

穿过树林来到神社背面，小未来直皱眉：“空气的味道好怪。”

和二十年前相比，空气质量也变了吧——未来如此想着，又立刻把这种想法甩出脑外。她还无法接受自己被卷入这种极其异常的事态。总之，未来决定先确认女孩的身份。

绕着神社内走了一圈，小未来不开心了——玩捉迷藏的朋友一个都找不到。她好像觉得自己被单独丢了下来。

“我要回家！”

小未来用快要哭出来的声音说着，未来握住可怜的少女的手。“阿姨送你回去好吗？”

“嗯。”

两人走下长长的石阶，踏上大路后，小未来的小脑袋开始东张西望。少女什么都没说，似乎对景象的变化感到困惑。

牵着小未来向前走的当口，未来努力让自己变得理性，头脑中却总结不出任何合理的答案。

这孩子究竟是什么人？真的是距今二十年前的世界里的居民，并且是她自己吗？

"小未来的生日是哪天？"

未来开口询问，小未来立刻流畅地回答："一九七二年八月二十日。"

"上哪家幼儿园？"

"小兔子幼儿园。"

"小学呢？"

"若叶第一小学。"

未来又尝试询问了学校中朋友和老师的姓名。牵着她的手走在身旁的少女，说出了和未来记忆中一模一样的话语。

没过多久，小未来停下了脚步。和她一起停住的未来吓了一跳。耸立在两人面前的，是拆毁了老家房子后重建的单人间公寓。

小未来满脸茫然地注视着这栋住宅。随后，她用求助般的眼神看向未来，又四下张望。

少女的动作绝非演戏——未来如此认定。

最终，泪水从小未来的眼眶中溢出。

“我的家没了。”

少女的悲伤伴随着这句话，一齐涌入未来的心间。毫无疑问，那就是自己的悲伤。就在不久之前，当她发现老家的房子不复存在时所感受到的、专属于她的悲伤。

再也没有怀疑的余地了。未来将过去的自己拥入怀中，一起哭泣，同时喃喃低语道：“对啊，我的家没了。”

4

未来变得走投无路。

小未来似乎也走投无路。

两人手牵手，步履蹒跚地走在夕阳西下的住宅街上。

“我的家怎么没有了呢？”小未来反复发问。

“阿姨也不知道。”未来反复回答。

二十年前的自己出现在现在的自己面前，这种事真的有可能发生吗？这个和自己同名同姓的少女，还拥有跟自己一样的长相和记忆。而且，自己的人生还曾经存在整整一天的空白。

这孩子该怎么办呢？未来用混乱的头脑思索着。继续带着小未来到处走，会不会被当成诱拐小孩呢？但也不可能寻求警察的保护。一旦小未来报出姓名和住址，就会被发现那是二十年前的事情，她就绝对回不到父母身边了。

想到这里，未来忽然想起那件奇妙的事——二十年前自己消失后，又在翌日被发现在防空壕里。也就是说，小未来命中注定能够平安回到二十年前。

未来打量着跟自己手牵手的女孩的侧脸，将这个想法玩味了好几次。

毫无疑问的是，假如这孩子无法返回过去，如今的自己也不可能存在。

稍感安心的未来不经意间感到肚子空空如也。她早上只喝了一杯蔬菜汁。想着不能让这孩子也挨饿，未来开口问道："你饿不饿？"

"嗯……"小未来给出暧昧的回答。

未来回想起，孩童时期的自己是个非常客气的孩子，别人请吃东西，自己总会小心翼翼的。我还真是个连自己都不觉得可爱的孩子——想到这点，未来"扑哧"一笑。

"想吃咖喱饭吗？你很爱吃的，对吧？"

小未来似乎很吃惊："你怎么知道？"

为了今后考虑，未来不得不撒了个谎："我想起来了，小未来跟我其实是亲戚哦。"

“亲戚？”

“嗯，我们不是长得很像吗？就连名字都一样。你妈妈跟我说起过你。”

“真的？”说着，小未来的脸色眼看着由晴转阴，“妈妈在哪里？”

“在一个叫浦和的地方。不用担心，你明天就能回到爸爸妈妈身边了。”

“真的？”

“嗯，我保证。”

小未来的表情变得明朗，似乎相信了眼前这个跟自己长得一样的大人所说的话。

“所以，你就忍耐一天。阿姨会陪着你的。”

“好的。”她点了点头。

未来故意选择绕远路回杉并。因为如果直接去最近的车站，小未来恐怕会因景色的变化而困惑。而且在商店街或许会碰到熟人，她想避免被人看到。

她牵着小未来的手，朝最近的车站的反方向走了约十五分钟。那里有和JR线换乘的另一条路线。在车站前，她发现一块写着“手工咖喱店”的招牌，两人进入店内。

吃完甜口的咖喱饭，小未来终于卸下了紧张的神色，未来也稍微恢复了几分从容。在店内明亮的照明下，她仔细端详自己少女时期的脸。只要把发型改成现代的风格，就会变得非常可爱，未来不禁沉浸在奇妙的满足感中。

默不作声地眺望窗外的小未来说：“大家穿的洋装都好奇怪。”她的神情中看不到怀疑的神色，反倒对外界的变化乐在其中。

小孩的适应能力还真是惊人，但还是稍加注意比较好——未来如此想。二十年的时间差距，或许会引发意想不到的骚动。

当她们在收银台付款时，骚动早早降临了。看到未来拿出一万日元的纸钞，小未来开口说道：

“这是假钞吗？”

“啊？”未来惊愕地把目光投向少女。

收银台的店员满脸讶异，开始检查收下的纸币。

“一万日元上的应该是圣德太子吧？”

未来“啊”了一声，轮流看了看店员和小未来。

店员笑了出来。

“这孩子经常和奶奶一起去买东西。”未来慌忙丢下一个难以成立的借口，逃也似的冲出店门。

接下来，两人返回杉并的路上全都非常吃力。小未来看到自动检票机会吃惊，看到车站商店里的商品会仔细端详，又指着穿着华丽、满头金发的年轻人说："他是药郎[1]吗？"每当发生这种状况，未来都不得不牵着小未来匆忙离开。

未来在新宿站中途下车，把小未来带进快打烊的百货商场。身穿二十年前旧衣服的小未来不管怎么看都很寒碜。未来很在意周围人的目光，也想把小未来打扮得漂漂亮亮的。

来到儿童服装专卖区，小未来开心到不行。到处都是她见都没见过的漂亮洋装。未来让她挑选自己喜欢的衣服，顺便又买了睡衣和内衣，总共花费约一万日元，虽然是一笔肉痛的支出，但此刻的她毫不介意。

两人从新宿搭乘地铁，在晚上八点半左右回到杉并的公寓。

"这里就是阿姨的家啊。"

一进屋，小未来就好奇地环顾室内。看到木质地板，她一副吃惊的模样。在发现传真机和打字机后，又对未来发出"这是什么？"的疑问。

未来不知自己该不该说实话。现在是二〇〇二年，是小未来所在时代的二十年后。但她无法预测小未来在得知真相后会做出怎样的行动，搞不好会陷入恐慌。并且从未来的角度来看，还有让小未来知晓自己真实境遇的危险，这点绝对要避免。若

1　"药郎"行业盛行于日本江户时代，指衣着华丽、走街串巷推销不明物品的人。这个行当在日本大正时期绝迹，但同期另一种衣着夸张、在街头表演同时兼顾推销商品的人开始多了起来，也被称作"药郎"。

让小未来得知自己长大后，会过上为一百日元折腰的困苦生活，她肯定会很悲伤。

最终，关于二十一世纪的文明利器，未来给出了“是我发明家的爸爸造出来的新玩意儿”这种苦涩的解释。不知小未来信了几分，但她还是点了点头。

完成对室内的观察，小未来在桌子和床之间的狭小空间里放了个坐垫，坐了下来。

未来从冰箱里拿出喝剩下的果汁。第一次看到塑料瓶的小未来一边确认瓶子的手感一边询问：“阿姨是做什么的？”

“情节作家。”

“情节作家是什么？”

“写电视节目对话的人。”

“哇，好厉害啊。”

“没有啦。”未来总有种对自己扯谎的感觉，她摇了摇头，“其实阿姨是想当剧本家的，但还当不了，所以才做情节作家。”

小未来明朗地笑着说：“阿姨一定能当上剧本家。”

“希望如此。”未来说着，又在好奇心的驱使下问道，“小未来长大以后想做什么？”

“医生。”

“是吗？”听到不存在于自己记忆中的话，未来感到困惑。

“嗯。我要做医生，治好生病的孩子。做不了医生就做空姐或兽医。啊，还有，做漫画家，住大房子也不错。”

小未来的眼神，是孩子想象将来时所特有的，闪耀着压倒成年人的光芒。

未来挪开视线，环顾自己狭窄逼仄的住处说道：“小未来有自己的梦想，可真好啊。”

“阿姨应该也有梦想吧？”

“嗯。只不过，到了年纪，总感觉很疲惫。”

“是吗？跟小时候不一样吗？”

“不一样。”说着，未来不假思索地看向九岁的少女。

“怎么了？”小未来困惑地问道。

“没事。”未来嘴上回答着，却无法隐藏心里的震撼。此刻，她正在跟九岁的自己对话。充满梦想的自己和正在失去梦想的自己。

“必须加油了。”未来如此低喃。

小未来露出笑容，随即打了个大哈欠。

一看时间，已过晚上九点。对于九岁的自己来说，正是要睡觉的时间。“太晚了，洗个澡睡觉吧？”

“嗯。”

两人一起进入浴室。

小未来肤色白皙，非常漂亮。未来帮她冲洗背部时，接触到的肌肤滑溜溜的，触感舒适。未来再一次对过去的自己生出爱怜的感觉。

两人泡在浴缸里，朝彼此吹肥皂泡泡嬉戏。小未来早已对未来不抱怀疑，全心信赖她。

冲掉沐浴的泡泡，两人离开浴缸，随后脸贴脸地在镜子前打量。

九岁和二十九岁的两张脸。

撩起刘海，镜子中的两张脸宛如时隔二十年先后出生的双胞胎。

小未来扬起惊讶的声音："真的好像哦！"

未来却感觉自己的笑容稍许有些不一样。相比小未来天真无邪的笑容，她的笑容多少有些不自然。长大成年后的自己，一直都是这样笑的吗？未来试图放松下来，尽可能地露出小未来那般的笑容。在此过程中，她的内心充满了快乐。

不知不觉间，未来重返二十年前，像小未来那般露出发自心底的笑意。

5

翌日清晨，未来睁开双眼时，就见小未来正在她的怀中熟睡。小未来穿着昨晚买来的格子睡衣，像小狗一般蜷缩成一团。

未来的脸上自然而然地绽放出笑容。她轻轻搂住小未来的肩膀，然后撩起她脸颊上的头发。她好想永远和这孩子在一起，但又想到了自己不得不去做的事。

看了眼时间，已是八点多了。

为了不吵醒小未来，未来轻手轻脚地下床，拿起电话走进浴室。

铃响了两声，住在浦和的公寓的母亲接起了电话。此时正是母亲准备出门去衣料杂货店工作的时间。

“喂，妈妈？”

“啊，未来？好好吃饭了吗？”

“好好吃了。”这是母女之间的惯例询问和惯例谎言。

“怎么这么早打电话过来？”

“嗯，有事要问妈妈。”未来不禁想到，若让母亲看到睡在床上的女孩，母亲会露出怎样的神情，“关于我小时候不见了的那件事……”

“那件事？我到现在都记得很清楚。你不见了，我跟你爸都快疯掉了。”

未来忽然想到二十年前的事——二十年前的现在，自己消失了，父母正在双眼充血地寻找着自己吧。未来带着抱歉的心情问道：“你还记得那天的日期吗？”

“你是在六月八日被找到的。啊，今天也是六月八日，正好是二十年前的日子。时间过得可真快。”

“是啊。”未来痛切地说道，“我被找到时是什么样子？”

“你在防空壕里睡着了，在最深的凹陷处。”说着，母亲发问道，“又要收集连续剧的素材？”

“对。我是几点被找到的？”

“晚上七点左右。我把你抱起来的时候你醒了，却说什么都不记得，让我们吃惊不小呢。”

闻言，未来蹙起眉头。什么都不记得——没错，当时自己确实不记得任何事。自己的家不见了，在二十九岁的阿姨家过夜，所有事都忘了。

“找到我的时候，身上的衣服有什么变化吗？”

“跟失踪时穿的一样。”

“头发呢？发型也一样吗？”

“这样说起来，总感觉稍微有点变化。我是后来才发现的，好像跟你现在的风格很像？总感觉你当时变漂亮了。”

未来露出得意的微笑。她正打算带小未来去美容院，做一个跟自己一样的发型。

“话说回来，你的问题还真怪。”

“因为工作内容本身就很怪。”未来轻描淡写地搪塞过去，说了一声“我会再打给你的”就挂了电话。

从浴室探头一看，小未来仍在熟睡。未来先考虑了一下记忆方面的问题。

小未来应该在今晚七点左右回去。到了那时，她的记忆会自动消失吗？

但越想越觉得很奇怪。小未来已经经历过一次穿越到二十年后的时间之旅，但之前的记忆却还保留着，因此很难说记忆会在穿越时空的过程中消失。

那到底是怎么回事？必须在消除小未来记忆后再将她送回过去吗？但记忆又该怎样消除？这种事应该不可能做到吧……

不过，虽然不知今天会发生什么，但结果应该是顺利的吧。因为失去了九岁时一整天的记忆的自己，如今真实存在于此——未来又如此想。

床上的被子开始蠕动，小未来醒了。

未来慌忙走出浴室。支起身体的小未来用小手揉着惺忪的睡眼，惊讶地打量着房间。

“早上好。”未来发声后，小未来回想起昨天的事。

“早安！”小未来元气满满，“今天就可以回爸爸妈妈身边了！”

未来不禁略感寂寞。

“对啊。”说着，未来在小未来身边坐下。她抚摸对方的手臂，感受少女的体温。当她想靠上去进一步感受的时候，却被小未来笑着用力推开。未来也不服输地反推一把。两个人相互推挤着，在床上倒成一团，房间里充满了笑声。未来觉得很神奇：玩闹怎么会这么快乐？莫非是小未来把她在很久之前不知何时遗忘的某种东西送回来了？

早饭是煎蛋、沙拉、吐司配草莓果酱，以及加了很多糖的玉米片。两人一起去附近的便利店买了早饭，再回到家里一起吃。

未来终于明白该如何跟二十年前的自己相处了。只要回想自己小时候，做让当时的自己开心的事即可。未来想到的早餐食谱，都是自己在九岁时喜欢的东西。

吃完早饭，未来拿出床底下的潮流杂志，翻开书页，寻找特别报道中提到的美容院合集。

“你在干什么？”小未来问道。

“我们去美容院，把头发弄得漂漂亮亮的，再玩一整天。”

“嗯。”小未来点了点头。

给位于表参道的美容院打去电话，对方表示唯一能预约的时间是早上十点。一看时间，已经过了九点。没问题，能赶上。未来给两个人做了预约。

迅速做好出门准备，正要走出家门时，电话响起。

应该是母亲打过来的吧——未来这样想着，接起了电话：“喂？”

“喂，未来小姐？我是山叶，山叶圭史。”

“啊，圭史？”意料之外的人来电，让未来吃了一惊。迄今为止，圭史从没主动打过电话给自己。

“一早打扰到你了，抱歉。”

“没事，怎么了？”

“那个……”圭史有些吞吞吐吐的，“今晚有空的话，一起吃晚饭吧？”

“想请我吃饭？”虽然很开心，未来还是不得不拒绝，“很遗憾，不行。”

“不行？”圭史愕然地反问。

“啊，只有今晚不行。”未来边说边朝小未来看去。小未来正坐在桌前，用食指杵杵打字机的按键。

“如果你能明天请我吃饭，我会很感激。”说着，未来忽然仰起脸。圭史打来意料之外的电话，伴随着一种奇妙的感觉，这一切仿佛都是在时间流逝中被预先安排好的。

“稍等一下，”未来语速很快，“你愿意听我说点怪事吗？”

“请说。”

“人的记忆能被消除吗？就消除二十四小时的内容。”

“这可办不到。”

“办不到？真的？”未来紧咬问题不放。

“嗯，不过可以佯装成记忆消失的样子。”

“怎么说？”

“利用催眠术，把记忆封闭在无意识之下。记忆仍然保存在大脑的某处，却回想不起来。”

“就是这个！”未来叫道。

小未来扭过头，一脸“你在说什么”的模样。

未来小声表示“工作上的事”，又向圭史询问：“圭史，你能做到吗？”

“很难说。有些人很容易被催眠，有些人则很难。”

“没问题的。”未来确信地说，“你今晚几点之后有空？”

“我会在五点离开研究室。”

未来开始计算双方能够在防空壕前集合的时间。一想到所有的事都进展得如此顺利，她感到惊讶。

“我想让你去一个地方。”未来把自己出生长大的所在地的神社告知对方，“你能六点在那边的鸟居下面等我吗？”

“没问题，但到底怎么回事？”

“希望你现在什么都别问。”

“好的，我明白了。”

“如果有什么事，记得给我留言。我马上要出门了。”没有手机，在这种时候就是不方便。

未来放下电话，朝小未来看去，那孩子正盯着桌上放的书本看。

“来，我们出发了。”未来朝她说话，她却毫无反应，“小未来？”

她在盯着看的并非书籍，而是放在一旁的照片。

十年前去世的父亲的遗像。

未来吓了一跳，偷窥起小未来的表情。

小未来转过头，用天真无邪的语调说：“他跟我爸爸长得好像。”

未来慌忙道：“但不是老了点吗？”

“嗯。”

“我和小未来的父亲是亲戚，因为爸爸很像，所以我们两个也很像。”

“哦，这样啊。”小未来边说边把眼光重新投向照片。

这孩子还能和父亲重逢——对未来而言，那是她再也见不到的父亲。怀着悲伤的羡慕之情，未来问道：“你喜欢爸爸吗？”

"嗯，最喜欢了。但爸爸工作很忙，不怎么跟我玩。"

"爸爸是为了小未来才拼命工作的。"未来克制住迅速涌出来的泪水。父亲没有任何乐趣，只是一味工作，直到过世。他为了妻女的幸福，就这样奉献了一生。"小未来的爸爸是个很棒的人，你一定要做个好孩子啊。"

"对啊，嗯。"小未来点了点头。看着她明亮的笑容，未来的心灵也得到了些许救赎。

两人来到位于表参道的美容院，比预约迟了五分钟。

等候两人的美容师身材瘦小，如果跳舞的话，他应该能踏出漂亮的舞步。

"欢迎光临。"迎接两人的美容师瞪圆了双眼，"两位长得可真像。这是令千金吗？"

"我们是亲戚。"

"啊，只是亲戚？"

对方似乎非常吃惊，未来和小未来同时窃笑。

"我们想做一样的发型。"

美容师换回认真的神情，来回打量两人："是您想做孩子的发型，还是让小孩做大人的发型？"

未来略作思索后回答："给我做孩子的发型。"

"这样会剪得很短，没问题吗？"

“没问题。”

“那好，请并排坐在这里。”美容师指了指两张椅子，“我们一次性做完。”

未来和小未来并排坐下。在美容师摆弄两人头发的过程中，她们开心地看着镜中的两个人越来越像。

大约经过三十分钟，成人和孩子两张相同的脸庞并列出现在镜子之中。未来、小未来、美容师以及其他店员都因两人过分相似而不假思索地笑了出来。

“您觉得如何？”美容师笑意盎然地询问。

“非常棒。”未来和小未来异口同声地说道。

走出美容院踏上表参道，往来行人全都对她们行注目礼。两人因人们的目光而开心不已。

“接下来做什么？”小未来牵着未来的手，边走边问。

“这个嘛，”未来看了眼手表，十一点半，“先去吃午饭，然后去逛逛？”

“嗯，我喜欢。”小未来似乎完全被表参道美丽的街景迷住了。

按照小未来的要求，两人在快餐店里吃了汉堡，随后尽情散步。

洋装店、室内装潢店，还有汇集了全世界的玩具的百货公司。

小未来双眼瞪得溜圆，“哇哇”地欢叫不已，未来的内心也随之变得像孩童一般灿烂。

未来回想起自己很喜欢书，就把小未来带去了绘本充足的童书专营店。那家书店以再现童话世界原貌的装潢风格为傲。小未来在店内看了一圈，最终拿起一册绘本，投入地读了起来。

被勾起兴趣的未来也拿起同样的绘本读了起来。

书名是《时间魔法师》，讲述能够自由操控时间的魔法师的故事。为了治愈生病的母亲，小女主人公请求魔法师改变自己的过去。她要代替体弱的母亲去工作。魔法师被女孩的请求所感动，再次操控时间，把健康的体魄送给生病的母亲作为礼物。

我甚至从来没有帮忙做过家务——回顾孩提时代，未来颇觉可笑。或许正因如此，这个故事才打动了小未来。

就算问她要不要买，想必客气的小未来也不会点头，于是未来含蓄地问道：“我把绘本买下来给小未来做礼物好不好？”

小未来从绘本上抬起眼睛，踌躇了片刻后回答：“嗯，谢谢。”

拿着绘本朝收银台走去时，未来想到，绘本大概不能跟随小未来一起回到过去吧。不仅如此，一起去美容院的经历、一起在表参道逛店的经历，都会从小未来的记忆中消失。

但这样也好——未来暗忖。就算是最终会消失的记忆，她也想让小未来开心。此时此刻，尽可能地让她开心。

走出书店时，夕阳已斜下。

来来回回地走了半天后，未来感到疲惫。手表指向下午四点，距离小未来回到父母身边的时间越来越近了。

“休息一下吧。”说着，她们走进一家咖啡馆。

两人点了巧克力圣代后，小未来开始呆呆地眺望窗外。穿梭于十字路口的车辆、色泽鲜艳的公告牌、随心所欲地用潮流打扮自己的女生——二〇〇二年的风景，映在小未来的眼中是一副什么样子呢，未来想象不出来。

“你等一下。”未来说着，朝楼层一角的公用电话走去。她要确认一下圭史有没有留下新留言。

她拨通自己家的电话，又按下播放留言的密码，人工合成的声音告知她“有一条留言”。

未来略感不安，该不会是圭史来不了了吧。

录音带往回转，随后播放留言，是意料之外的声音：“我是Vega Production的宫川，关于那项企划，有事想要通知你，请联系我。”

就此结束。

“那项企划”？一时间，未来保持着手握听筒的姿势。

是指自己拼上梦想写出的原创企划。只要故事被采用，剧本家的梦想就能实现。阳子通知她的，肯定是地方台的反馈。企划案是否被采用，答案只有一个。

应该会听到让她失望的回复吧。如果是好消息，阳子肯定会在留言中大吹特吹。

未来粗暴地放下听筒，她感觉自己被急速扯回不愿回归的现实之中。她慌忙看向窗边的位置，小未来仍然呆坐在原地，晃着够不着地板的双腿，专注地看向窗外。

未来的内心浮起强烈的不舍。她不想跟这孩子分别，和孩提时代的自己共同度过的这段时光是无可替代的。从小未来突然从防空壕探出头来的那一刻起，未来就坐在了旋转木马上来回摇晃——溯时而上，重回纯洁无垢时期的自己的、不可思议的旋转木马。未来痛切地感悟到，可能的话，她想要永远沉浸在这份安宁之中。

她回到座位上，小未来停下挖巧克力圣代的手说道："今天真的好开心。"

未来强装笑容："能和小未来在一起，阿姨也很开心。"

"我会好好珍惜这本书的。"小未来把买来的绘本紧紧抱在胸前。

未来微笑着问道："小未来能回答阿姨一个问题吗？"

"什么问题？"

"迄今为止最开心的事是什么。"

"开心的事？"小未来的视线在半空中游荡，"有很多哦。"

"很多？"未来露出和小未来同样的笑容。

“嗯。最开心的一件事，就是二年级的时候和大家一起去游乐场。”

未来的记忆瞬间复苏。她回想起自己和父母、好朋友全家一起去郊外的游乐场的往事。他们玩了很多项目，还买了吉祥物娃娃。回家路上，大家一起吃了饭。这是让她回味许久的一段开心往事。

“在那之前还去过庙会，幼儿园的时候。”小未来继续说着，但表情很快笼罩上一层阴云，“也有伤心的事。”

“什么事？”未来边搜索自己的记忆边问。

“那时买了一只松鼠，一只很可爱的花栗鼠。但到了冬天它就死了。”

啊，确实有这回事——未来回想了起来。那是在幼儿园毕业前，在看到雪就会欢天喜地的年龄。冬季的一个寒冷清晨，未来爬出被窝，正准备和笼中的松鼠说早安，却发现松鼠已经死了，死在笼子底部散了一地的向日葵种子中。

当时她哭得很厉害，甚至没去幼儿园。她和母亲一起将松鼠小小的尸骨埋在房子后面。当晚，下班回到家的父亲不知为何，在开了暖气的温暖房间里给了未来零用钱。

在和小未来共有同一份回忆时，未来忽然想到，小时候痛失松鼠的经历，和长大后在剧本大赛落选的经历，到底哪个更让她悲伤。总觉得两者的悲伤程度是一样的。人的一生，是否总会随着时间的变化，而遇到一些勉强可忍受的苦难呢？

不，还有可能会发生更严重的情况。甚至有些人，会遭遇他人绝对无法想象的灾难。然而与那些人相比，自己算得上是幸福的吗？为金钱所困而在歌舞伎町徘徊许久的自己，还能称得上是走在幸福的路上吗？

突然之间，未来陷入了“所有人都能幸福生活”的希望之中。无论自己比他人幸福还是不幸，假如所有人都能像小未来那般微笑着生活，该有多好。

未来看向坐在对面那个九岁的自己，她正略带悲伤地用小手将巧克力圣代往嘴里送。

“对不起啊，让你想起了伤心的事。”

未来道歉，小未来却摇了摇头：“嗯，没事的。”

“没事就好。”

“阿姨，”小未来目光朝下，问道，“离开这家店以后要做什么？”

“之后啊，小未来就该回家了。回爸爸妈妈身边去。”

“嗯嗯。”小未来一脸愁容，“就要跟阿姨说再见了？”

未来的内心被触动。“嗯。”

“还能再见到阿姨吗？”

“肯定能再见的。”未来的声调也变得十分恳切，“我会永远和小未来在一起的。从今往后，我们永远在一起。”

小未来轻轻地点了点头，不知她是否相信了这番话。

6

未来牵着小未来的手走出咖啡馆。前往站点的途中，小未来好几次回头，恋恋不舍地看向度过了快乐一天的表参道的斜阳。

不知何时，未来的心情也平静了下来。就在二十四小时前，两人还曾走投无路，如今就连当时的状况都变成了快乐的回忆。这正是“时间”所具有的不可思议的力量。

她们在原宿换乘电车到达若叶町。从走出检票口起，两人的话就越说越少，随后便在沉默中走向防空壕所在的神社。

来到靠近鸟居的位置，就见鸟居下方伫立着一个身影，正是圭史。牛仔裤搭配运动鞋，还是往常那种随意的风格。

“让你久等了。”

她们爬上石阶来到鸟居下方，就见圭史一抬细长的眉毛问道：“未来小姐已经结婚了？”

“啊？”

“孩子都这么大了。”

看到圭史一副明显受到打击的模样，未来感觉好笑。

“不是的，不是我的孩子，你放心吧。”

“这样啊？”长着同样一张脸的大人和孩子就在自己面前，圭史似乎仍然半信半疑。

“这个叔叔是谁？”小未来问道。

“是我朋友，来帮小未来回家的。”

“哦。”

“呀，你好。”圭史用柔和的声音向小未来打招呼。

未来把从家里带出来的纸袋递给小未来：“里面是你昨天穿的衣服，换回来吧？”

“为什么？”穿着昨天晚上才买的衣服的小未来噘起嘴，“我喜欢这套。”

“穿的衣服不一样了，搞不好爸爸妈妈会认不出你哦，新衣服你带回去，好不好？”未来指了指神社内侧一角的公厕，“去那儿换衣服。”

小未来不情不愿地走向公厕后，圭史开口：“你想让我给那孩子施催眠术？”

“对。”

“说不定会搞砸。我没给小孩做过催眠。”

未来因这番意想不到的话而产生动摇。这样一来，就无法消除记忆了。

“那孩子几岁了？”

“九岁……快十岁了。”

圭史略作思索，随后表示：“可能没问题。”

未来松了口气。

“话说回来，那孩子到底是谁？”

“如果说是二十年前的我，你会信吗？”

“怎么可能？”

“那就什么都别问了。”

看着狐疑的圭史，未来继续说道：“绝对不是什么坏事。消除那孩子的记忆，都是为了她，还有我。”

圭史注视着未来，反复确认般地说：“我能信你吧？”

“嗯。”

“那好，我什么都不问。”

“谢谢。”

未来听圭史说明了催眠术的过程，定下了详细的步骤。小未来需要消除的记忆是二十四小时之内的，也就是她和朋友们玩捉迷藏之后的这段时间。而她将在一小时后醒来，也就是在防空壕中被母亲抱起来的时间。

讨论结束后，换好衣服的小未来也回来了。看到小未来身上过时的衣服，圭史扬了扬眉毛，还是什么都没问。

“好，我们走吧。”未来带着两人绕到神社后面。

位于树丛深处的防空壕和昨天完全一样。大概是因为过了晚上六点，附近看不见任何孩子。太阳还没下山，纵深约三米的洞穴中已经黑漆漆的了。

未来摸索着往里走。身后的圭史掏出荧光棒照亮脚下。走到深处一看，正如母亲所言，那里有一个能够让小未来躺下来的小型洞窟。

“小未来，你能躺在这里吗？”

“为什么？”

“为了回家。只要躺在这里，妈妈就能找到你了。”

“那……”小未来在昏暗中抬头看向未来，“我就回二十年前去了。”

未来吃惊地反问：“什么二十年前？”

“现在是二〇〇二年对吧？我在车站前的商店看到报纸了。”

未来语塞，目不转睛地看着小未来：“所以，小未来知道阿姨是谁？”

“嗯，知道。”小未来微微一笑，“和我一样，都是朝冈未来对吧？”

未来点点头，在小未来的带动下，露出浅浅的笑意：“你都知道了。”

“嗯，一直都知道。而且，我很开心。”

“开心？为什么？”

“因为我长成了这么温柔的一个人啊。”

不知为何，未来开始泪眼婆娑。她把小未来紧紧地搂在怀里。她不想和这孩子分别，只想永远把过去的自己给搂在怀里。但小未来不回去就不会有现在的自己。未来分开两人的身体，说道：“谢谢你，小未来。”

小未来再次展露微笑。

未来扭头，用眼神示意圭史。

带着满脸惊讶注视着对话中的两人的圭史走到小未来跟前：“好了，小未来，你能躺在这里吗？嗯，这样就行。身体放松，盯着这道光看。”

圭史把荧光棒的亮点放在躺下的小未来面前。小未来用眼瞳追踪着缓缓画出圆圈的光点。不久之后，圭史停止移动光点，用低沉冷静的声音说道：“听好，在看这道光的时候，你的眼皮会越变越重。叔叔从一数到十，你的眼睛就睁不开了。准备好了吗？一、二、三……”

圭史开始缓慢地计数。与此同时，小未来的双眼似乎被困倦所笼罩，开始缓缓合拢。

“现在感觉很舒服，对吧？”

小未来轻声地“嗯”了一下。

“现在是一九八二年六月七日，明白吗？小未来在神社做什么？”

“和朋友们玩。”

“在玩什么？”

“捉迷藏。”

“小未来藏在哪里了？”

“防空壕里。”

圭史中断话语，看向未来。一切准备就绪，消除小未来记忆的时刻来临了。

未来看向手中的衣服。小未来那么喜欢这套，却再也没机会穿了。

未来抬起脸，朝圭史点点头。

“小未来，”圭史再度开口，“等小未来醒过来，会把捉迷藏之后的事全都忘掉。你躲在防空壕里，不知不觉就睡着了哦。随后发生的事都想不起来了，明白吗？”

两人一起度过的快乐时光，就这样从小未来的记忆中消失了。未来垂下眼睛。

“用不了多久，你就会听到妈妈的声音。小未来要在听到声音后醒过来哦。在此之前，你一直都在睡觉，听懂了吗？”

小未来点了点头。

圭史站起身来。一切都结束了。未来看了眼手表，此刻是下午六点四十五分。再过十五分钟，小未来就要重返二十年前。

圭史小声开口：“未来小姐？”

“怎么了？”

“这孩子真的是从前的你？”

“你信吗？”

“这还不好说……如果是真的，我倒有了个奇妙的想法。”

“什么想法？”

“你就没想过改变自己的过去吗？”

未来不假思索地反问：“改变自己的过去？”

“就是‘后催眠暗示’，可以引导人们在无意识中采取某种行动。比如说，人都有后悔的事。现在对这孩子做出暗示的话，就能让她在将来采取其他行动。”

未来目瞪口呆地看着圭史。预想之外的事态令她困惑不已。真想要改变自己的过去的话，就能让小未来采取其他行动……

“也就是说，”未来拼命搜寻语句，“让这孩子在今后的人生中，在自己都没意识到的情况下，选择让自己不会后悔的道路？”

“没错。”

未来将目光投回到沉睡的小未来身上，脑海中浮起剧本大赛落选一事。她在那时做出了让自己后悔都来不及的痛悔选择。

假如当时没有选择写下幸福结局，而是以悲剧结尾告终的话又会如何？或许现在的自己早就当上剧本家了。

不经意间，未来回想起在表参道买给小未来的绘本里那个能够自由操控时间的魔法师。而这个魔法师，就在眼前。

“你等一下，”未来拼命隐藏自己的动摇，“假如改变过去的一点，现在的我又会怎么样？”

“那我就不知道了。”圭史困惑地说道。

未来把视线投向睡着的小未来。她再次想到，自己对这孩子的将来了解得一清二楚——辛酸只增不减的二十九年的人生。

想要重新来过的事实在太多了。人生中的重要抉择，她总会选错，所以现在才会过上连明天的生计都要发愁的生活不是吗？

如果改变过去又会如何？自己的记忆会不会也在不知不觉中被改变，回到家里一看，等待自己的会不会是梦一般的生活？

这是一种迄今为止不曾感受过的强烈诱惑。然而，她又感觉自己面前的魔法师正在隐藏邪恶的浅笑。书中的那位魔法师，应该是专属于毫不怀疑、怀抱希望的孩子们的。

不知不觉间，小未来的声音在犹豫不决的未来耳边响起：

“而且，我很开心。”

未来蹙眉，看向二十年前的自己。

“因为我长成了这么温柔的一个人啊。”

如果改变过去，自己的内心又将如何变化？还能成为让小时候的自己所喜欢的人吗？

不，不是这样的——未来想着。如果不知何为挫折，过着轻轻松松就能得到想要的东西的人生，会不会变成看不起穷人的人呢？她会不会变成当小未来突然现身时，看到那身寒酸的衣服就生出厌恶感的人？

不经意间，未来对现在的自己生出了爱怜感。自己迄今为止所经过的时间，全都是无比重要的。

“保持原状就好。”未来说道，“现在的我就很好。”

圭史点了点头。

未来仰起脸，走到熟睡的小未来身边。“小未来，你仔细听好。”她小声说道，“现在的小未来是不是很幸福？有温柔的爸爸妈妈，还有一个温暖的家。但你的将来不会如此简单。随着长大，你会碰上很多痛苦、悲伤的事。松鼠死时给你零花钱的温柔爸爸，还有十年就要去天堂了。小未来会有很多道歉的话想对爸爸说，但再也见不到他了。然后，你会被迫离开充满回忆的家。搬去其他地方之前，你会和妈妈边哭边打扫那个家……”

说着说着，泪水涌出未来的眼眶。她用手指拭去泪水，继续说道：“在那之后，小未来开始追逐自己的梦想，但梦想怎么都无法实现。你会碰不上一件好事，只有失望。你会因为缺钱，而感觉自己很悲惨。你会穿着过时的衣服，每天饿着肚子；你会迷失自我，差点干出坏事儿；你会讨厌这样的自己，独自哭泣。”

未来畅想着充满梦想的少女的内心。她不想让这孩子遭遇这些惨事，但这些悲伤全都是自己人生的一部分，都是形成了如今的自己的重要人生片段。

“不过啊，”未来继续道，“小未来很努力。无论多辛苦，你都有办法克服。现在的我还办不到，但能够发自内心地笑着的日子肯定会到来，我坚信这天一定会来，也会为之而努力。”

随后，未来用了一句圭史口中的“后催眠暗示”：“当你痛苦或悲伤时，就想想自己的名字吧——未来，未来，充满希望的未来。”

此刻，她似乎看到小未来轻轻地点了点头。

未来拭去泪水，向过去的自己道别：“再见了，小未来。谢谢你陪我度过了那么棒的一段时间。”

小未来睡脸安详地躺着。

看到未来悄悄站起身，圭史熄灭了荧光棒。

洞穴被封闭在了黑暗之中。

未来伸手摸索出口。

她再也没有回头去看小时候的自己。

时间来到晚上七点。

未来仍然站在防空壕的入口处，抬头仰望夜空。

银河的光芒和孩童时期别无二致。那些在小时候玩累了就将未来引领返回父母等待着她的温暖的家的星星，正在冲她眨眼。

就在未来注视星光时，其中一颗的光芒落入她的眼中。未来闭上眼，淡淡的光粒顺着面颊落下。

继续等待了十分钟，未来再度带着圭史进入防空壕。

用荧光棒一照，原先睡在那里的女孩不见了。

圭史吃惊地看着未来。

未来一言不发，怀抱小未来穿过的洋装，看向无人的坑洞。

7

翌日清晨，在杉并的单间公寓睁开眼，未来不禁想到，这一切仿佛都是梦中的故事。

小未来消失后的那些事，全都像发生在雾中那般，让人毫无头绪。似乎是圭史叫了出租车把自己送回家，但她完全想不起来车内的对话。在她回神之际，已经独自躺在了床上。

话说回来，支起身体的未来模糊地回想起临别前的事，“明天肯定会有好事发生的”——圭史好像这样说过。

未来在耀眼的朝阳下眯起眼睛，环视自己狭窄的房间。

墙壁的衣架上挂着一套小孩的衣服。桌上还放着名为《时间魔法师》的绘本。

未来微微一笑。这两样东西会成为她珍贵的宝物。

下床之后，她发现语音信箱的指示灯在闪动。按下回放键，录音留言在耳边响起。那是前一天和小未来在表参道时，曾给她留言的女制片人打来的电话。

“我是Vega Production的宫川，关于那项企划，有事想要通知你，请联系我。”

中午之前给对方回电吧，听听阳子怎么说——未来如此想。

哪怕只是之前听过好多次的、期待落空的答复也没关系。无论重复多少次，只要怀抱希望，就能继续敲开梦想之门。

未来闭上眼，将孩童时代起就会说的魔法咒语说给自己听。

“未来，未来，充满希望的未来。”

伴随着这句话，包围着未来的时间渐渐流逝，温柔地掠过她的脸颊。

不能恋爱的那天

1

很多衣服都只穿过一次，就变成了衣橱里的填充物。

未亚脑海里浮现出同样换过很多次的男友的脸。

就像配合季节变化而更换衣着一般，未亚频繁更换着男友。

“你啊，明明就是个‘颜控’，”在就读的女子大学食堂里，裕美子边大口嚼着热三明治边说，“为什么能一个接一个地抓住好男人呢？‘颜控’通常都会很辛苦的啊。”

“都是他们主动靠上来的。”未亚很重视友情，因此不会说出自信过满的话。

“那毫不吝惜地把人甩掉又是怎么回事？”

“总觉得不过瘾吧。”

“嗯。”裕美子一脸不满地随声附和，“是眼光太高了？”

“大概是吧。”未亚歪了歪头。总感觉哪里不对。

不知是不是这段对话的缘故，在翘掉下午的课去和男友见面时，未亚把对方的脸仔细地打量了一遍。

“怎么了？”开车到正门来接她的男友一脸天真地询问道。

对方是在联谊上认识的名牌大学的大三学生，即便不用努力打工，他也从没为零用钱而头疼。他比未亚年长一岁。

坐在副驾驶席上的未亚说道：“结束吧。”

“结束什么？”

“交往。”

“咦？为什么？”以为她在开玩笑的男友笑出了声，却在未亚下车时变得满脸认真，“到底怎么了？”

“对不起，之后我会发邮件给你。”

“喂，等一下！”

未亚并没有因喝止而回头，直接迈步向前。都是老套路了，以邮件发送的信息内容早就在脑海中冒了出来。她早把同样的内容发送给过好几个男性。

只要穿过正门返回学校，他就不会跟上来了。追着甩掉自己的女生进入女子大学的男生，这世间压根儿不存在。

她走进紧挨着小教堂的讲堂，在后排的裕美子身边坐下。

此时是基督教学的上课时间。

裕美子压低声音，快速询问：“约会怎么样了？”

未亚没有回答。

“你又那样做了？”裕美子的口气像在跟小偷惯犯说话，“而且还在这种大白天？”

唯独这次，未亚后悔分手太早了。居然在找到下一任之前就甩了对方。未亚从初中起连续六年有男友的纪录就此中断。

未亚在课桌上用手托腮，就连她也不得不思索一下自己这种容易厌倦的性格。电视和电影中所看到的恋爱都没这么干巴巴，应该是更滋润、更热烈，难分难舍的关系。她不禁怀疑，迄今为止自己的所作所为真的是恋爱吗？

难道说，自己压根儿没有看男人的眼光？

未亚细眉微蹙，陷入沉思。

适合自己的恋爱究竟是什么样的？怎样的人能给自己带来幸福？之前交往的那些男人都曾带给她相应的满足。那些人的外貌，带出去都毫不跌份儿；聊起天来也全都和无聊绝缘。身边的女性朋友们都很羡慕。然而不知不觉间，和她无话不谈的朋友就只剩下了裕美子。

“再这样下去，你就不能好好结婚了哦。”

裕美子的话很是刺耳。

接下来的两周，未亚开始夜以继日地寻找恋人。

然而联谊中止了，街上和她搭话的男人全都很没劲，下一任男友就是不现身。

为了改变运气，她还挑战过改变形象。她把卷发拉直，衣着风格也从可爱系变为休闲系。

但什么都没发生。

她把自己关在独居的单人公寓，对镜独看的时间变长了。及肩的头发，分明的双眼皮，连自己都喜欢的圆润的下巴线条。

应该没那么丑吧——她的内心越来越软弱。

这不就是跟镜子对话的魔女吗？搞不好是把男人缘用光了——未亚叹了口气。

“我还是第一次见到这么焦躁的未亚。”

翌日，在只有她和裕美子两人的酒局上，裕美子笑着如此说。她就算见到他人不幸也毫不隐藏痛快感这点，未亚很喜欢。

“总觉得什么都改变不了。”

未亚叹息着说，惹来裕美子看待奇珍异兽般的目光。

“到底怎么了？病得比我想象的还重。”

两个女生在酒吧里喝酒，天花乱坠地说了好一阵恋爱讲义，一看手表，已经过了末班电车的时间。未亚脑子醉醺醺的，就连自己的宝格丽手表是哪个男友送的都想不起来了。

“还没聊够，去我家吧。”

两人以AA制方式上了出租车，大约行驶了二十分钟便来到裕美子的公寓。以学生而言，那套1LDK[1]的房子十分充裕。她们就读的教会女子大学以贵族千金学校而闻名。两人轮流冲了澡，未亚借了裕美子的T恤当睡衣换上后，两人并排躺在床上继

1　1LDK：带客厅、饭厅和厨房的单间公寓房。

续聊天。

六月的夜风从微微敞开的窗户中吹入，让人备感舒畅。裕美子似乎觉得在这种关了大灯、只打开台灯的三更半夜讨论恋爱会让未亚情绪低落，因而转变了话题。

“话说，有个号称百发百中的占卜师哦。”

占卜，也是和恋爱并列的话题王道。

“真的？”

“嗯，听我朋友的朋友说的。说是这个占卜师还是个年轻男性，能够准确说出面前的人的未来。”

“他做什么类型的占卜？十二星座还是风水之类的？”

“不知道。”

“事务所开在哪里？算一次要花多少钱？”

“看相的费用倒还好。”裕美子说，“对方好像是哪个大学的研究生哦。”

研究生兼占卜师。总感觉这两个身份很不协调，未亚却被勾起了连自己都吃惊的强烈兴趣。不知对方是否也能预测恋情。“那人都占卜些什么？”

“这个嘛，”裕美子的口吻变得有些困惑，“他什么都不用做就能算准。”

“嗯？”

“我好几个朋友的朋友都去找他看过了。对方告诉所有人

‘最近不会发生任何事’，然后，真的谁都没出事。”

“这种说法，放在谁身上都能说准吧？”未亚忍不住笑了出来，但想到自身状况，又忍住了笑。如果自己被告知“不会发生任何事”，不就代表着无论等多久，都不会和下任男友相遇吗？

“我能不能见见他啊。”未亚说归说，却没抱太大期待。所谓“朋友的朋友说过”，根本就是无凭无据的传闻。即便如此，哪怕只有一丁点儿可能性，她都想要看看自己的未来。

裕美子似乎被未亚一反常态的恳切语气吓到了，反过来劝慰她：“你等两三天，我去问问朋友。”

2

事情进展得出乎意料地顺利。

占卜师名叫山叶圭史，是个如假包换的研究生，专业是心理学。

未亚和裕美子并肩坐在未亚刚甩掉没多久的前男友就读的私立大学附近的咖啡馆，等待山叶圭史现身。时间已到傍晚，但最近日照时间很长，仍有红色的阳光透过窗子照射进来。

心理学者兼占卜师。未亚把对方想象成一个戴着宽边眼镜、模样邋遢的人，却看到一个和想象中正相反的皮肤白皙、身材细长的青年走进店来。他似乎在寻找碰头的对象，东张西望地环视店内。

“你是山叶先生吗？”裕美子开口问道。

对方微微一笑。“抱歉，让你们久等了。我是山叶圭史。”

他的声音很轻柔。未亚对他有好感，却感觉他成不了自己谈恋爱的对象。圭史看起来二十三四岁，应该会喜欢年长而非年少于自己的女性。

裕美子和未亚做了自我介绍，圭史点了杯红茶后慢慢说道：“虽然被别人说成占卜师还是预言家什么的，但我不是。”

“啊？”未亚和裕美子同时发声。

“今天我之所以来这里，也是为了纠正误解。”

“这样啊？”裕美子说道。

“不好意思，让你们失望了。”

“那么，说准别人‘最近不会发生任何事’的传闻又是怎么回事？”裕美子追问。

“当时我就是这么想的罢了。通常这话都能说准，因为大多数人都过着不会发生任何事的每一天。”

“总之就是蒙对了？”尽管裕美子脸上挂着微笑，语气却很强硬，“看到现在的我们，你又有什么感觉？”

圭史露出困惑般的笑意，看向裕美子：“应该不会发生任何事的。”

“哈哈哈。”裕美子无力地笑了起来。

圭史的目光转向未亚，她心跳加速。万一他对想恋爱的自己说出同样的话……

“我呢？”未亚仰起脸，用几乎听不见的声音问道。却见圭史表情一变，未亚跟着一惊。不知不觉间换上认真神情的圭史先是窥视她的右眼，随后是左眼。他仿佛穿透了她的眼瞳，探索她的大脑。随后，圭史双眼失焦，呆呆地注视起了未亚的脸。

裕美子露出迷惑的眼神，询问“这人怎么了”。然而，未亚完全无法将眼睛从白皙的研究生脸上挪开。

“这个星期三，”圭史低喃般地说道，“要当心。”

未亚变得不安起来。“当心什么？”

“唯独这天，你不能恋爱。”

“啊？”

“这个星期三，你不能喜欢上任何人。”

意料之外的话语让未亚不知所措。“不能恋爱”，到底什么意思？

圭史猛地回神，掩饰什么似的笑了笑并站起身：“我总有这种感觉而已，再见。”

“等一下！”裕美子叫住了他。

“怎么了？”

“红茶还没送来。”

“啊……”圭史发出和外表毫不相称的愚蠢声音，再度坐下。

“那个……”未亚战战兢兢地问道，“如果我在星期三恋爱又会怎样？”

圭史犹豫半晌，最终还是说道：“具体怎样我也不清楚，你将过上很充实的生活。但你会对男友做出过分的事，最后变得非常悲伤。”

“非常悲伤，是指失恋？”

“不，是更加不得了的事……一般情况下不可能发生的事。”

我究竟会怎样啊？未亚边想边热泪盈眶。

“对不起，让你伤心了。”圭史慌乱地对未亚表达关心，“但尽管放心，只要不恋爱就没问题。不会发生任何事的，好吗？”

不厌其烦地叮嘱一遍后，圭史随即起身。“红茶给你，肯定很好喝。再见了。”

随后，他拿起小票离开。

“怎么回事？长得倒是蛮帅的，却是个怪人。”目送圭史一溜烟儿地跑出店去，裕美子说道，“不必当真。”

“嗯。”未亚先是点点头，又甩了甩头，借此拨开笼罩心头的阴云。

包括周末在内的随后四天，一定不要发生任何事。

星期二傍晚，未亚上完课后回到位于学芸大学站附近的单间公寓。

她很不安。

不能谈恋爱的日子，也就是明天，时间迫在眉睫。

未亚想用聊天来分散注意力，裕美子却跑出去约会了。而她又没有其他可以依靠的朋友。

坐在木质地板上，背靠着床看电视的同时，未亚开始思索该如何度过明天。要不要向学校请假宅在家里？这样就不用见任何人，也不可能喜欢上什么人。

然而，未亚很想喜欢上什么人。

要不出门去寻找邂逅？别去相信那个奇怪的研究生所做的预言就好。干脆顺其自然，如果遇到不错的人，就毫不犹豫地去恋爱。

到底在怕什么呢？迄今为止明明跟那么多男人交往过，也谈过那么多场恋爱。

研究生的话在脑海中回荡：

“最后变得非常悲伤。”

目前为止，她都没有因为失恋而悲伤过。是因为不曾真心地喜欢过什么人吗？若真如此，假如预言成真，明天喜欢上某个人的话，应该算是真正的恋爱？如假包换的、令人悲伤的恋爱。

在茫然的思索中，未亚认出了胆怯的自己。

不想受到伤害的自己。

直到夜里，裕美子的电话都打不通。未亚最终决定，明天绝对不谈恋爱。希望明天不会喜欢上任何人，希望明天谁也不要喜欢上自己。

未亚陷入浅眠，迎来星期三的清晨。

她决定不去学校，用打扫房间度过这一天。之前她过着经常外出的生活，如今冰箱空空如也，为了购买做饭的食材，只能出门去商店街。她故意没化妆，衣服也故意挑了灰色运动衫和褪色的牛仔裤。光脚穿上运动鞋后，未亚朝车站方向走去。

阳光明媚的住宅街上行人稀疏。走上大马路，未亚开始留意和自己擦肩而过的行人，带着和平常不同的理由注意着男人们的视线。

就在电车行驶路线的高架桥下，从两个街区外的拐角处走出来一个和未亚一样穿着充满生活感的衣服、学生模样的男人。两人四目相对。未亚先是摆出了打招呼的架势，又在看到对方的脸之后安下心来。蓬乱的头发、银边眼镜后面那双看上去很蠢的大圆眼。她绝不可能跟这种人谈恋爱。

未亚感觉很可笑，既因为惊慌失措的自己感到滑稽，也因为想冲那个土气的男人嗤笑的感觉。

一个毛骨悚然的声音响起。抬眼一看，就见男人的身体正被卷进大卡车的车轮之下。尖锐的急刹车声夺走了未亚的思考。她的双眼分明捕捉到了交通事故始末的一部分，头脑却无法理解发生了什么。

男人的身体消失在急速刹车的卡车下。未亚僵在原地，浑身战栗。

有什么东西在动——满头流血的男人从车牌下爬了出来，腰部以下的身体部位被扭曲到出乎意料的角度。男人盯着未亚，伸出手，好像在喊救命。

不要看！——未亚拼命在心中默念。

男人的嘴部在动。

不要看我！

男人的动作停止，全身瘫在地面上。

未亚挪开眼。她既不能逃走也无法喊叫，拼命想要驱散烙印在她脑海中的男人的残影。随即，她感觉意识迅速远离，浑身无力。

“你没事吧？”

伴随温柔的声音，有人承接住了几乎倒地的未亚。背部传来温暖的触感。她微微睁开眼，只见自己被一个个子很高的男人抱在怀里。

警笛声响起，好像是救护车或巡逻警车来了。身着制服的巡警不知何时已来到未亚面前，接连不断地向未亚提问。她完全听不懂巡警在问些什么，表现得十分迷惑，而那个抱着她的男人则在一旁重复巡警的问话。

“你叫什么？联系方式是？目击到事故的情形了吗？”

未亚面向男人回答了问题。她只看到男人被碾轧的瞬间，不清楚当时红绿灯的颜色。

在完成问讯时，未亚的意识也终于恢复了过来。令人震惊的景象在脑海中重现，未亚恐惧得泪流满面。

“你没事吧？”男人再度询问。

未亚光顾着哭，一句话都说不出来。

“要不要回家？”

回家就会变成孤单一人。未亚一把抓紧男人的衣服，内心充满了安全感。男人随性又得体的衬衫手感很好。

“你叫未亚？我叫山岸真吾。”

山岸看上去跟未亚同龄。可能是经常运动的缘故，他的长相干净又精悍。

“该怎么办？”真吾困扰般地看了看周围，又看向未亚的眼睛，“你一个人能回去吗？”

“我不想一个人待着。”未亚带着哭腔说。

“那去咖啡馆好吗？”

虽然未亚很想这样做，但很快她又双腿发软。咖啡馆在前往车站的那条路上，而路上还躺着那个倒地的人。

真吾也察觉到这点，因此朝反方向看去。“虽然要走一段路，但是你要不要去我家？不过我的房间有点乱。”

未亚抬眼看向真吾，确认他的表情中只有担心的神色。

“不，还是算了吧。”

“走吧。”未亚说道。

两人在深入住宅街的小巷中步行了约十五分钟。

他们在途中相互做了自我介绍。真吾是都内一所大学的大三学生，专业是未亚迄今为止的交友关系中不曾涉及的理科。他出生在群马县，来东京已有三年，还笑着说自己至今没习惯东京。

未亚颇感意外。她有很多朋友都佯装成东京人，还是第一次遇到与此相反的人。

真吾不停地发着小牢骚。他从前一天晚上起就在朋友家打麻将，输了个精光。

虽然看上去很帅，但他的话里话外总有种装傻的味道。不知这样做是不是为了安抚未亚遭受的冲击，未亚感觉到他是个平易近人的人。

真吾所居住的公寓是一栋古旧的木质二层楼，很难让人说出“房子还不错”这种话。

登上铁质的外置楼梯，站在最里端的门前，真吾说了句“要保密哦”，就伸手朝放在走道上的洗衣机内侧摸去，掏出钥匙。打开房门，内部由狭窄的厨房、六叠大的房间和单元浴室构成。

这跟未亚之前所交往过的所有男友的住处都不一样。简直就是男人的狗窝。在叠放了被子的六叠间里，未亚兴致勃勃地打量室内，真吾则让她在桌前的椅子上坐下。

“我去冲咖啡。”

未亚想了一下说：“我来冲吧？”

“没事，你坐着。”

桌上杂乱堆放着笔记本、课本之类的东西，未亚看到一堆无法理解的数字公式。她不由得想，对方肯定很聪明。

装在马克杯里递过来的咖啡一点都不好喝。能把速溶咖啡冲这么难喝的人也十分罕见。真吾坐在榻榻米上，说了一堆无聊的笑话。他看上去就是那种跟高雅品位无缘的人，但未亚的心情却平静了下来。真吾朴实无华的关怀，直接流入未亚毫无防备的内心。

看到未亚的微笑，真吾似乎也松了口气。“心情好点了吗？”

“嗯，谢谢你。”未亚坦率地表示。

“如果今晚有朋友能陪你住就好了。”

未亚的手机忘在了家里。“能借用一下电话吗？”

“没问题。”

拨通裕美子的手机后，对方表示今晚有空。未亚安心地挂断电话。

“我该走了。”

未亚站起身来，真吾又问道：“是不是我该送你回去呀？”

“我没事了。感谢你让我恢复精神。”

“那就好。”真吾面露微笑。

被真吾送出门，走出古旧的公寓后，未亚站在路上回望二楼的窗户。磨砂玻璃的另一侧能看到真吾的身影。

真想再见他一次——如此想着，未亚忽然吓了一跳。

“糟糕。

“我恋爱了。

“在不能恋爱的日子，我恋爱了。”

“哇，好惨。”裕美子说道。

太阳刚落山，朋友就来到了她家。未亚把今天发生的事的来龙去脉对裕美子讲了一遍，她本期待对方说一句“你没事吧”，可裕美子非但没安慰，反倒觉得很有趣。

“你蠢死了。偏偏要在星期三搞这么一出。”

“因为……”未亚想反驳，却想起那个研究生占卜师，“有点瘆人啊。总觉得他早就知道我会变成现在这样。”

“他大概是个货真价实的预言家吧。”

“但这样一搞，我会变成什么样？”未亚回想起山叶圭史的告诫，“你真觉得我会被卷进不得了的事里，然后变得很悲伤吗？”

“什么事都不会发生啦。”裕美子望着半空，想了想，“感觉真吾这人没什么钱吧？”

“嗯。”未亚不情愿地说道。

“那他会不会是诈骗犯？”

回想起对方亲切的眼瞳，未亚摇了摇头。“不可能。诈骗犯怎么会找我这种女大学生。”

“这事就以你的单相思告终了？”

“这就叫‘不得了的事’？”

“常言道，在非常时期相识的男女关系都长不了。搞不好你会独自忘乎所以，再被随随便便抛弃掉。”

“你好像无论如何都想看我倒霉啊。”

“被你看穿了？”裕美子笑道。

未亚却半点都笑不出来。她对裕美子口中的“非常时期”耿耿于怀。她和真吾正相识于非常时期。被卡车碾过身体、在苦闷中断气的男人那副恳求的神情和向她伸手求救的模样，清晰地从她脑海中浮现出来。未亚本该对事故遇害者抱以同情，却反过来对他生出了怨恨。明明是难得的恋情开端，却好像遭到了诅咒似的。一种难以言喻的不祥预感笼罩上了她的心头。

“你打算怎么做？”裕美子询问，“现在回头还来得及。只要你不联系他，就这样结束了。”

“该怎么做呢……”嘴上这么说，未亚却对自己的未来一清二楚。一到明天，她肯定会再去他家。想要再次触碰真吾的温暖的念头，无论如何都消除不了。

3

星期四。

未亚大清早就开始做饼干。

她为怎么搭配衣服而苦恼了一阵，最终决定走跟昨天一样的休闲路线。

她把写了感谢之词的小卡片系到饼干包装袋上，正准备在正午前出门，就听门铃响起。

难道是真吾？

未亚满怀毫无根据的期待打开门，却见门外站着两名中年男性。

“我们是警察。”

警官证忽然就被晃到了鼻尖下，未亚吃了一惊。

“我们是来询问昨天的事故。”个子较矮的刑警说道。

不愿回想的话题让未亚有些不快。“我昨天全都跟刑警说过了。”

“还有一件事需要确认。事件还没解决。”

这有点意外。造成交通事故的司机应该就在现场，难道没被捕？

“肇事者已被拘留，问题出在被害者这边。他没携带任何能够表明身份的物品，尚不清楚到底是什么人。”

那个土鳖男，到底要纠缠我到什么地步！——未亚皱起脸。

“目前正处于遗体无人认领的状态，所以警方才想，你会不会有什么线索，比如以前在附近见过他之类的。”

“那种人，我完全不认得。”未亚冷冷地说道。死者身份不明的事实，反倒让人越发觉得恶心。

“这样啊，那没事了。如果有什么线索，请联系我们。”两名刑警留下名片后离去。

未亚重新打起精神，走出公寓，朝真吾家而去。她把路线记得很牢，从自家步行过去约二十分钟的距离不远不近，十分微妙。

登上公寓的外置楼梯，未亚敲了敲门。没人回应，是不是到学校去了？话说回来，她曾听说理科的学生很忙。她想了想，把手伸进放在走道上的洗衣机内侧。钥匙在里面，真吾果然出门了。

虽然可以把包装好的饼干直接放在门口，但未亚很想见他。就在她失望地走下楼梯时，真吾走了上来。

未亚“啊”了一声，停下脚步，看到真吾露出爽朗的笑容：“你好呀。”

“你好呀。”未亚也跟着来了一句，“我来送昨天的谢礼。本来以为你不在家。”

真吾穿过通道，从洗衣机内侧取出钥匙：“碰到这种情况，你直接进去等我就好。”

“真的？”未亚知道自己的面庞正在发亮，说不定表情早已把她的想法给泄露了出去。

“来，请进。”

未亚跟在真吾身后进屋。房间保持着昨天的样子。

接过饼干的真吾十分开心。两人吃着饼干，忘记了时间的流逝。他们聊着大学生活、朋友、电影和音乐方面的爱好。

恋情就此开始。

翌日，未亚继续跑去和真吾见面。她仿佛全身都长满触角，探查对方话语中的细微差别。而真吾流露出的每一个明朗表情，都让未亚心情大好。

晚上回到家里，独自躺在床上时，未亚变成了那个一心想要见到真吾的人。只要跟他在一起，平常不值一提的事，全都会变得滋润人心。偶尔一起穿上的同色衬衣、想听他的声音时正巧打来的电话、让人忍不住点头的杂志恋爱占卜——所有的事物仿佛都带有哲学家都无法解释的深刻意义。

星期六，未亚找到真吾。两人一起待到星期天的夜里。

既没有逞强，也没有装腔作势。未亚感觉相比之前的任何一场恋爱，此刻的自己都更加天真无邪。在真吾面前，她没必要装成大人模样。真吾所喜欢的，就是未亚的本色。她仍会想要打扮得漂漂亮亮的，却完全没必要勉强自己。“怎样都行”的准则，让她的心情出奇地轻松。未亚生平第一次谈了一场身穿舒服便装的恋爱。

一星期的时间转眼飞过。

这天，未亚待在真吾的屋里。

就在她想着“和喜欢的人相拥的时间会不会被算进寿命里”这个问题时，手机铃声响起。真吾挪开身体，未亚从夹克衫口袋里抽出手机。

她收到一封邮件。很快她就后悔打开了，恨不得自己没看到。发件人是刚被未亚甩掉没多久的前男友，邮件里写的尽是单方面被甩后的气话。真吾似乎注意到了她，将脸转向窗户的方向。

未亚感到过意不去——并非对发件人，而是对真吾。不知为何，她为自己至今为止所做的一切感到羞耻。

看到未亚垂头丧气的模样，真吾问道：“怎么了？”

“没事。”未亚收起手机，靠在真吾身上。她回想起那个占卜师所说的话，忽然觉得不安。

“你将过上很充实的生活。”

“但你会对男友做出过分的事，最后变得非常悲伤。”

哪怕她告诉自己这种预言毫无根据，也无法抹除内心的不安。到目前为止，她对诸多前男友都做了很多过分的事。若在将来对真吾也做出同样的事情，自己会感觉万分悲伤吗？

未亚觉得唯有这点是她不愿做的。她只想永远和真吾在一起。她想让真吾用身体的温暖而非语言来安慰她，但当她把身体靠过去时，他却猛然退缩。

未亚愣住了。真吾的脸色瞬间改变，紧皱眉头地看着她。那是令人不寒而栗的冷淡视线。未亚不禁揣测真吾是否看到了刚才的邮件，但绝对不可能。他到底怎么了？

“真吾？”未亚双臂环抱他的双肩，随即愕然。她感受到了截然不同的气息。真吾的体温没变，一股仿佛要将未亚一把推开的凉意却传到她手上。

“你是谁？”真吾说道，声音也变得跟平常不一样，低沉又刺耳，“你在这里做什么？”

面对如此逼问，未亚搞不清状况。“你怎么了，真吾？”

“真吾？我才不是真吾。”说着，“他”用双手将未亚推开。

“你到底怎么了？”

真吾环顾室内，慢慢站起身，像看着祸害似的瞪着未亚。氛围中充满了似乎要使用暴力的感觉。然而，真吾只是背对胆怯的未亚，一言不发地走出房间。

未亚花了点时间才回过神来。她手脚颤抖，试图思考到底发生了什么，头脑却完全转不动。唯一知道的是，真吾判若两人，并从未亚身边离开了。

她追着真吾跑到外面。周围已被笼罩在暮色之中。总之，先去车站那边找，在能看到电车高架桥的附近，发现了一个站在路边的高个儿背影。

没错，是真吾。

未亚正要喊真吾，却在目光投向他看着的方向时站住了。

留在路上的黑色的斑驳，还有些许残留的人形的白线。

真吾正呆呆眺望着当时的事故现场。

未亚感到恐惧，却仍旧鼓起勇气问道：“真吾？”

被吓了一跳的真吾肩膀一抖，回过头来。

“你怎么了？”

“对不起……我是不是变得很奇怪？”

未亚点了点头。

“突然就变得莫名其妙。”真吾也是一副备受打击的模样，“我们今晚就在这里告别吧。”

“你没事吧？”

“嗯，再联络。”

单方面地丢下这句话后，真吾迅速离开了。

未亚想要喊住他，却做不到。她再次把目光移向事故现场，感受到了路面冒出的冷气，她仿佛被冻僵了。

“这是恐怖片啦，恐怖片！”

面对不停喊着“恐怖片、恐怖片”的裕美子，未亚不由得感到焦躁。

“我说，你在认真听吗？”

半夜被未亚喊出来的好友非但没生气，反而继续说道：“你男朋友不是突然跑出屋子了吗？好像被事故现场吸住一样，而且还像变了一个人。”

“拜托，别再说这种恶心的话了。”

“总之，未亚，你身上真的发生了不得了的事。”

一想到预言似乎成真，未亚不由得发怒。到底为什么会变成这样？都怪自己在不能恋爱的日子恋爱了吗？

“你们两个相遇的地方太糟了。居然是有人死掉的交通事故现场，不会被灵魂附体了吧？”

“别说了！”未亚打断裕美子，“肯定能搞清楚，比如多重人格什么的。最近不是经常听说这种事吗？”

“就算是这样，又该怎么治啊？”

“我怎么可能知道。”

“不管是多重人格还是其他什么，发生这种事，我们都处理不了啊！”

裕美子的话十分正确。未亚不由得慌了：“怎么办？该找谁？”

“那个预言家？”

“为什么？”未来皱起脸，“干吗还要跟那种怪人扯上关系？”

“那人虽说是占卜师，也是心理学家啊。”

未亚“啊”了一声，抬起头来。

4

山叶圭史轻快地出现在上次那家咖啡馆中。

虽然之前战战兢兢，可一和皮肤白皙的研究生碰面，未亚的警戒就降低了，取而代之的是软弱。面前的这个男性，一看就靠不住。

在圭史“你怎么了”的询问下，未亚断断续续地把从星期三开始发生的事说了出来。

“这样啊，还是恋爱了。”圭史满脸忧虑。

“这到底怎么回事？”裕美子在一侧发问，“你说准了，未亚真的陷入不得了的事。”

圭史挠了挠头，“嗯”了一声。未亚则下定决心般地问道：“我和真吾接下来会怎么样？”

“我也不清楚，”圭史压低声音，“信不信随你。但之前和你见面的时候，我看到了异象。”

“异象？”

“就是inspiration（灵感）之类的各种画面。比如倒下去的你，还有从身后抱住你的那个人。”

他还真是货真价实的预言家——直觉告诉未亚。在说明情况时，她并未把真吾在事故现场从身后抱住她的事说出来。

“然后呢？”

“你慌了。后悔做出了让他痛苦的事。最后你孤单一人，陷入悲伤。”

未亚茫然地问道：“就没办法改变吗？一定会变成这样？”

“这我不知道。”

自己会给真吾带来痛苦。但未亚想不明白，自己不可能做出这种事啊。“我想帮助真吾。你知道他身上发生什么事了吗？”

“变得判若两人了，对吧？”圭史确认道。

“嗯。”

“在那之前，他的生活很普通吗？是不是正常地去上学，正常地过日常生活？”

未亚点点头。

圭史双臂交叉，陷入思考。“与其说是多重人格，不如说附体现象的可能性更高。”

“附体？”未亚和裕美子同时发问。

“就是被恶魔或灵魂附体之类的。”

果然如此。未亚不禁背脊发凉。真吾变成了另一个人，凝视着事故现场。肯定是被卡车碾轧的那个男人的灵魂附在真吾身上了。

“等一下，”裕美子插话，“你说这都是灵魂干的？这是科学研究人员该说的话吗？”

面对她的气势汹汹，圭史似乎有些招架不住。“不不，所谓附体现象，也有两种分类。在精神医学的研究领域，也可以解释为心理疾病。”

“也有心理疾病解释不了的？”

圭史犹豫片刻后才回答：“嗯。虽然很少，但真的存在。”

未亚不由得呼吸困难。

圭史继续说道：“只有一个团体会认真对待附体现象，那就是基督天主教。他们有区分精神疾病和真正的灵魂附体的一套标准。”

“怎么区分？”未亚探出身体。

“套用在这次的案例上，”圭吾花了点时间思考，“假如你男友变成另一个人时，把只有另一个人才知道的事说中了，那就应该是灵魂附体。”

另一个人才知道的事？未亚动了动脑筋。假如附体的就是死于事故的那个男人的灵魂……

“身份。”未亚低喃。

“什么？”裕美子问道。

“刑警说过，被卡车碾死的那个人的真实身份还没查出来。如果真吾能说出那个人的姓名和住址……”

“那肯定就是灵魂附体。”圭史表示。

走出咖啡馆，未亚立刻朝真吾的公寓走去。老实说，她很害怕。但若抛下真吾不管不顾，不知又会发生什么。这样只会重复迄今为止自己做过多次的事——轻易抛弃男友，没有建立心灵层面的深刻羁绊，只图眼前的快乐而和男性交往。

山叶圭史所说的“痛苦的事”，大概就是自己舍弃陷入困境的真吾直接逃跑吧。她在内心发誓，绝对不会让这种事发生。

敲了敲公寓房门，无人应答。未亚拿出洗衣机里的钥匙进入房间。

真吾在哪儿呢？该不会在被附身的状态下出去游荡了吧？

在无人的房间里，未亚留意到电话留言的灯在闪亮。她多少有些过意不去，但还是说服自己“具体情况具体分析”，按下了回放留言的按钮。

录音里传出一个听起来是学生的男声，似乎是真吾在大学的朋友。对方说真吾最近都没去学校，并对此表示担忧。

回放结束的同时，房门响起开启的声音。未亚转头，就见真吾一副疲惫的模样，站在门口。

“未亚。”听到这个温柔的声音，未亚立刻冲了上去。她搂住真吾的脖颈，泪水夺眶而出。

“让你担心了。”真吾说道。

待心情恢复平静后，未亚问道：“你知道自己怎么了吗？”

“不知道。”真吾摇摇头，“但我做自己的时间，好像越来越短了。”

莫非这代表着真吾的内心正被慢慢占领？他会在哪一天完全变成另一个人吗？尽管心情低落，未亚仍旧振作起来重新思考。总之，现在必须掌握附体的证据，需要等待真吾变成另一个人，并问出对方的身份。“你好好休息，我会一直陪着你的。”

她陪着真吾走进六叠间，坐下后，他们进行了一会儿毫无营养的对话。真吾还是平常的真吾。

未亚产生一种不可思议的感觉。发生在两人身上的异常事件，被自然地推到了意识之外。

只要有真吾，她为什么就能安心？能感觉如此暖心？

回想起之前交往的那些男友，未亚明白了。她没必要跟真吾争相温柔，也没必要用小心翼翼的眼神试探对方的爱意，更不必有“为什么会因为这种事吵架”的空虚感。

过去的那些恋爱中，耍手段的次数越多，爱意就越少。但她不必再为此担心了。真吾会爱那个毫无修饰的、真正的她。

唯独这个人，是她不想与之分离的。似乎抱有同样想法的真吾搂住了未亚的肩膀。

未亚的内心深处燃起一团火，然而并未持续太久。真吾传递过来的温暖变成了某种冷淡的东西，冷得如同死者……

未亚吓得迅速抽离身体，只见一张凶恶的脸紧盯着她。“怎么又是你！”

其他人的人格出现了。未亚害怕到不行，却仍旧发问：“你是谁？告诉我你的名字。”

“不。”对方冷冷地说着并起身。

“等一下。”未亚下定决心，拉住变成另一个人的真吾的手腕，“这里是我朋友的房间。你怎么会在这里？不告诉我你叫什么，我就报警了。”

“真搞不懂啊！”对方态度恶劣地轻声说道，“都筑浩志。”

未亚牢牢地记住这个名字。“住址呢？你住在哪儿？”

“惠比寿。”短促地回答过后，他逃也似的走出房间。

未亚想要追上他，却办不到。她双腿颤抖个不停。

未亚急匆匆地赶着夜路。尽管很担心不见了的真吾，但现在她有必须做的事。

她赶回自己家，拿出夹在地址簿中的刑警的名片，用颤抖的手指拨通电话。她向电话那头的警察表示“关于学芸大学站附近的交通事故”，电话立刻被转接到前几天见过的刑警那里。

“死掉的那个人……他叫都筑浩志。”

未亚能感觉到，刑警因为她提供的信息而立刻兴奋了起来：“真的吗？”

“我不敢保证一定对。”

“知道对方住哪里吗？”

“好像是惠比寿。”

“了解。警方会去调查。”

对方要挂断电话了，未亚慌忙制止：“啊，请等一下。如果有了结论，希望能告知我。”

“没问题，请稍等片刻。”

之后的半小时，她焦急地等待着电话铃声的响起。在时针指向九点刚过时，刑警终于联系了她。

“怎么样？”未亚振奋地问道。

“刚才您提到的都筑浩志，他的名字在惠比寿派出所的巡回通知单上有登记，此人实际上还活着。”

未亚说不出话来。

“如果他是被害人，应该已经死了……感谢您提供的重要情报。后面就交给警方处理吧。”

“好的。”

电话挂断了。

不会有错了。被卡车碾轧致死的都筑浩志的灵魂，附在了真吾身上。

5

翌日清晨，未亚早早地赶去学校，抓住正准备去上第一堂课的裕美子。

“我不去上课的话，谁替你签到？”未亚扯着这样喊着的朋友，走进学生食堂。

听完昨晚未亚和刑警的对话，裕美子一时之间哑口无言，随即很冷似的抱紧双肩：“真有这种事？”

“我该怎么办？无论如何我都想帮真吾。”

“就算你这样问我……”

“之前你不是为我想过很多吗？”未亚冲困惑的裕美子说，“要不要再去问问那个预言家？”

“这次可不行。他是心理学家，就算能治疗疾病方面的附体现象，也搞不定真正的灵魂附体。”

未亚也不得不承认这点。“那该怎么办？”

“啊，对了！”脸色发光的裕美子拉着未亚的手腕跳起来，“一起去！”

“去哪儿？”

两人走出食堂，裕美子在两旁树木间的校园路上边走边说：“那个预言家教过你解决方法的。回想一下，他说的判断真正的灵魂附体的标准是由谁决定的？”

“基督天主教。”

“我们上的是什么大学？”

“女子大学，”说着，未亚终于反应过来，“教会学校！”

“没错。去教堂，那里有神父。”

名为“御圣堂”的校内教会位于本校舍的内侧，已经大二的未亚却从未踏入过其中半步。

推开正门，她和裕美子战战兢兢地走了进去，教会中充满了从彩色玻璃照射进来的光线。在并排摆放的长椅那头高高举起的大型十字架下，站着一名身穿黑色僧袍的外国神父。听说他是德国人。感觉到两名学生靠近，原本将目光落在《圣经》上的神父露出柔和的笑意迎接两人。

“神父。”裕美子开口道。

“我是。”神父以日语回答，未亚松了口气。

“我想和您谈谈我朋友的情况。”

裕美子开始说话，神父露出倾听异国语言时的人所特有的蹙眉神情。他数次对裕美子的话做出反问，最后以结结巴巴的日语确认。

“你是说，有人疑似被恶灵附体，你想帮助对方？”

“没错。”未亚说道。

神父面露微笑。

不知对方是否相信她们所说的话，但那份温柔的笑容真的跟真吾很像——未亚暗忖。

“请拿水过来。”神父命令道。

“水？”

裕美子从斜挎包中拿出一瓶没开过的矿泉水：“这个行吗？”

“行。”神父颔首，随即满脸严肃。教会中的空气仿佛为之一变。神父口中轻喃祈祷之词，最后以右手画了个“十”字：“以圣父、圣子、圣灵之名，阿门。”

看着困惑的未亚和裕美子，神父解释道：“这瓶水已被圣别[1]，成了圣水。”

“圣水”这个词听起来很耳熟。

“用这瓶水净化你朋友的房间。”

受到恐怖电影的影响，内心想象了一场壮烈的驱魔仪式的未亚有些跟不上节奏。莫非这位神父没有真的认同她们所说的话？

“这就行了吗？”裕美子发问，“万一没效果……”

“到那时，就请把你朋友带去医院吧。”神父柔声说道。

未亚把矿泉水瓶装在包里，离开大学，快速朝真吾的公寓走去。

钥匙仍在洗衣机里。真吾出门了，他不在家反而更好。

未亚进入房间，拧开塑料瓶盖。她用手掌接着圣水，在玄关、厨房，又沿着内侧六叠间的墙壁泼洒。不知是不是错觉，她总感觉室内充满了洁净的空气。

接下来就是等待真吾回家。如果神父所言不假，只要他踏入室内，附体的灵魂就会立刻被驱散。

在桌前的椅子上、叠好的被子上，未亚在留有真吾气息的

1 圣别（consecration）还有几个不同的中文释义，如“祝圣”“圣化”“（基督教的）授圣职礼”等。

房间各处等待他的归来。然而，白天过去，黄昏将近，真吾仍未回来。不安涌上未亚的心头。真吾曾说过“做自己的时间，好像越来越短了”——难道他的灵魂已被完全转移了？莫非未亚所爱的人已被彻底附体，去了她所找不到的地方？

她察觉到室内变得昏暗，到了该打开天花板上荧光灯的时间了。手机铃声响起，她立刻看向显示屏，本以为是真吾打来的，却看到一个陌生的号码。她接通电话，对方是刑警。

在确认过接电话的人确实是未亚之后，对方问：“你在哪儿？”

“朋友家。”

“能立刻见一面吗？”

“现在吗？”未亚环顾主人不在的房间。真吾到底什么时候回来？

“有急事，必须见你一面。五分钟就够了。”

“我现在很忙。”

“真的很重要。”

虽说要暂时让房间空着，但她也没办法了。“既然这样，去我家行吗？二十分钟左右我就能回去。”

“没问题。”

在回家途中，未亚边走边留意周围，仍旧没看到真吾的身影。

回到单间公寓，在房间等待了几分钟，门铃就响了。先前来过的两位刑警站在门口。

“感谢你昨晚来电。”个头较高的刑警说道，“关于住在惠比寿的都筑浩志。”

“到底怎么样？”

“都筑浩志确实住在惠比寿。”

这段话昨天已在电话中听对方说过了，面对不解地歪头的未亚，刑警继续说道：“也就是说，对方现在还活着，精神饱满地活着。”

“啊？”未亚被弄迷糊了，交替地打量两位警察的脸。都筑浩志还活着？没有死于交通事故？

“所以有些情况需要你确认一下，你口中所说的都筑浩志，是这个人吧？”

刑警从胸前口袋中取出一张照片让未亚看。那是一个个子很高、手持网球拍的男子和同伴的合影。

未亚瞪大双眼。这张照片令她惊愕不已——照片上的那个人，正是如今她最想见的、最喜欢的男友。

“不对，错了。这个人叫山岸真吾。”

“山岸？”刑警们对视一眼，“你在说什么？这是我们见了对方家人，直接确认过的。照片上的人就是都筑浩志。”

“怎么可能……”说到一半，未亚的思考停止了。她察觉到一件很难令人相信的事，而只要稍微想想，就会因巨大打击而崩溃。

“你怎么了？”刑警问道。

“对不起。”未亚心不在焉地说。

另一个人才知道的事。

洗衣机里的钥匙。

“我认错人了……把另一个人错认成了这个人。”

“没事的，”刑警稳当地说道，“能确认对方就帮到警方的大忙了。”

在刑警们告辞前，未亚便夺门而出。泪水再也止不住，她真的对真吾做了很过分的事，真的让真吾受苦了。不赶紧去他家就会出大事。

奔上木质公寓的外置楼梯，在洗衣机里摸索钥匙的未亚僵住了。没有钥匙，窗口亮着灯，真吾在房间里。

“真吾！”打开房门一看，他就在室内，坐在六叠间正中。听到未亚的喊声，他缓缓转头。

“未亚？”他的笑容很微弱，却依旧温暖。

未亚冲过去，拉住真吾的手腕：“出去！快点！”

“房间里的空气变了。”他说道，“感觉很舒服。”

“求你了……”

“不，没关系。未亚能来送我，我很幸福。”

未亚呆呆地注视着一动不动的真吾。

“一开始没弄清是怎么回事，”真吾继续说道，“人行道的信号灯变绿了。但我背后却遭到强烈冲击，眼前一片黑暗。等我醒过来，已经到了别人的身体里……还抱着快要倒下去的女孩。”

未亚打从心底爱着的人已经死了。如今跟她肩并肩坐着的、长相精悍的男性，唯有内心是真吾。未亚忍受着痛苦的回忆，努力回想真吾真正的模样。从马路对面走来的男子，自己在看到他的模样时感觉相当厌恶，还嘲笑他邋遢。她完全不知道他有多温柔、内心有多纯净，光凭外表就产生轻蔑之情。在他摔倒在地、血流不止的时候，她也没采取任何行动，只是恶心地转过头去。彼时的真吾，到底有多痛苦？有多疼？在没有任何人出手帮助的寂寞中，真吾就那样死去。

真吾，对不起。

未亚张开嘴，却说不出话来，取而代之的是无法抑制的哭声。

“不要悲伤。”真吾温柔地说道，“能够和未亚相遇真是太好了。我从未有过如此幸福的时光。我必须感谢未亚，谢谢你。”

未亚任由真吾搂着她，把脸埋到他怀里。此刻的安宁，一如既往。沉浸在温暖的过程中，未亚察觉到了自己的胆怯。即便喜欢上一个人，也总在害怕。搞不好哪天会被对方讨厌，搞不好会被抛弃。未亚所爱的并非对方，而是自己。她总是谈着只为自己考虑的恋爱。

唯有真吾是不同的。他接受了未亚本来的样子。唯有他，她才能够坦率地去爱。完全没必要为恋爱的前途担忧。唯有被真吾的温柔包围，未亚才是幸福的。

夜越来越深，受到神明祝福的房间里飘着静谧的气氛。这是六月的圣夜——未亚如此想。这是专属他们的最后的夜晚。

她抱着真吾，感受到他的体温在慢慢下降。哪怕一点也好，未亚都想让他更温暖一些，因而紧紧搂住他："别走。"

"对不起，但我必须走了。"

"求你了，留在我身边。"

"我永远都在未亚身边……我会永远想着未亚……"

真吾断断续续的声音揪痛了未亚的心。

"……未亚是个很棒的女孩……一定会幸福的……"

"真吾？"

"……一定会幸福的……"

真吾的话语消失在了不经意间造访的寂静之中。未亚怀抱的温暖，也被召唤去了某个远方。

即使呼唤他的名字，也不再有回应。真吾留下充满安宁的回忆，就此离开。

被孤单留下的未亚扑簌簌地掉泪。

不久之后，人类的感觉回归。未亚缓缓抽离身体。眼前的男人变成了另一个人，外表虽好，却无法与自己心意相通的人。

清醒过来的男人愣了一瞬间，随即用险恶的眼神瞪向未亚，似乎是把对异变的焦躁发泄在了未亚身上。

未亚垂下目光，一点也不想跟他说话。

对方似乎想要说些什么，最终一言不发地走出了房间。

等到室内恢复寂静，未亚再度环顾六叠间。她和真吾两人创造出回忆的公寓，未亚的爱人度过人生最后时光的房间。

“真吾，永别了。”

离别的泪水滴落下来，给留在桌上的钥匙染上一层淡淡的光泽。

打完电话，两位刑警很快赶到。他们一直在未亚家周围打转询问。

未亚为提供了错误情报而道歉，又提供了被害人的真实身份。“遭遇事故身亡的，其实是山岸真吾。”

刑警“哦？”了一声，脸上仍旧挂着半信半疑的表情。

“只要调查一下就清楚了。”未亚说着，将真吾旧公寓的位置告知刑警，“请把他送回家人所在的故乡。”

“明白了，我们立刻调查。”高个子刑警回答道。就在他们刚想离开时……

"啊，请等一下，刑警先生。"未亚无论如何都想告诉他们一件事，因此喊住了刑警。

"怎么了？"两位刑警回头。

"那个……"未亚盯着自己的脚尖说道，"山岸真吾是个非常好的人。"

刑警们惊讶地盯着浮出泪光的未亚。

6

蜷缩在屋里不肯出门的未亚，被裕美子强行带出了门。

无聊的课。在回家路上浏览百货橱窗。无论在学校食堂还是家庭餐厅，无论何时何地都能开始的无聊谈天。

裕美子还从其他小群体中拉了好几个熟人过来，陪未亚聊天的对象也随之增加。

六月底，初夏的日光变得耀眼的时期，学生们迎来暑假前最后的大任务：期末考试。

未亚不曾露脸的课程的笔记，裕美子全都给她准备好了复印件。托裕美子的福，未亚考出了不用担心留级的分数。

即便过着慌忙的每一天，未亚仍旧一直发呆。她甚至分不清自己是陷入了悲伤的深渊，还是正在重新振作。只是再这样下去，她就只能独自度过暑假了。裕美子也没办法每天陪伴在她身边。这样一想，她陷入了不安——她无法忍受更进一步的寂寞。

进入暑假的那个清晨，未亚忽然下定决心联系山叶圭史，那个事先预知到她这场悲伤恋情始末的占卜师。对于这场在"不能恋爱的那天"开始的恋情之后会发生些什么，她全都不曾听对方说过。

自己的将来会怎么样呢？

怀抱些许的胆怯，未亚拨通了裕美子告诉她的号码。手机接通了，圭史接起电话。

未亚难过到无法讲述真吾的遭遇，他也没追问。在她拜托对方今天见一面的时候，圭史的声音变得艰涩。

"今天吗？最好不要。"

"为什么？"未亚口气强硬地反问，她对于自己的未来变得敏感，"会发生什么不好的事吗？"

"不，不是这样的，"圭史好像在寻找可说的话，"今天还是不要来见我，最好上街去。"

"为什么？"

"今天是能恋爱的日子。"

短暂的沉默过后，未亚选择相信预言家的话。短促地道谢之后，她挂断电话。

未亚来到街上。

带着热度的空气，宣告盛夏的到来。

在开始恋爱之前，先找一套适合现在的自己的衣服吧——未亚心想。

娃娃屋的舞者

1

尽管两百个女生挤在一起，会议室中仍旧很安静。

她们各有各的状态，换上背心、T恤、运动衫，喝着果冻饮料，做伸展操放松身体。不时还有完全不相识的人视线碰撞、反射，又彼此撇开。她们全都是竞争对手的关系，这种情况也难免。

这里是试镜会场的休息室。

在一起聊天的，不是来自同一个舞蹈工作室的，就是为了分担不安而建立速溶友情的人。

为了让心情平静，香坂美帆挺直背脊站立，检查自己映在镜中的形象。深蓝色紧身衣加黑色紧身裤，搭配一条古典芭蕾短裤。贴在前胸和后背的参赛者号码为92号。

她有意揪紧了头发，借此确认全身的平衡之后，体内那根紧绷的弦才稍稍放松。朝左右两边呈一百八十度打开的脚尖也舒畅地摆回内侧。这是她将舞蹈的感觉从芭蕾转移到爵士的独特方式。

“我好怕。”跟美帆并排站着的亚纱香小声说着。贴在她背心上的号码和美帆连号,93号。“休息室的氛围一直都是这样吗?”

“或许今天比较可怕。”有一定经验的美帆如此回答。

“啊，我可是第一次参加啊。”

“别在意，别在意，做着做着就习惯了。”

话说回来，她也是我的竞争对手啊——安慰亚纱香的过程中，美帆又想到这点。在上午和下午合计四百名应征者中，只有十个人会被选上。唯有那十个人能够登上新款手机的发售活动舞台，并在那里起舞。

亚纱香比自己小四岁，又是自己的室友，对她当然没有竞争意识了——美帆如此想。在共用同一个房间的半年时间里，她或许没把亚纱香看作竞争对手，而是看作了战友。

确认周围有一定的空间后，美帆开始练习旋转。她朝回旋的方向瞬时甩头，无论是脚尖旋转还是分腿跳，平衡感都渗透到了全身——应该是这样的，但她略微摇晃了一下。在旋转时两边松弛了些，这是她在紧张时的毛病。刚才那些话都是安慰亚纱香的，什么“做着做着就习惯了”，纯粹是扯谎。美帆总是重复同样的失败。自从来到东京，以成为专业舞者为目标而开始的这四年时间里，她参加过数不清的试镜，也经历了同样次数的落选。无论再如何努力，都无法通过实力方面的最终考核。

如果能预知自己的未来该有多好——最近美帆甚至这样想。

一年后的自己会依旧做着同样的事吗？半年后呢？哪怕无法预知到那么遥远的未来，就算能预知三小时后的事都好啊。只要能掌握这次试镜的结果，她就能在不被未知的不安所击溃的情况下尽情舞蹈。

“各位都准备好了吗？”

明朗的声音响起，一个年龄约三十五岁的男人进入室内。从笑容和举止上就能看出，他是一名编舞家。

“接下来，请1号到100号的参选者到隔壁的摄影棚去。”

终于要开始了。美帆从靠墙摆放的包中取出毛巾、运动饮料和当作护身符的小熊玩偶，加入准备移动的参选者队列。亚纱香不再说话，可怜兮兮地绷紧了脸。

“没事的。”美帆安慰道，摸了摸亚纱香的头——与其说想表现得游刃有余，不如说她把想要做的事放在了亚纱香身上。

一旦进入隔壁的摄影棚，紧张感就变得越发强烈。镶嵌着镜子的墙壁前，摆放了一排评委专用的长条桌。在主题的编舞跳完之后，这里就会直接变成考核实际技能的会场。

铺设地面的材质并非适合跳舞的亚油毡，而是木质地板。美帆把长度及脚踝的短袜折成两半，只穿到脚背的前半部分。不这样做的话，旋转时脚尖就滑不起来。

编舞家打开音响设备，开始播放主题曲。美帆挤在按照编号排成一排的参选者中，让身体感知每一个动作。

曲子的节奏很快，约在BPM[1]144。参选者们所试跳的是其中的十六小节，长度不到一分钟。芭蕾、爵士、摇滚加上街头风格，包罗万象地吸收了各种舞蹈元素。其中只有一处动作是美帆不熟悉的。算是街头，但不是嘻哈，难道是街舞？

到了地板舞部分，分成五组的参选者一组一组地从摄影棚的一头到另一头，一边确认转身的组合一边移动。难度相当高。

美帆看着其他组的动作，她和其他参选者应该都在评委的视线内。到底谁能入选，谁会落选？明明是舞蹈演员的试镜，却穿着不能体现身体线条的运动服的那些人，一看就知道是初学者。其他大部分的人都很难分出优劣，也有少数人显示出压倒性的舞技。舞者的世界与专业或业余无关。全员都能参加选拔，胜出者就能以跳舞为职业。等这场活动结束了，就前往下一场试镜，如此反复。如果能得到认可，成为剧团或主题公园的专属人才，就能获得暂时的安定。可即便是这种人，他们的实力也会不断受到考验。所有人的未来都没有任何保证，只能靠微薄的收入生活。

尽管如此，美帆还是想要跳舞。再没有任何事比跳舞更快乐了。只要音乐声响起，声音就会化作一条肉眼不可见的线条，流淌于空间之中。只要沿着线条转动身体，不知不觉间就形成

1　BPM：Beat Per Minute 的缩写，为每分钟节拍数的单位。

了舞蹈。优秀舞者的表演能够让观众心旷神怡，偶尔还能描绘出人类的美丽与悲哀，甚至是舞者的人生。

尽管美帆希望有朝一日能够达成那个目标，但对于如今的她而言，这一切都只是奢望。她始终安于业余选手的位置，甚至连最初的一步都没有迈出去。日积月累的焦躁生出悲壮感，她甚至想，哪怕一次都好，让她胜出选拔，以专业舞者的身份沐浴在聚光灯之下，该有多么幸福。

“好，到此为止。”

编舞家说着，结束了三十分钟的舞蹈。

“以参选号码为顺序，十人一组，考核即将开始。其他人都请退后。”

往墙壁处移动的当口，亚纱香怯怯地开口：“怎么办，我什么都记不住。”

美帆也感觉有些怪。但她也只能表示：“就算失败，也别表现在脸上。”

四名评委进入摄影棚。他们都是舞台演员或活动策划。这些人再加上编舞家，五个人将判定参选者们是否合格。

真正的舞技考核和之前截然不同，进行得很快。站到地面中央的十个人一个接一个地报上姓名和号码，配合音乐跳出主题舞步。默不作声的评委们不时将目光投向桌面，在手边的纸上写着什么。那是一种仿佛故意给参选者们施加压力的冷淡。

几分钟之后，下一组开始跳舞。转眼间就轮到美帆这组出场。

“下一组，91号到100号。”

美帆把护身符卷在毛巾里，站起身来。她能控制住狂跳的心脏，手脚仿佛被铁丝缠住的紧张感却和平常一样。“把这当成最后一次试镜”的想法忽然掠过脑海。对于没有回报的考验，她已经厌倦透了。在技术考核前夕，美帆意识到自己变得软弱，这使她本就背负的负担变得更加沉重。

“92号，香坂美帆。”美帆端正了姿势，藏起动摇感，报上姓名。

“93号，秋山亚纱香。”

亚纱香的声音出乎意料地沉稳。映在正面镜子中的亚纱香一副沉着的模样。难道她是那种擅长实战型的选手？“亚纱香”这个名字也很有艺人的感觉——美帆茫然地想着。

音乐在不经意间响起。以舞动为契机，身体开始有了反应。美帆用爵士的动作大幅度地挺起胸膛，留意着不要带出芭蕾舞的感觉。她让听觉变敏锐，用心捕捉声音，让曲子形成流动。街舞的舞步也顺利完成，镜中的自己状态良好。她有信心战胜一起跳舞的其他参选者，唯独一人不行，93号，亚纱香。唯有亚纱香紧紧跟随在美帆身后，仿佛要贴近她的舞蹈。她究竟什么时候跳得这么好了？舞蹈从街舞风的爵士一转，变成双腿在空中振翅般的快滑步，随即以地板舞继续。旋转组合。回旋前的准备动作，以单脚为轴心旋转的“皮鲁埃特”[1]，再以双脚脚尖回旋的连续旋转三重舞。在需要高抬腿的脚部动作上，能够保持平衡的只有美帆和亚纱香。美帆发觉变得懦弱的自己真可笑。随着音乐，她随心所欲地操纵全身的快乐。她还想跳更多的舞。在这个唯有美丽的时刻，她想让自己沉浸得更久一点。

不可思议的感觉在美帆心底扩散。从前她也有过这样的经历——和亚纱香、其他参选者并排而站，挺胸起舞，到底是什么时候呢？不，这不可能。虽说是室友，但这还是她第一次和亚纱香一起在摄影棚跳舞。难道是既视感[2]？

以大音量鸣响的曲子被唐突地切断。十名舞者仿佛各有各的主意一般，动作变得七零八落，舞技考核就此结束。

“各位辛苦了。”编舞师把手中的圆珠笔放到桌上，站起身来，“结果出来之前，请各位在休息室等候。”

才跳了十六个小节的舞，既没有出汗，也没有大喘气。美帆和亚纱香不约而同地看向彼此。

“或许很顺利。”亚纱香脸上仍有残留的紧张感。

美帆点点头。她感觉未来意想不到地变得明亮起来。

---

1 皮鲁埃特（pirouette）：芭蕾术语，单足尖旋转。

2 既视感：一种生理现象，也称幻觉记忆，即“似曾相识”。

虽然是阴天，空气却很清新，群山的棱线清晰可见。

住在港口附近的一个家庭主妇把孩子们送到朋友家去玩，随即像平常一样，开着轻型汽车前去打工处。

背对大海，越过单线道口，车子向半岛内侧行驶而去。这片高原地带成为四季皆能享受的度假胜地，高低落差的地形让人们能够幸运地享受大海和高山。到了晚上，还有无数的温泉旅馆招待疲惫的游客。

车子驶过从车站延伸出来的樱花行道树，从散布在各处的时尚民宿之间穿过，继续向内陆前进。前窗的另一侧可以看到隆起的圆筒状的山，是这个地区的地标。登山缆车像抚摸着山峦一般不停上下。

旅馆、餐厅、小型美术馆等观光点到此告一段落，家庭主妇打工的娃娃屋博物馆还需要再环山半圈，位于山坡北侧。除了砍伐林木而建成的国道的延伸，什么都没有。铺满了碎石子的宽广停车场，以及道路边孤零零安插的指示牌，总让人觉得酝酿出一股荒凉的氛围。

但她很喜欢这里。正因为此地与度假胜地的热闹无缘，才让人备感静谧和温暖。以深茶色木材组合建造而成的平房，如同其内部展示的诸多娃娃屋一样，以舒畅的感觉迎接前来造访的人们。

她把车停在停车场一角，朝博物馆的方向走去，就见挂着铃铛的大门从内侧打开。馆长菅原走了出来。他的装束和平常一样，棉质衬衫搭配棉质长裤。已年近五旬的他，动作仍旧轻快如年轻人。

“早上好。”主妇边打招呼边吃了一惊。馆长往大门把手上挂去的木雕告示牌上，写着：“感谢诸位长时间的支持。本博物馆将于下月末闭馆”。

“啊，对了，”菅原惊讶地看着瞪圆双眼的主妇，“还没跟你说过。我跟前一个来打工的人说了。”

“说什么？”

“这家博物馆在开馆之前就把闭馆的日子给定下来了。”

开馆之前就定下了闭馆日？虽然能理解馆长的话，主妇却更加迷惑。

“先决定好结束的日子才开始营业的？”

“嗯。这话很奇妙。”菅原说着，走进博物馆。他将大门敞开，让馆内也能够听到小鸟的鸣啭。“这是我叔母的遗言。”

菅原的叔母名叫小夜子，是这家博物馆的创建者。馆中展示的娃娃屋全部出自她之手。尽管她的称呼是“娃娃屋创作者”，但这并没有成为她的职业。她的大半生都过着支持身为企业家的丈夫的生活，并出于兴趣制作了一批精巧的娃娃屋。步入晚年后，小夜子终于有了一笔财产，并且娃娃屋以舶来文化已被世人所认同，她便在这片度假胜地买了土地，创建了这家展示她精心制作的作品的小型美术馆。

菅原在木板铺就的走道上停下脚步，边看着一栋再现维多利亚风格的宅邸的娃娃屋边说：“这都是二十多年前的事了。临终前，叔母委托我管理此处，同时还表示‘闭馆之日已经定下来了’。她说：‘储蓄的运营资金，刚好会在那个时候用完。’”

果然是亏损经营——主妇表示理解。即便在山的那头游客蜂拥而至的暑假期间，受地理条件的影响，前来这座博物馆参观的游客也是寥寥无几。光靠成人八百日元、儿童四百日元的门票费是撑不下去的。

“叔母明明不懂财务，却能够正确地算出闭馆的时间，这点非常不可思议。”菅原一副无法释然的表情，“所以，这里不久之后就要闭馆了。营业到下个月三十日为止，拜托你了。”

“不能到月底的三十一日吗？”

“这也是叔母的遗言。”菅原困惑地笑道，“身为馆长，我一定要饱含真意地迎接最后的客人。这座博物馆，正是为了必定会前来的最后一名客人而建的。”

“专门为了一个人而建的？”主妇吃惊地反问，“您是说，为了最后前来的一名客人，就建造了这一整栋建筑？而且还是在二十年前？”

“没错。”

“为什么要这么做？”

“这我可不知道。”馆长之所以笑，大概是为叔母的狂热而惊呆了吧。

明明是一个客人都不上门的日子比较多，馆长真的能迎来“最后的客人”吗？主妇对此心存疑问。

“会来的客人是什么样的？”

“可能是亲戚？我觉得可能是叔母疼爱的孙子之类的。”

可能不是孙子，而是初恋对象——主妇迅速想到。

“总之，应该是叔母的熟人。若非如此，她不可能知道二十年后的闭馆之日会有什么人前来。”

“也对。”

“并且，我身为馆长最后的工作，就是把礼物交给那位客人。”

“什么礼物？”

“这我也不知道。是装在从未被开启过的箱子里的东西。”

大多数艺术家都是怪人，这位小夜子女士或许也是其中之一——主妇微笑着如此想。

“那我回去搞自己的主业，接下来就拜托你了。”

“好的。”

菅原把博物馆的钥匙交给主妇，坐上停放在停车场的四轮驱动车，朝自己经营的民宿驶去。

还能看到这些展品的时间就剩下两个月了——有些恋恋不

舍的主妇从内侧角落的礼品柜台回到入口，沿着馆内的路线行走。她不懂美术品的巧拙，但总觉得每一件作品都包含着菅原小夜子女士的真心。

四百多年前，欧洲贵族为女儿打造了玩偶之家。其后，娃娃屋以传统的形式在漫长的历史中生根，并扩散到平民之间，现如今在全世界都拥有爱好者。据说在欧美，也有祖父母会为了孙女而亲手制作娃娃屋，感觉就像日本的女儿节[1]。

尽管取材于十八至十九世纪的欧洲，但出自小夜子女士谨言慎行的半生的作品所描绘的并非王公贵族的生活，而是平民的日常。

打开娃娃屋的门，就能看到三层楼房子的剖面，其中有带暖炉的客厅和母亲哄孩子睡觉的儿童房。在每一本小巧的书本都仔细制作出来的书房里，板着脸的父亲在灯光下面朝书桌。其他作品中有被各种厨具包围的厨房，围着围裙、胖胖的老奶奶一边用余光盯着摇篮里的婴儿，一边在做菜。蕴藏于每个家中的温暖都会引发观摩者的微笑，并不知为何眼眶湿润。

在馆内转了一圈之后，主妇进入通向正门玄关的最后一个

1　女儿节（雛祭り）：又称雏祭、桃花节、偶人节。在日本，每年三月三日，家中有女儿者均于当天陈饰雏人形（小偶人），供奉菱形年糕、桃花，以示祝贺并祈求女儿幸福，即所谓“雏祭”。在这天，女孩多穿着和服，邀集玩伴，在偶人坛前食糕饼、饮白色甜米酒，谈笑嬉戏。

展示角。并排陈列于此的七个展品，对主妇而言可谓最大的谜团。将它们称作“简单的模型”也不为过，它们不仅没有娃娃屋该有的模样，并且无论怎么看，其所体现的主题都是现代的日本。刚来博物馆工作时，备感奇怪的主妇曾经向馆长询问，馆长则苦笑着答曰“搞不懂叔母到底在做什么”。

第一个作品是一个舞蹈工作室。在一堆迷你娃娃中，有十个女子在翩翩起舞。其中一个胸前贴有92号牌的人偶，在其他六个作品中也有登场。这一系列的作品应该是以这位舞者为主人公，追踪她的日常生活。

主妇带着悲伤的心情看向最初的模型。

92号舞者笑容满面，她分明跳得那么开心，然而在下一个场景之中……

和之前一样，美帆的美梦很快就破灭了。

“现在公布进入最终考核的二十位候选人号码。”编舞家报出“78号”，随即一口气跳到“106号”，没有喊到“92号”。

“大家辛苦了，请下次继续努力。”

“下次”这个词语，让人感觉无比残酷。无论经历多少次都会得到一个“下次”，无论再怎么努力，未来都被“下次”所阻拦。

“什么嘛，真恶心。”同样落选的亚纱香把瘦小肩头上的背包重新背好，说道，“肯定有裙带关系。78号跳得超级差，我都看到了。”

“就是说啊！”美帆配合着对方的话，走在黄昏时分的住宅街上。自己的能力被测试随即又被全盘否定，这给她带来了懊悔和悲哀。美帆本想垂下肩膀低下头，但舞者的习性又不允许她这样做。她看着路面上延伸出去的影子，检查自己的姿态——绝不能看上去不美。如果不在日常的细微动作中让自己神经紧绷，就无法磨炼全身的感觉。无论有多么悲伤的遭遇，一旦站上舞台，舞者的工作就是给观众带去快乐。

“好失望啊，我明明那么努力……”

威势已从亚纱香的声音中消失。美帆偷窥亚纱香的侧脸，就见她脸颊下垂，嘴唇抿着，闹别扭似的。不说点什么的话，她肯定会哭的——美帆如此想着，在她背部轻轻地拍了拍。

“对啊，亚纱香很努力了。”

“嗯。”亚纱香点了点头，到底还是掉眼泪了。

作为前辈，如果比后辈哭得还要早就麻烦了。美帆仰起脸，用眼皮挡住泪水。就在此刻……

啊，又来了。

和在选拔会场起舞时相同的不可思议的感觉，在内心扩散。

Deja Vu（既视感）。

头脑周围被一层朦胧的雾霭所笼罩，此刻自己所身处的光景，原封不动地在内心苏醒。

之前她也曾在这条路上走过。

是和亚纱香一起。

到底什么时候？

刚想要深入思考，心中浮现出来的风景就变得淡薄。

美帆像触摸细腻的玻璃工艺品一般，轻柔地搜寻记忆。

即便如此还是不明不白。总感觉像是梦中的情景。就算如此，到底又是何时所做的梦？

一切都和既视感出现时一样，保持着模糊的轮廓后消失。

美帆从半梦半醒的感觉中回神，四下张望了一番。这条通向居住公寓的小路，正是她走过好多次的路。当然也和亚纱香一起走过。既然如此，为什么偏偏这次会有那么强烈的既视感？

内心仍旧残留悠然的余韵，这是既视感留给她的礼物。带有某种古董般的、令人安心的感觉。美帆有种坐在摇椅上摇晃的感觉，不禁将手放在胸前。她想要把这种舒适感珍藏起来。

已经能看到她和亚纱香共同生活的小型公寓了。

不知不觉间，眼眶中的泪水收了回去。

2

翌日清晨，美帆和平常一样在七点起床。她关掉手机闹铃，从单人床上支起身体，抓着头发，打开手机一看，前桥老家的妈妈给她发来了邮件。

“试镜怎么样了？”

以前妈妈还会绕着圈子问话，最近说话的语气变得越发直接。

“还不考虑找工作吗？”

发件人是母亲，撰写文字的则是父亲。

“美帆可都二十二岁了。”

美帆“啪”地关掉手机，打了个哈欠，走出四叠半的房间，进入狭窄的厨房。屋子分成两个房间，另一间此时仍然很安静。亚纱香的起床时间是八点，唯有清晨的这一个小时，是美帆独自度过的时间。

美帆之所以要找室友，是想着多少能减轻一些租金的负担。她独自生活的时候，除去盂兰盆节和正月，每周需要打六天工。而去舞蹈房上课，也是在傍晚结束工作之后。即便如此，她还是会买不到课程的票，导致连续缺课。这样下去，她像是为了打工才专程跑来东京似的。试镜失败或许也是因为练习不足。这样一想，她便跑去网吧，用那里的电脑查询征集室友的网站。

“我是立志成为舞者的人，希望和有同样梦想的人合租。”

那就是亚纱香。

互发短信后，两人在实际见面时感觉不错，便决定同住。亚纱香才离开位于冈山的高中没多久，她从初中起就在老家练爵士舞。美帆则是古典芭蕾舞，两人相互扶持，教彼此步法和旋转技巧，并成为好朋友。想要成为职业舞者，无论哪种技能都是必需的。

话虽如此，两人的生活方式却迥然不同。亚纱香会收到父母寄来的生活费，完全没必要拼命打工。她甚至付得起高昂的学费，去专门培养舞者的学校上课。她之所以和别人合租，控制每个月的伙食费并忍受粗茶淡饭，想必只是一种姿态——我就是这样痛苦地追逐梦想的。

虽然不是完全不讨厌这种做派，但美帆刚到东京那会儿也曾如此自我表现，因此她能谅解。然而，美帆是真的很苦。

罢了，托亚纱香的福，我才能用每个月四万五千日元的租金住上带浴缸的房子。她也会按时扔垃圾并按规定缴水电费，只要不发生大问题，她也算是个合格的室友——美帆时常这样想。

收拾好衣服，背起包走出房间时，美帆突然回头看了看室友的房间。在商定入住的时候，亚纱香曾一本正经地说过："放弃梦想的人必须从这里离开。"

美帆当时笑着点了点头，不过是半年前的事而已。

打开手机，最先出现的仍旧是老家发来的邮件。

"试镜怎么样了？"

"还不考虑找工作？"

"美帆可都二十二岁了。"

美帆穿上运动鞋，为了不吵醒亚纱香，她轻轻打开房门，走了出去。

在前往打工地点的电车上，美帆把耳机塞进耳朵里，一直听着快节奏的歌曲。不跟音乐一起生活的话，跳舞时就捕捉不到音色了。

然而，无论听多少明快的曲子，美帆内心都晴朗不起来。她明明在昨天的试镜中使出浑身解数地舞动，为什么还是没能入选？

在打工的便当店，美帆度过了毫无变数的一天——打单子、做便当的同时，祈祷这八小时能快点过去。

她等五点一到，就和上晚班的人交接后走出店铺，乘上电车前往原宿方向，进入舞蹈教室。舞蹈课一节两千日元，打包购买的折扣券还剩四张。今天是爵士舞的课程，她在更衣室里换上T恤和汗衫，来到位于地下的舞蹈教室。

距离课程开始还有点时间，美帆坐在墙边的长椅上发呆。在咬着果冻饮料的吸口时，疑问从内心一角涌现出来：

这种事到底要做到什么时候？

美帆总觉得这几年自己始终在紧绷着神经。而最后的优哉度日，是高中毕业前和朋友们一起去旅行。之后来到东京，满怀希望的日子只有最初的三个月，接下来就过上了云迷雾锁般的生活。偶尔回老家，父母都反对自己成为舞者，她没有容身之处，怎么都放松不下来。

如今美帆心里明白，在脱离原有的人生轨道、努力追逐梦想的人面前，命运女神总要遮挡住未来，却又以梦想为诱饵，将人们束缚在当下。无论如何辛劳、如何强撑着孤军奋斗，等待着的将是怎样的未来永远不会知道。至此大家才终于领悟到，“只要努力就能实现梦想”这种话毫无根据。未来是否会是蔷薇色的，正在奋斗着的人们谁都不知道。反之，努力是努力了，但是做出了错误的努力，迄今为止的辛劳以徒劳告终，越来越强烈的唯有焦虑的心情。能够得到回报的只有一小部分人。

能露出发自心底的笑容的日子到底什么时候才会到来？还是说，无论过多久，这样的日子都不可能到来？美帆很想知道自己的未来。

舞蹈班的学生们开始进入教室，美帆也跟了上去。

美帆把毛巾和长及脚踝的袜子放在楼层一角后等候着，教练前田知夏走了进来。

知夏老师是现役顶级爵士舞者。她目前参加了知名艺人的全国巡演，在舞台的间隙回东京教授课程。老师正是大家所憧憬的那种人，沐浴在聚光灯下，在震天动地的欢叫声中，在数千名狂热的观众面前跳舞——其中的兴奋和满足感，知夏老师十分清楚。

当然，她身为讲师的人气也很高，教室里满满当当地塞了三十个学生。对于受教的一方而言，被谁教授也算是一种资质，只要得到老师的认同，或许老师就会介绍工作——大家对此都有所期待。

然而，在美帆看来，知夏老师的人气秘密绝不仅于此。她总是自然洒脱，一视同仁地对待学生，那份开朗，即便只是浅浅一笑，眼中的光芒也能让学生们的情绪有所缓和。这大概就是身为舞者的经历所孕育出来的美感吧。那种完全自然、彻底维持客观性的自我陶醉不仅是为了她本人，更是为了观众们而磨炼出来的。学生们在知夏老师的身上看到了作为专业艺人的正确姿态。

今天的课程先是伸展操，随后是练习单脚前后左右伸展的基本动作，以及旋转的组合动作和边旋转边舞动。美帆已经掌握了“郎得让”[1]和“昂得当”[2]的旋转动作。老师对使用曲目的歌词做出了说明，指示学生们要跳得“为了成为女演员而沉浸在这个世界之中”。

“好，最后一组。”这句话响起时，开着空调的教室里早已热气腾腾，所有人都出了汗。

“今天的曲目是*Baby Face*。下周也做同样的练习。各位辛苦了。”

学生们一齐拍手，九十分钟的课程就此结束。

知夏老师在角落的圆椅子上坐下，目送学生们的离去。其中几个人仍然留在教室内，复习刚学的动作。

美帆看准时机，走向知夏老师。她一边控制自己不要露出钻牛角尖的表情，一边开口：“老师。”

知夏老师仰起脸。

“我想跟您谈谈。”

她一开口，知夏老师便微笑着问：“什么事？”

“不管怎么做，我都通不过试镜……我到底哪里不好？”

老师稍微停顿了片刻，似乎想把对于美帆舞蹈的评价从脑海中提取出来。“我不认为香坂哪里做得不好。你的基础很扎实，

1　郎得让（rond de jambé）：芭蕾术语，腿部画圈的总称。

2　昂得当（En dedans）：芭蕾术语，“向里”。

也能创造出动作。”

“那到底为什么？运气不好？还是碰巧不符合活动的演出期待？”

知夏老师随即露出困惑的神情。“关于这点，我也不清楚。光是跳得好还是不够的。在试镜选拔的时候，有人一下子就能很亮眼，有人则不行。”

“是要对评委展现魅力吗？”

老师摇了摇头。“不是技巧方面的问题，当然也不是容貌。这很难说清楚，但就是那种吸引视线的感觉。如果能够和评委的意见保持一致，很快就会被挑出来。”

难道是所谓的明星气质和气场？

“继续练习的话，我会拥有这种气质吗？”

“我认为不会。说得夸张一点，就是那种人的生活方式如此吧。这在跳舞时很常见。”

生活方式？美帆困惑不已。

“并不是说认真去跳就行，当然也不能不认真……跳舞这种事，是没有指南之类的东西的。”

那到底该怎么办？美帆性急地问道：“您觉得我该怎么做？如果一直不顺利……”

“你有没有想过把跳舞当作纯粹的兴趣？”

美帆感觉对方的话刺中了她的内心，不由得一惊。

老师恢复本来的笑容，看向美帆的目光仿若看着与自己年龄相差很大的小妹妹。她应该见过很多如美帆这般的后辈。

“接下来该怎么做，需要你自己做决定。”

美帆只感觉心里没底：“自己决定？”

“嗯。度过这场人生的人，是你自己。”随即，知夏老师又歪着头补上一句，“其中也包括‘不管往哪条路走都是正解’。”

离开舞蹈教室，美帆没有搭乘电车，而是边听音乐边在夜晚的道路上晃悠。知夏老师的那番话在她内心不停重复。

自己的人生。

明明是抱着轻松的心情开始的，却在不知不觉中背负了沉重的责任。

度过这场人生的人，是你自己。

“话是没错，但对我来说，想要成为人生主角的那条线未免太细了。老师口中的‘生活方式’，莫非指的就是这点？但就算想要改变生活方式，又不知该怎么做。我只能以自己的方式去做。难道无法改变自己，就不能跨越成为职业舞者的那道壁垒吗？”

就算去探索其他道路，除了跳舞，她也什么都不想做。她不是没有考虑过所谓的“永久工作”——结婚。但婚姻和舞蹈势不两立，根本不可能。如果舞蹈成为自己的职业，那么怀孕、生子的选项就会通通消失。不仅身体线条崩坏很可怕，养育孩子也很辛苦。自己成为母亲，就跟飞天汽车一样遥不可及。

现在的自己身处何处，又该前往何方？她好想找到生存的路标。

美帆猛然回神并停下脚步。她本该从原宿往代代木方向前进，此刻周围却是一片陌生的景致，不知是哪条住宅街。她不仅迷失了生活方式，还在实际之中迷路了。

她环顾四周，想看看主干路在什么位置，目光却在一栋现如今很少见的、被藤蔓所缠绕的房子那里停了下来。好漂亮的房子啊——抬头仰望的同时，那种感觉又在心底浮现。

Deja Vu（既视感）。

雪白的外墙和二楼巨大的装饰窗。

她之前也见过这栋房子。

美帆试图回归现实世界，将耳机摘下来。头脑中响彻的音乐消失，而那些模糊的画面依旧残留。说是既视感，但这记忆的触感未免太过鲜明。

到底怎么回事？美帆从未在如此短的时间内连续被既视感击中。此时应该感受到恐惧的，但她全身仿佛被木皮般的温暖所包裹。

它想要告诉我些什么——这种想法从脑海冒出来。重复的既视感是有事想要告诉自己。

美帆把意识的焦点集中在内心的光景之上，轮廓模糊的记忆逐渐成形。既视感仍在继续。“我不光见过这座藤蔓环绕的房子，我要继续前进，看着房子向前走，在下一个转角处转弯，这样就会突然和某个人相遇——一个见了就会让我开心的人。”

然而过去她并不曾有过这种经验，这点她心知肚明。

美帆将视线移到前方的十字路口。若真如既视感所告知的那样，继续向前走就能碰到熟人，就能够预知自己的未来了。这既视感所告知的并非过去，而是未来。

该怎么办？美帆陷入迷惘。要不要原路返回？好可怕，但她还是想确认一下。

没事的，向前走——既视感令人舒畅的余韵在背后推着她。

美帆战战兢兢地向未来迈出脚步。正如被唤醒的记忆中所展示的那样，她看着房子朝右手边走去。十字路口就在眼前。她没听到任何脚步声，真的会有人在那边等她吗？

美帆下定决心般地转过拐角。随即，迎面走来的一位女性正要从她身边路过，又忽然停下了脚步。

“美帆？”

美帆瞪圆了双眼，看向了高中时代的好友。“惠利子！”

“呀，好久不见！”高声欢呼的惠利子完全没留意到美帆苍白的脸色，只是紧紧握住她的手，不时拍拍她的肩膀，把她的头发摸得乱七八糟。

“预知未来？”

在代代木的咖啡馆落座之后，惠利子立刻发问。

“没错。我预知到了只要转弯，就会和某人相遇。”

美帆把包括前一天在内的事全都说了出来，惠利子满脸不可思议。“那个既视感，难道是前世的记忆？莫非美帆是某个人的转生，还留着前一段人生的记忆？”

“那个人难道也曾在代代木附近行走，还和朋友重逢了？”

“怎么可能。”惠利子笑了笑，随即恢复了怀疑的表情，“还真凑巧。”

“凑巧？”

“昨天我也听人说起过预知能力者。一个朋友的朋友说，真有能说准人们未来的预言家存在。”

美帆不予置评，总觉得这番话很可疑。

“要不要去见见那个人？我去跟朋友说说看，对方或许会介绍他给我们认识。”

“还是不要了。”美帆如此表示。万一被奇怪的宗教劝诱就麻烦了。至于和惠利子的重逢，只能以“世上真会发生一些不可思议的事”来说服自己。只不过，假如既视感真能预告未来，还真想让它说一下自己能不能成为职业舞者。

“话说回来，美帆，你最近怎么样？还在练习舞蹈？”

“嗯。”

“你还是老样子，身姿笔挺，一心一意扑在跳舞上。”惠利子带着和高中毕业时别无二致的笑容说道。

美帆重新意识到，她已经两年多没见过惠利子了。她们在同一时期来到东京，短暂联络过一阵子，从就读短大的惠利子开始忙于找工作起，两人的关系就开始疏远了。同样都生活在东京，只要想见面就能见到——这种随随便便的态度反倒让两人远离了彼此。

“平常生活怎么样？还在打工吗？”

“周一到周五在便当店打工，周六偶尔在路边发纸巾。”

不知为何，惠利子得意地笑了笑，并探出身子。“老实说，和美帆重逢的时机实在太好了。我爸爸的熟人要在这里开公司，正在招人。”

“招聘员工？”

“对。刚巧有个员工离职，需要填补空缺。我刚被对方问到‘有没有什么可以信赖的人’。”

“我不行啦，还要上舞蹈课。”

“但你不是白天打工吗？在公司上班可是朝九晚五哦。”

美帆皱起眉头，一副不情愿的样子。为什么会踌躇，她自己也弄不清楚。

“工资方面，到手十六万日元哦。”

“跟打零工没什么差别嘛。”

“工资会每年上涨。而且，奖金每年有八十万日元哦。”

“八十万日元？”

惠利子看着瞪圆双眼的美帆笑了：“而且社保全交，还有带薪休假和福利厚生[1]什么的。”

即使说出社会保险和福利厚生，美帆也无法立刻理解。这些词汇在演艺圈中都是闻所未闻的。在这些陌生的话语下，美帆发觉了自己踌躇不前的原因——这样一来，就要变成普通人了，不再是追逐梦想的人，而是变成随处可见的普通公司员工。

“还在犹豫什么？你不是大学毕业，却能做正式员工，还有十六万日元的月薪。这种梦幻般的好事上哪儿去找？”

“这就叫‘梦幻般的好事’？”

“和成为舞者当然不一样。”惠利子笑着让了一步，“明天或后天再给我答复也行，你考虑一下？如果是美帆，我就能安心推荐给对方了，好吗？”

“嗯，好的。”为什么没当场拒绝呢？——美帆边说边想。

之后两人转移到居酒屋，大聊了一通共同朋友的近况和高中时代的回忆。当美帆开始为末班电车的时间担心时，才终于

1　福利厚生：日企在工资以外，为劳动者提供生活保障的一个系统。包括储蓄制度、交通、住房补助等。

不情愿地和惠利子互道再见。对她而言，这是一段久违了的快乐时光。走在回公寓的夜路上，她禁不住绽开笑容。

回想着和好友之间毫无隔阂的对话，美帆想到，就算跟室友也不能这样聊天。虽说两人同住，但亚纱香说到底都是自己的竞争对手。

拿出钥匙打开玄关大门，厨房里的亚纱香立刻站起来，声音激动地说："你回来了！"

"我回来了。"美帆注意到对方满面的笑容，"怎么了？"

"锵锵！"亚纱香自己发出效果音，并从背后拿出两张明信片。美帆凑上去看，就见明信片上写着"第一轮选拔通过通知书"。

"啊！"美帆喊了出来。那是她和亚纱香一起去应征的试镜，知名主题乐园征集舞者。第一轮虽说只是书面选拔，但她们还是拍了全身和脸部的两张彩照，和简历一起寄给主题乐园的运营公司。

没想到这么快就能通过第一轮选拔。只要通过第二轮的实技考核就能进入第三轮。之后再通过面试的话，就能签订为期一年的专属合约。这样就能每天参与音乐表演，在数千名观众面前跳舞了。几乎所有人都能通过面试，所以第三轮的实际技能考核就是最后的壁垒。

该不该接受呢？——美帆突然想到这点。

对于希望成为职业舞者的人来说，如今人气最旺的就是主题乐园的舞者，竞争相当激烈。然而，或许这次能顺利通过。前年的试镜，美帆的成绩是进入了第三轮选拔。

她闭上眼睛，祈祷自己能看到未来，然而既视感并没有出现。

“稍等一下，我们慢慢谈。”说着，亚纱香迈着轻快的舞步朝卫生间走去。她是那种会把喜怒哀乐全部体现在肢体动作上的人。

美帆回顾今日一整天，感觉有什么东西动了起来。大概是命运？必须赶紧联系惠利子，把工作的事给推掉——虽然这样想，但美帆很快又开始考虑：就算试镜顺利，实际工作要从明年才开始。与华丽的外在相反的是，舞者的报酬十分低廉。无论是否合格，现在当然是以增加收入为优先。回顾和好友不可思议的重逢经历，她总有种被什么东西所引导的感觉。

明天先跟打工的那边商量一下，再给惠利子打电话吧。

美帆从放在厨房桌上的背包里取出手机，对挂在吊带上的吉祥物熊低语，希望自己的未来光明灿烂。

3

在晴朗的周六，三名访客造访了娃娃屋博物馆。

迎接客人的主妇用比平常更加客气的措辞，带他们参观馆内。所谓的三名访客，其实是主妇的丈夫和两个孩子。在别墅区的开发公司就职的丈夫工作告一段落，便带着孩子们前来即将闭馆的博物馆。

大一些的男孩对博物馆毫不感兴趣，才刚上小学的妹妹却欣喜异常。她用小小的手朝娃娃屋指指点点，问母亲“这是什么？”“这个呢？”。看起来很享受和玩偶娃娃待在一起的时间。

在三人回去后，主妇独自留在恢复寂静的馆内，她的内心很满足。这次不仅增加了和家人之间的回忆，还给“幸福”增加了储蓄金。

建立这家美术馆的小夜子女士可能也经营着这种日常生活吧——主妇如此想。免费派发的博物馆宣传单上印着娃娃屋作家的简介和经历。菅原小夜子一九一七年生于东京，毕业于美术学校，以成为画家为目标，却在“二战”前夕和战争中的混乱时期陷入生活困顿。战争结束后没多久，她和企业家结婚，生下一男一女。制作第一个娃娃屋的时候，小夜子年近四旬，制作契机是送给女儿做生日礼物。在收到母亲亲手制作的娃娃屋时，女儿想必很高兴吧。在那之后，直至六十九岁辞世，小夜子持续进行着人偶之家的制作。

菅原小夜子的作品特点不仅在于精巧制作的房子细节，更在于生活在娃娃屋之中的人偶。虽名为“娃娃屋”，但在日本，很少有人会在作品中摆放人偶。说到底，“娃娃屋”的主体是房子。然而，小夜子的作品中必定会有人偶。观赏者的视线会自然而然地投向人偶。在观赏中，人不禁会想，作者如此细心地打造娃娃屋的每一个角落，不就是为了给住在那儿的小住户们一个舒适的住所吗？

如此一想，也就能理解小夜子晚年的作品——描绘舞者日常生活的七个作品了。进入人生的最后阶段，小夜子的注意力是不是全都集中到了“人”的身上？主人公舞者时哭时笑，相比以石膏打造的人偶脸上丰富的表情，舞蹈教室、藤蔓环绕的房子等背景则显得很粗糙。小夜子最后所描绘的不是房子，而是这位舞者。

看透了艺术家心思的主妇很是得意，但此处仍有谜团。尽管七个作品所描绘的是同一个女主人公，但每个场景都是片段，无法连成一个完整的故事。至少主妇读不出来其中的故事。

第一个作品是女主人公和十来个舞者一起快快乐乐地在工

作室内跳舞。接下去的场景转到了一条夜路上，女主人公和朋友并肩而行。在第三个作品中，女主人公在藤蔓环绕的房子后和某人相遇。第四个作品的场景则再次出现在舞蹈工作室，女主人公胸前贴着“37”的号码翩翩起舞。比较难以解释的是第五个作品，在手拿书信、欢呼雀跃的朋友身侧，女主人公泪流满面，用透明树脂制作的大颗泪珠从人偶的眼眶中溢出，不知女主人公为何悲伤。然而在下一幕，第六个作品中，场面立刻恢复到明朗氛围。独自一人踏上舞台的女主人公似乎心情不错，以全身舞动。明暗交错的背景生动地描绘出女主人公在聚光灯下起舞的姿态。如果这就是最后一幕的话，观赏者也就安下心来了，可最后还有一个让人看不懂的作品，是造访一栋房子的女主人公在玄关处露出吃惊的表情。

“咦？”主妇发出轻微的惊愕声，盯着最后的作品一个劲地看。她似乎看懂了最后一幕的意义。

她把目光转移到展示品一侧的博物馆的玄关。无论墙壁颜色还是大门造型，都酷似模型中的背景。

不会错的。最后的模型所描绘的，正是女主人公造访这家博物馆的场景。

主妇的脑海里忽然浮现出菅原馆长所说过的话：

“这座博物馆，正是为了必定会前来的最后一名客人而建的。”

所谓“最后的客人”，莫非就是这名舞者？

然而这样还是解释不通。馆长曾表示，肯定会来的客人应该是亲戚或孙辈之类的，若非如此，小夜子如何知道在闭馆前到来的访客的身份？然而就主妇所知，她的孙辈是个男孩，跟人偶舞者的性别不一致。

这位舞者究竟是什么人？

在凝望舞者人偶的过程中，主妇甚至奇异地感觉这是真实存在的人物——会喜会悲、每天拼命生活的女生。

一种温暖的东西从内心涌现，这就是作品自带的力量吧——主妇如此想。

尽管如此，菅原小夜子到底想通过这组成为遗作的作品在人生的最后留下什么话？

主妇不禁想，要是能在闭馆前解开这个谜题就好了。这样一来，在哄孩子们睡觉的时候，就能对他们讲述妈妈的大发现了。

从下周一开始，美帆即将展开全新的生活。

就在前一周，尽管突然，打工的店长还是同意了美帆的辞职。此前她一直很认真工作，店长也就对美帆“想去工作”的请求酌情考虑。之后，她立刻联络惠利子，表示愿意应聘。

周末，美帆前去位于神田的一家咖啡馆，在惠利子介绍下和公司社长见面。社长年约六旬，皮肤呈浅黑色，胖得有点吓人。生平第一次接过叫作“名片”的东西，美帆有些困惑，社长却毫不在意，滔滔不绝地说起了公司的历史。美帆能理解的部分，只有“身为二代社长的我参加经营时，公司已进入安定期”而已，就连公司的业务内容也没搞明白。所谓的“支持电器行业流通的综合性服务公司”，到底是做什么的？然而，看到名片上印的“北原总业株式会社 董事长 北原大作”这行字时，过去漠然忽视的现实社会，突然变得真实起来。

精力充沛的社长独自说个不停，最后又盯着美帆打量了一番，说：“好，我决定雇用你了。”

这就算是面试？已经辞去临时工作的美帆相当吃惊。她只是随声附和了一通而已，不知对方是如何判断的。

“有什么问题吗？”

被如此一问，美帆战战兢兢地说出了在意的问题：“我该如何着装？”

“女性基本可以自由穿着，只要不是稀奇古怪的打扮，怎么穿都行。”

“稀奇古怪的打扮”是什么样的？美帆不禁苦恼。

第一天上班的周一，美帆改变了平常T恤和牛仔裤的装扮，以薄毛衣搭配喇叭裙。“北原总业”位于距最近的神田车站步行约十五分钟的位置。看着街道两边的景致，她很快就后悔了。

将这一带埋没的低矮建筑的外表都毫无装饰，呈现绝对的实用性风格，整条街道给人的印象是由煞风景的办公楼组成的。北原总业所在的楼房以石板铺地，风格老旧，完全看不出是哪个年代建造的。

美帆搭上大楼电梯，按照事先说好的，直接前往三楼总务部。

“你就是新来的？”出来迎接她的中年大婶名叫久保田。

久保田向美帆介绍了同事白川、新田，以及同在一层楼的营业部的小西、田川、高桥及其他很多人。人名多到从美帆的耳边漏了出来。除了久保田，其他同事皆为男性，全员年龄都超过三十岁。被包围在身着古板西装的男性之中，美帆顿感和打工时的职场段位完全不同。她战战兢兢地寻找可能成为自己同伴的人。

“穿这个当制服吧。”久保田撕开塑料包装，递给美帆一件看上去很廉价的黄色夹克。夹克背部印着红色的“北原总业”。非穿不可吗？这才叫“稀奇古怪的打扮”吧。

晨间的业务碰头会开始，美帆被介绍给众人，并被大家拍手欢迎。不知从哪个方向传来了一个欣喜的声音：“真年轻啊。”

对公司工作完全找不着北的美帆，满心以为会有新人培训的阶段，但现实并非如此。面对从递名片方法到电脑软件的名称都要询问的美帆，久保田面无表情的脸越变越生硬。第一个工作日如坐针毡，时间的流逝慢到残酷。总之，必须设法活过今天。抱着这个念头，美帆默不作声地完成被下达的工作。到下午五点的瞬间，压在头顶的沉重空气顿时消散。

“接下来是新人欢迎会。”营业部的同事这么一说，美帆顿时慌了。为了给试镜做准备，考虑在街舞加把劲的她正准备从今天起重启嘻哈舞的课程，就连课程票都买好了。然而，其他楼层的员工也都集合了过来，她实在说不出“我要回去了”这句话。她被带去火锅店的包厢，一群连名字都分不清的大叔对她发动问题攻击。出生地？学历？几岁？兴趣是什么？

“其实，我的目标是成为职业舞者。”

“你说‘目标’，现在也是？”

“是的。”话音刚落，氛围一变。好几个员工都流露出怅惘若失的表情，另几个人强迫美帆给他们斟酒，显得格外嚣张，同在总务部的白川更是亲昵地直接扑了上来。

目睹这一切的久保田严厉地责备了一句：“这可是性骚扰！”

啊，这就是性骚扰啊——美帆终于回过神来。之前打工的地方也有这种蠢货，只要一听到“舞者”这个职业，就立刻误解成风俗产业。正因如此，日本娱乐业才被轻视，美帆委屈得眼泪都快掉下来了。舞者才不会轻易献媚，爵士舞者的世界和体育圈一样，做得越久越像男人。

最后，美帆直到晚上十一点多才得以解放。尽管着急回公寓，她还是先打电话给惠利子哭诉。“啊，我懂我懂。”惠利子轻轻说，“从第一天到第三天，还有接下来的三个月是最辛苦的。只要想办法熬过去，就会一切顺利。”

令人惊讶的是，惠利子的建议竟然对了。在经过前三天，进入第四天的午后，美帆要往五楼搬运圆珠笔等办公用品，因电梯停在一楼而选择去走廊尽头的楼梯。就在此刻，她留意到了地板的材质。和使用石材的玄关不同，各楼层的地板使用的是非常适合跳舞的亚油毡。对于办公大楼而言，这很理所当然，而对陷入恐慌而视野狭窄的美帆来说，她感觉自己终于恢复了原状。

抬头一看，墙壁上镶嵌着采光的窗户，午后的阳光从窗口照射进来。美帆为自己发现了绝佳的场所而惊喜不已。平常不会有人使用的宽敞楼梯，应该能成为自己稍做疗愈的场所。

以此为契机，美帆把便携音响藏在夹克口袋里。无论午休还是工作中在各楼层移动，哪怕只有短短的三十秒，她都会留心聆听音乐。无论如何，现在她都必须兼顾舞者的修行。在公司的时间里，也必须时刻留意自己的身姿。

随着视野逐渐明朗，她也掌握了公司的情况。北原总业是一家世人口中的中小型企业，不足百人的员工在六层的办公楼中工作。员工的平均年龄偏高，不知为何，所有人看上去都很焦躁。没有和自己同年代的女性员工，实在是很寂寞。

对美帆而言，唯一的救命稻草就是那位面无表情的久保田。她的职称是总务部部长，从未因美帆的无能而责备她。不仅如此，在白川用“喂，舞者”喊美帆时，久保田还会出声叱责：“喊她的名字！”挨骂之后，白川动不动就会对美帆耍威风。和身为女性的上司久保田说话时，白川总是一副气势汹汹的架势。另一个同事是新田，曾在背后评价比自己年长的白川是“利用职权骚扰、蔑视女性的浑蛋”。这算是委婉地站在美帆这边吗？然而，美帆根本没搞懂“职权、骚扰、浑蛋”是什么意思。

明明是为了同一个目的而集合起来的团体，氛围却跟学校社团完全不同。总觉得有些杀气腾腾，但大家偶尔也会笑脸相迎地一起完成工作。在美帆眼中，公司就是这样一种地方。

在做不惯的公司工作中消磨时间的日子一天天过去，主题乐园舞者的第二轮选拔之日终于到来。

那天是星期天，不用特意请假。美帆在公司勉强完成日常工作，却仍在加班的间隙见缝插针地保证了跳舞所必需的练习时间，她抱着努力一试的心态朝会场走去。和她一起离开公寓的亚纱香看上去跟上次试镜时一样胆怯。

她们从平常不会被人注意的主题乐园后门进入园区，随后路过梦幻世界的舞台内侧，走过配管裸露的通道，来到一处小巧玲珑的三层建筑。这次想必来了很多舞者，美帆和亚纱香在登记时拿到的号码都是二百多号。她们被带到了一处看似专属舞者的练习场的地方。

随着编舞家的指示，众人开始舞蹈时，美帆感觉诸事顺利。主题舞蹈以总称为“Ba”的古典芭蕾舞步[1]为基础，其中有哥里沙[2]、阿桑不累[3]、昂特勒夏·卡特尔[4]等指定动作。看样子，这次选拔考查的是舞蹈基本功，穿插在其中的街舞动作她也完全跟得上。

美帆的身边，是胆战心惊的亚纱香。她擅长的是爵士舞，因而对芭蕾动作感到不安。

在结束舞蹈、开始实际舞技审核前的这段时间里，亚纱香连声表示“好恐怖”，但走到这一步，美帆也没多余精力去安慰这个竞争对手了。她把充当护身符的小熊玩偶抱在手中，让自己保持放松。在动真格的场合，一定要竭尽全力地去跳舞。

在漫长的等待时间后，美帆所在的小组终于被人叫到。

即便面对七名评委，美帆也能抑制住紧张感。她偷窥映照在镜子中的亚纱香，对方在紧要关头又换了一种态度，脸上浮现出平静的表情。

---

1 此处指“巴特芒”（Battement），古典芭蕾腿部动作的总称。

2 哥里沙（Glissade）：芭蕾术语，一种连接辅助的动作。

3 阿桑不累（Assemble）：芭蕾术语，双起双落跳。

4 昂特勒夏·卡特尔（Entrechat quatre）：芭蕾术语，在空中拍打四次的击脚跳。

结果，一起跳舞的二十个人之中，只有美帆和亚纱香毫无失误地完成了四十秒钟的短促舞蹈。美帆感觉良好。她感受得到，在跳舞期间，评委们的目光始终注意着自己和亚纱香。

这次一定能行——这种感觉十分强烈。

“进入第三轮选拔的合格者过几天会收到书面通知。”接到公告后，美帆和亚纱香踏上归途。她们连蹦带跳，脚步轻快。

回归公司和舞蹈课的日常生活没多久，两封通知书寄到了她们的公寓。正是第二轮选拔的通知。

哪怕确信这次很顺利，开封时的美帆依然很紧张。亚纱香也一样。她们一起打开各自的信封，在看到“第二轮选拔通过”这行文字时，两人一齐欢呼，手拉手地在厨房里跳起了舞。

接下来，只要通过十天后的最终选拔就行。

随后，美帆的梦想就能实现。

她把手放在胸前反复尝试，期待的既视感却没有出现。

4

命运的试镜就在翌日。

周六，美帆却被强制要求周末加班。最近，总务部因“构建符合新业务的新顾客数据管理系统”而连续多日忙碌不堪。这个周六，制作电脑软件的其他公司的员工前来，为各楼层的电脑做调试，全都聚集在会议室中。

唯一被留在部门中处理杂务的美帆，在一堆人中发现一名跟自己年龄相仿的男性，不由得内心“呀”了一声。但她仔细一看，只觉得对方相当寒酸。因为他后脑勺的头发睡乱而卷成一个旋儿。很邋遢。美帆赶紧把脸转向电脑屏幕，重回被分配到的输入数据的工作。

就算拼命工作，她满脑子想的仍是明天的试镜。因为只是普通工作，她只要留神不出错，不停敲击键盘就行。

下午，久保田独自回到总务部，仍旧面无表情地询问：“输入完成了吗？”

“完成了。”美帆回答后，得到了“今天辛苦了”的回复。

“回去之前，别忘了填出勤表。”

美帆只跟久保田说过试镜的事，对方或许是在为她着想。美帆边表示感谢边离开公司。

在回家的电车上，她配合着耳机中的音乐，反复进行舞蹈的想象训练。

回到公寓，美帆边想“亚纱香现在也应该干劲十足吧”，边打开门。坐在厨房里的亚纱香正哭着喝牛奶。

“我回来了。”还没注意到室友的美帆脱下浅口鞋，随即吃惊地抬起眼睛。亚纱香又露出闹别扭似的表情在哭。

“怎么了？”

亚纱香忍住呜咽，说道：“明天，你要连同我的份一起加油哦。”

“你在说什么？”

“那个——”亚纱香指了指放在厨房餐桌上的衣服，那是一套还挂着标签的橙色针织衫，“今天从学校回家的路上看到的。我本想上课的时候穿……”

亚纱香的话让美帆摸不着头脑，美帆耐着性子听了半天，终于弄清了缘由。买下针织衫的亚纱香想象自己穿着这身衣服上课的模样，随后不自觉地想要跳舞，右脚不假思索地动了起来……

“你看，”亚纱香双手撑住桌面站起来，向一侧移动，右脚却忽然失去力气，瘫倒在地，“根本没法旋转了。”

“你等等，不就是扭伤吗？”

美帆边盯着亚纱香泛红的脚踝边思索。她之前也扭伤过，当时买了湿敷布冷敷，观察状态。确认不是重伤后，她在图书馆的书上找到绑绷带的方法，隔天照样上课。只要亚纱香处理得好，应该还是能跳舞的。但怎么才能绑好绷带？

在各种考虑中，美帆忽然把目光投向造成亚纱香扭伤的罪魁祸首针织衫。

鲜艳夺目的橙色。

她之前曾见过这套衣服。

模糊的记忆在脑海中扩散开来。

是既视感——意识到这点之后，美帆试图让自己冷静下来。不能逃避。或许能从中知晓自己的未来。

美帆一动不动，凝神朝飘浮在鲜橙色那头的景象看去。

“你怎么了？”亚纱香的声音听上去很遥远。

沉浸于既视感的过程中，美帆看到了一个光景——并非实际发生过的过去的体验，应该是自己的未来。

穿着橙色针织衫的亚纱香，所在的正是这个厨房。亚纱香高举一个信封欢欣雀跃，而在她身侧，同样手持信封的自己却在哭泣。亚纱香越是高兴，自己就显得越惨。

信封，到底是什么信封？将在未来寄送到两人手里的信封。

答案在脑海中浮现的瞬间，美帆察觉到自己的表情为之而冻僵。她终于知道了拼命想要知晓的未来，而在梦想的终点等待她的，却是令她心痛的结局。

明天的试镜，只有亚纱香会入选。

“你到底怎么了？”

在亚纱香的哭声中，美帆猛地回神，却发不出任何声音。她表现出考虑该如何处理扭伤的样子，坐在厨房的椅子上。

这真的是自己的未来吗？

也只能这样想了。内心的感触，跟与惠利子重逢时完全相同。当时的既视感言中了后面很快发生的事。既然如此，自己也会在明天的试镜中落选。

只不过——美帆很快意识到——现在改变还来得及。

美帆看向坐在厨房地板上哭鼻子的室友。

只要现在不帮亚纱香处理伤势，明天的试镜就能自己独自前去。这样就能让必定会合格的竞争对手被淘汰了。她和亚纱香的舞蹈水平几乎相当，只要没了和自己并肩跳舞的她，评委的目光必定会被自己吸引，成为职业舞者的梦想就能实现。

想象着在挤满主题乐园的观众面前，全身沐浴着聚光灯，尽情舞动的场面，美帆不禁心潮澎湃，但心里感觉并不舒服。到底该怎么做呢？长年的梦想即将实现，为什么心情却一点都雀跃不起来？

产生既视感时感受到的温暖余韵已消失，取而代之的是一股爬上美帆背脊的战栗。预知未来，原来是这么一回事儿——能把降临在自己身上的不幸推到别人身上。

面对哭泣的亚纱香，美帆的内心失去平衡，开始以踮起脚尖的姿势摇摆。她想要实现梦想。所谓试镜，不就是踹落他人才能自己出头吗？有什么必要去帮助自己不注意而受伤的竞争对手呢？

但我想干净地活下去，就像自己平常严格注意身姿那般。

一旦有污浊之举，自己的舞蹈也会沾上污浊。总之，先用冰箱里的冰块帮亚纱香冷敷吧——刚想到这儿，另一个想法又冒了出来——对亚纱香来说，明天并非最后的机会。她开始正规舞蹈训练不过半年，只要抱着父母的大腿继续在东京生活下去，她想参加多少次试镜都行。

到底该怎么做？到底该如何生存？陷入不见出口的迷宫的美帆几乎想哭。

“算了。”亚纱香擦着眼泪说，并用单腿撑起身体。她大概是感觉到自己被放任不管了吧。

“等一下。”美帆制止了她。

正要缩回房间的亚纱香回过头来。

“先用冰箱里的冰块冷敷。我去买湿布和绷带。明天你应该能跳舞的。”

“痛成这样，跳不了啦。”

“没问题，亚纱香肯定能跳。”说着，美帆拿起钱包站起来。

走出房间，朝药店走去时，美帆内心不禁想，这样就好。不，一点都不好。只要一想到说不定只有亚纱香能通过试镜，痛苦的念头几乎将她击溃。万一此事成真，本着“干净地活着”的念想而帮助了亚纱香一事，恐怕会让自己后悔终生。

但是，只要把亚纱香踹落，自己就能做职业舞者了。

第三轮考核的会场，和第二次一样。

美帆把装了衣服的背包背在肩上，一大早便离开公寓，换乘电车前往主题乐园。

多数应征者都在上一轮的考核中落选，此次集中在会场的舞者不超过五十人。这些人之中，最终入选的会有几个？招募信息只写了“若干名”，根据亚纱香在舞蹈学校听到的传闻，大约是八个人。

进入会场完成换装之后，美帆回想爵士舞感觉的舞蹈动作，随后就跟平常一样，和小熊玩偶一起等待正式考核。

实际舞技的最终审查开始。没过十分钟，前三组人的审查便宣告完成，轮到第四组登场了。

美帆胸贴“37”号牌，和亚纱香并肩站在评委们面前。

十人一组一起跳舞，竞争对手却只有一个，美帆心知肚明。而对手就在身旁，脚踝还以美帆帮忙包扎的绷带固定，同时她一改之前的惊慌失措，满脸沉着。

搞不好这是我最后的试镜了——这个念头从美帆脑海中一闪而过。但现在不是想这种事的时候。为了消除对未来的疑问和不安，美帆向命运女神祈祷：“看在我帮助了亚纱香的分儿上，请给我奖励。一分钟就好，请给我力量。请让我实现梦想。”

音乐响起，美帆的身体条件反射般地跟上了节奏。

瞬间感受到全身的动作时，美帆心想：

没问题的，在这决战的舞台上，我要让众人看见我最好的表演。

5

“时间越来越近了。”

在博物馆露脸的菅原馆长沿着馆内的通道边走边说。正门玄关所悬挂的木雕告示牌上的文字，已从“本博物馆将于下月末闭馆”变更为“本博物馆将于本月末闭馆”。

“闭馆之后会有很多杂物，你有什么想拿的东西尽管说。”

“既然这样，”主妇将内心隐藏的小愿望说了出来，“礼品店那个角落，有个小熊的吉祥物玩偶对吧？我可以带回去给孩子们吗？”

“没问题，没问题。”菅原笑着双臂交抱，“接下来，不知道这块地能不能找到买主了。”

“展品要怎么处理？”

“只能先搬回我家民宿了。等用卖掉这块地的钱盖起仓库，再挑几个做装饰。”

“民宿的客人们肯定会很高兴的。”

“嗯。”馆长露出微笑，“那好，还剩一点时间，拜托你了。”说完他便走出博物馆。

主妇沿着通道步行，确认是否彻底打扫干净，随后又去看那七个模型。时至今日，她早已感觉那个舞者人偶是活着的。

就在昨天，主妇才有了新的发现。虽然有些模糊，但她总算勾勒出了一个完整的“舞者物语”。

决定因素在于第一个和第四个作品。这两幕的场景非常相似——约十个人在摄影棚跳舞。其中，五官尤为明显的女主人公出现在队伍的一端。

对比这两个作品，可以看到人偶胸前“92”和“37”的数字，应该是登场号码之类的东西，也就是说，这两幕应该是试镜的场景。

以这个发现为基础，再次回顾整组模型，就能让人联想到作者所描述的是一位舞者登上舞台参加试镜的过程。在“92”号和“37”号之后，全都有女主人公在试镜结束后泪流满面的场景。然而，让主妇禁不住悲伤的，是在此之后的第六幕场景。

女主人公独自登上舞台，全身沉浸在聚光灯之下舞蹈。即便试镜失败，她仍然拥有所有努力都得到回报的这个瞬间。从人偶所表现出来的动态，足以看出她此刻的舞姿，是从前所无法比拟的，从伸展的手脚还能感觉得出鲜明旋转的跃动。

明明只是以石膏打造并穿上小衣服的人偶，却能描绘出如此细微的感觉，菅原小夜子必定是位非凡的娃娃屋创作者。她本该更加广为人知，可惜小夜子的人生……

唯有第七个作品，舞者造访这家博物馆的场景仍旧意义不明。莫非这里体现的是小夜子的诙谐？莫非是让人偶的故事和现实的世界在最后融合？

主妇把目光挪向第二次试镜结束后哭泣的舞者娃娃，对她说："加油啊。虽说现在很悲伤，但你在下一幕就能站上舞台了哦。"

只不过……主妇眉间略带阴影。

下一幕场景确实是女主人公站在聚光灯下，感觉良好地舞动。

只不过，为什么舞台那么狭窄？

在出门时必须加一件衣物、秋天的气息变得浓厚的时间，回到公司上班的美帆在邮箱里发现两封叠在一起的信。收件人分别写着美帆和亚纱香。

一看到印刷在信封上的寄件公司名，美帆立刻心跳加速。正是试镜的选拔结果，信封中装着自己的未来。

美帆迅速往家赶，又因察觉到两封信的不同而停了下来。不会吧——她边想边用指尖确认信件的厚度。寄给亚纱香的那封较厚，给自己的这封则比较薄。

内心怀抱的甜美期待迅速失去热度。在前年同样的试镜被告知不合格时，寄来的也是这种薄薄的信封。

垂头丧气的同时，她开始考虑该拿这两封信怎么办。要不要留在信箱里让亚纱香自己去发现？由自己把它带回房间未免心情沉重。面对截然不同的两种结果，想佯装出满不在乎的样子也办不到，她可能会暴露出丑陋的面目。

美帆重新思考：但是，如果把信留在信箱里，装出毫不知情的模样回到房间，她也没信心能隐瞒。

无可奈何之下，美帆只得将两封信带回去。

打开房门一看，亚纱香在家。

“你回来了。”看到迎接自己的室友，美帆最终死心——既视感全都说中了。亚纱香正是既视感的诱因——她穿着那套橙色的针织衫。

“这个，寄来了。”

美帆把信封放在桌上，亚纱香顿时瞪圆了眼，张大了嘴。她似乎没注意到两封信厚度的差异，在怯怯地盯着寄给自己的信封看了片刻后才说：“一起拆开？”

“好啊。”

两人分别回自己的房间，拿上剪刀重新返回厨房。她们在亚纱香“一、二、三”的声音中一齐开封。

美帆往自己的信封里瞥了一眼，只有一张薄薄的纸。“经过慎重的评审，非常遗憾地通知您……”

“成功了！”欢喜的声音迸发出来。

亚纱香高高举起自己的信封，简直高兴到手舞足蹈，停不下来。“成功了！成功了！我要去主题乐园跳舞了！”

美帆只是茫然失措。她感觉自己被孤零零地留在了黑暗之中。

亚纱香终于注意到了室友的模样，表情忽然平静下来。

“你别顾虑我，只管开心就好。”美帆好不容易挤出这句话，准备缩回自己的房间里去。

“那个……”亚纱香喊住了她。

“怎么了？”

“谢谢你帮我绑绷带。”

美帆苦涩地点了点头。

“还有，对不起。”亚纱香一脸沉痛地垂下头，“我在舞蹈学校里学了很多，比如试镜的对策、化妆方法什么的。但我什么都没教过美帆。”

美帆发出自暴自弃的叹息，不知到底该指责亚纱香的自私，还是赞赏她的直率。此时，美帆能做的也只是实话实说：“算了。亚纱香你入选，我也高兴不起来。”

亚纱香带着备受打击的表情看向美帆。自己真的被看作是那么好的一个人吗？美帆甚至有些困惑。眼见亚纱香的表情越发胆怯，生怕自己说出更过分的话，美帆只能把想说的话给咽了回去。她在想，也许从今往后，亚纱香都要背负着“将室友推开，只顾自己实现梦想”的重担继续跳舞了。她很希望事态能变成这样——从各种意义来说。

“要连同我的份一起加油哦。”留下这句冷言冷语，美帆回到自己的房间。所谓“干净地活下去”，就是这么难。

整个晚上，她都把自己关在四叠半的房间里。

隔着一道薄薄的墙壁，能听到亚纱香给各种人打电话，分享自己试镜通过的消息，美帆听着她的声音，哭了出来。

“接下来你打算怎么办？”

惠利子边吃午休的餐点边问，她还穿着灰色格子的工作制服。前一晚，她从电话中听出美帆的声音无精打采的，就利用外勤的间隙时间赶了过来。

“不知道，我已经累坏了。”美帆一声叹息。

放在从前，只要消沉两三天就能重新振作的——美帆心想。从接到通知起已经过去了两个星期，别说恢复心情，她甚至感觉自己陷入了无底深渊。最近公司工作很忙，她连舞蹈课都没去。甚至，对什么都没做的自己，她都不再感到焦虑。

“美帆也有露出这种表情的时候啊。”

“也许是有生之年头一次。”

“要不要暂时休息一阵再从头考虑？”

“嗯。”美帆含糊地应着，并拿出手机。感觉失败的时候，她总会习惯性地摆弄吊带上的小熊玩偶。

“你还带着这个啊。”惠利子说，“当时真的好开心。”

“当时是什么时候？”

惠利子露出一副“你不记得了？”的表情，继续说道：“就是高中毕业前的旅行。我们和友香，三个人一起去伊豆玩了一圈。”

美帆看着小熊玩偶搜寻记忆。

“这是当时买的？”

“在最后去的小型美术馆买的。山里的那家娃娃屋博物馆。”

听到这句话，美帆顿时灵光一闪。同时，内心生出一股温暖的感觉，不是既视感，这股温暖是飘在娃娃屋博物馆中、令人心情舒畅的氛围。

从内心浮现出来的模糊画面，和自己的体验相互重叠。在通往出口处的通道上，摆放着舞者的人偶。小小的人偶或哭或笑或起舞，表情丰富，栩栩如生。如今她唯一能够清楚回忆起来的，是那栋被藤蔓环绕的房子的模型。

美帆终于弄清了既视感的真相——当时我就看到过自己的未来了，就在对自己即将度过的毫无回报的四年时间一无所知，满怀希望地准备从高中毕业的时候。

但这又是怎么回事？新的疑问再次涌出。那些人偶为什么能够预知自己的未来？

美帆开口问道："从东京到伊豆，需要花多少时间？"

"大概两小时？应该有直达电车。"惠利子说道，"怎么了？还想去那边？"

在反问之中，美帆不禁踌躇。那家美术馆中存在着自己的未来。无论如何都回想不起来的几个人偶，或许能够预告自己的将来。

直面未来让她感觉恐惧。随即美帆意识到，自己所惧怕的，是已经预见过了的未来。答案已在心底某处呼之欲出。在度过没有任何好事发生的四年后，她明白自己已是筋疲力尽。但她还想再等等，哪怕只有一小会儿也好，她仍想佯装苦恼，拖延梦想终结的那个时刻到来。

惠利子看了眼手表，是她回去工作的时间了。两人结账后走出餐馆。

在即将道别的时候，为了感谢特意赶来陪自己的惠利子，美帆硬是扯出一个看上去很精神的笑容。

回到公司，重新披上黄色夹克，她的心情越来越郁闷。但既然拿了工资，就不得不完成工作。美帆努力让自己切换回公司员工的模式。

“那边的资料，”久保田立刻交代她工作事项，“系统开发的那些人今天也会过来，按照人数复印，放到五楼的会议室去。”

“好的。”

那些头发睡得乱七八糟的人还要来啊——美帆边想边复印材料，用订书机装订好，双手抱着材料走出总务部。她没有搭乘电梯，而是朝着楼梯间走去。才上一层楼，总感觉好像忘了什么东西的她停下了脚步。她确认过资料，没缺页，也按照人数分好了。

楼梯口那头传来走道里的声音：“有人干预营业。”“这里必须退回去。”

她忘记的东西是音乐。美帆慌忙在夹克的前胸口袋中摸索。只有耳机线缠在了手指上，播放器则掉落在亚油毡的地面上。在弯腰捡拾的时候，美帆明白，自己的梦想已经消失了。

从什么时候起，她开始弯腰驼背地抱起沉重的资料了呢？又是从什么时候起，她变得不用听音乐也能心平气和了呢？从那时起，她的梦想就已经终结了。

跟试镜落选时一样，结束得太仓促了。

“永别了，我的梦想。”

美帆在心中如此低喃。

虽然有各种艰辛，但很快乐。

美帆抱着沉重的资料，爬上无人的阶梯，到达之前悄悄练习跳舞的场所。那里出现了令人炫目的明亮阳光。透过窗户，可以看到站在隔壁大楼屋顶上的小鸟。

茫然地眺望了一阵光景之后，美帆偷偷把楼梯上下打量了一番。没人过来。

美帆把资料和夹克堆放在舞台一角，随即把播放器插在喇叭裙的腰间。她脱下浅口鞋，站立在光中。美帆挺直背脊，全身沐浴在唯独照耀着自己的光线之中，朝窗外的小鸟们说话：

“来，你们看好，这是我最后的舞蹈。”

以职业舞者为目标的我，最初也是最后的舞台。

无论有多么悲伤的遭遇，一旦站上舞台，舞者的工作就是给观众带去快乐。美帆把表情放柔和，按下开关。耳机中响起节奏感极强的音乐。数到四之后，美帆的手脚跟上了音律的流动。以芭蕾的“波的不拉斯”[1]风格动作为起始，再来两组伸直膝盖的“昂得当”。她没有考虑舞蹈动作，也不在乎平台的狭窄，只是让自己化身音乐，在舞蹈的过程中，追逐梦想的四年时间里的痛苦和悲伤、快乐和喜悦一下子涌上心头。她用全身的动作，接纳从内心深处溢出的念想。不知不觉间，就连指尖都变成了奏响美帆内心的乐器。啊，这就是人生最高境界的舞蹈——美帆如此想。此时此刻，自己正在度过身为舞者最棒的

1　波的不拉斯（Port de bras）：芭蕾术语，手和腰部的练习。

时间。

从“皮鲁埃特”转向三重连续旋转时，泪水开始在空中飞舞。数不尽的后悔让她内心焦灼：为什么就不能更努力一些呢？为什么要帮助对手呢？我大概要永远怀抱这份悔意继续生活吧。无论十年后还是二十年后，我都会以“为什么”的心态回顾过往，并在普通的人生之路上走下去。旋转的同时泪水飞出，却不是在哀怜自己。泪水不过是在舞蹈的过程中自然涌出的东西。在此时此刻、在这个瞬间，自己希望以全身表现出来的、珍贵的东西，就是我那即便渺小也光辉耀眼的、重要的梦想。

为了像自己一样梦想破灭的人们，为了寻求下一个人生路标的人们，美帆满含祈求地舞动。哪怕所有梦想全都消失，她也希望为那些人带去祝福，希望他们能够得到内心的安稳。“请收下我最后的礼物。”

在音乐接近尾声的时刻，美帆已不再恐慌。她一边怀念流逝的时光，一边继续跳舞。

最终，音乐停止了，残留微弱的回响。美帆的舞蹈结束了。

她始终垂着头，等待呼吸平顺。

抬眼望向窗外，大楼屋顶上的小鸟们送上喝彩般地拍打翅膀后，向远处飞去。

没有安可[1]。

美帆穿好浅口鞋，重新捡起黄色夹克和沉重的资料，爬上公司的楼梯。

当晚，美帆回到公寓后，把待在自己房间里的亚纱香喊出来，如此告知她："我决定从这里搬出去。"

有那么一瞬，亚纱香露出惊讶的表情。随后，她似乎很快回想起自己所说过的话——放弃梦想的人必须从这里离开。

亚纱香垂下看似寂寞的脸："嗯，我知道了。"

6

感觉经历了一段漫长的旅途。

在通往伊豆的电车中，美帆把头靠在车窗上。

从都市到地方，从山到海，窗外的风景随电车的移动而变化。

此刻已经日光西斜，因为她直至午后都在加班，离开公司

1　安可：encore 的音译，意思是"再来一次""返场"。

后才急急忙忙赶往东京站，跳上直通伊豆的电车。她考虑过等到明天，周日再出发，但仍旧希望尽早去看看那些能预知自己未来的人偶，哪怕早一刻都好。

听到电车即将到站的通知，美帆从座位上起身。电车驶入树木环绕的车站，美帆在高原的站点下车。左、右两边能看到山和海。她很想短暂地享受舒爽秋风的吹拂，但太阳已西斜得厉害，只能急忙往检票口赶去。

她拿了几张放置在车站内的观光宣传单，找到了想要去的地方。

娃娃屋博物馆。

此刻是淡季，闭馆时间为下午五点。没问题，能赶得上——美帆这样想着。然而前去博物馆附近的巴士数量很少，而且路程所需的时间和之前的记忆有所不同。四年前是三个朋友吵吵嚷嚷地旅行，感觉上时间过得很快。

巴士的终点位于可以俯瞰这一带的山麓，娃娃屋博物馆位于山的背面。美帆没有坐出租车，从宣传单上简略的地图来看，感觉距离也没那么远，因此选择徒步前去。

几乎没有车辆从车道上经过，偶尔经过的车子开过去时也不会发出发动机声，莫非是左右的树木将声音吸收了？美帆逐渐生出自己正在进入另一个世界的错觉。

她到底走了多久？时间已经来到下午四点半。环顾四周，只能看到铺设的道路从树丛中穿过，景色一片寂寥。她位于山的北侧，西下的日光已照不到这边。

在没有路标又越变越暗的道路上，美帆一个劲儿地前进。她对寂寞和不安视而不见，在鼓励自己“还差一点，还差一点”不停迈步的过程中，前方终于出现了一盏孤灯。正是她的目的地——博物馆。此刻在她眼中，那里如同一座欢迎疲惫旅人的温暖旅馆。

美帆加快步伐，踏过停车场铺设的沙子，站在娃娃屋博物馆入口处。模拟煤气灯的亮灯发出淡淡的光，将远道而来的客人包裹起来。

门票该去哪边买？美帆边想边在玄关处眺望，却发现门上挂着木雕告示牌，上面写着“感谢诸位长时间的支持。本博物馆将于本月30日闭馆”。美帆不由得一惊——30日，不就是今天吗？她看了眼手表，距离闭馆还有十五分钟。

居然在最后一刻赶上了，简直有种和旧友重逢的幸运感。美帆忘却了疲惫，打开玄关大门。

门铃“丁零”一响，一个个人偶的“家”在眼前展开。隐约响起的古典音乐流淌到户外。室内酝酿出暖色系的明亮怀旧感。美帆踏入铺设木质地板的博物馆，随即立刻停下脚步。

一名男性站在通道中，瞪大眼注视着美帆。他的着装颇具户外风格，但好像很适合叼烟斗，看上去很有品位。话说回来，为何他如此惊讶？

男人的目光从美帆身上挪开，投向入口一侧摆放的展品。美帆的视线追踪男人的动态，和他同样惊愕到呆立不动。此刻的她穿着厚毛衣和裙子——而穿着同样衣服的人偶，站在和美帆所在位置一样的门口，扬起眉毛露出惊讶的表情。这套作品宛如预知美帆会来到这里。

男人很快收起惊讶的表情，露出笑容说道："欢迎光临。"

美帆询问："门票在哪里买？"

"您可以直接进来。"男人将美帆迎入室内，"我是本博物馆的馆长，敝姓菅原。如果需要向导，请随意开口。"

随后，馆长看了眼手表，又对美帆说道："您不必在意闭馆时间，请尽情参观。"

"谢谢。"美帆道谢后，沿着通道开始在馆内步行。

名叫菅原的馆长退到了内侧的礼品店位置。

小熊玩偶就是在这里买的啊——美帆重新回想起来。这个小伙伴至今还躺在包里。

心神不宁地从数个娃娃屋前路过，美帆进入了最后的展示角。

靠墙摆放的七个迷你娃娃屋。

只看上一眼，她的泪水就禁不住地涌出来。贴着出场号码"92"的那场试镜。她和亚纱香一起垂头丧气地走在回家的小路上。在藤蔓环绕的房子那头，和惠利子重逢的夜晚。主题乐园的最终选拔。手拿合格与否的通知书，欢欣雀跃的亚纱香和哭泣的自己。以及，独自起舞的最后舞台。

不仅如此，第七个人偶甚至还预言了美帆来此造访的情景。

等到眼眶不再湿润，美帆才转过头去："请问……"

"来了。"菅原馆长来到美帆跟前。

"这些人偶都是哪位制作的？"

菅原露出看似意外的表情："您不知道吗？我还以为您是菅原小夜子的熟人。"

"菅原小夜子女士？"美帆反问。

"她是我的叔母。此处展示的娃娃屋全部出自她之手。她在二十年前亡故，已不在人世。"

美帆犹豫片刻，随即以"说出来您可能不信"为开场白，将自己迄今为止的体验全都说了出来。四年前造访此地，记忆深处的人偶以既视感的形态重现，以及现实正如人偶所示那般发生。"我只能认为，这些人偶——或者应该说是二十年前的菅原小夜子女士，预知了我的未来。"

"刚才我也非常吃惊。"馆长似乎认真地接受了美帆的话，不管怎么说，第七个作品预言了美帆的来访，"我身为她的侄子，都没能解开这个谜题。总之，叔母是位不可思议的人物。"

"她是怎样的人？"

“听说她在年轻时想成为画家，希望能创作出流传后世的精彩作品。然而，叔母的任何梦想都没能实现，最后好像哭着折断了画笔。”

跟自己好像——美帆有此感受。

“在那之后，叔母成了一个平凡的家庭主妇。而她开始制作娃娃屋，是为了她的女儿。只不过，当时……”馆长似乎回想起了什么，话语暂且中断，“‘这么做只是为了一个人’……叔母经常这样说，‘我的作品，只是为了一个小姑娘而做。并非为了世间的所有人，只要能让其中一人得到幸福，我就满足了。’叔母在日常生活中，将身为艺术家的信念化成了微小的东西。”

不知为何，馆长开始频繁地盯着美帆看。“事实上，这座博物馆也是为了一个人而建造的——为了迎接最后一位客人。”

在察觉“最后一位客人”所指的正是自己时，美帆不由得一惊，不假思索地环顾馆内——整座博物馆，都是为我而建的？

“也就是说，”馆长有些疑惑地继续说道，“你的幸福，就是叔母最后的梦想。”

我明明一点儿都不幸福——美帆边想边开口问：“为什么是我？”

“因为您是最后前来的客人，我只能这么说。”馆长困惑地表示，“当叔母说‘只为了一个人’时，周围的人都以为她指的是自己的孙子。当时，小夜子有个五岁的孙子——他名叫圭史，罹患大病，在生死边缘徘徊，所以来到此地静养。可能是长期和病魔搏斗的生活让他养成了爱幻想的毛病吧，那孩子经常说些不着边际的话。叔母时常和她孙子一起开心地聊天。建立这家博物馆，就是在那时候提出的。所以我一直以为，圭史会在闭馆日的今天突然出现。但最终前来的人却是您。”

既然如此，只能认为菅原小夜子已经看穿了一切——美帆在高中毕业旅行时造访此地，其后四年里发生的所有事，以及只要将人偶展示出来、美帆必将在博物馆开放的最后一天重返此地。而自己之所以被选中，或许是没能成为画家的小夜子明白那种相同的痛楚。莫非是为了安慰自己，小夜子才建造了这座博物馆？

如此一想，她有了一种自己在四年时间里始终被人偶们温暖地守护着的感觉。无论欢喜还是悲伤的时刻，那种温暖——飘荡在这座博物馆之中的沉稳氛围，全都轻柔地将她包围。

美帆看向第六个作品。

全身沐浴在窗口照射进来的阳光中，独自起舞的娃娃屋的舞者。

小夜子早在二十年前就看到这一幕了——美帆最后的舞蹈。

之后的我会幸福吗？美帆不禁自问。我能帮菅原小夜子实现她娃娃屋创作者的梦想吗？

“最后，叔母她，”馆长开口道，“没到七十岁就过世了。但她晚年看上去很幸福，也给身边的人带来了安慰。”

“看上去很幸福？”美帆询问。

“没错，叔母曾说过，没发生任何波澜就是最幸福的。在经过漫长的人生之后，她终于明白了这点。”

没发生任何波澜就是最幸福的。

看着皱眉的美帆，馆长继续说道：“应该指的是身为普通人的生活实感吧。所谓‘普通’，正因为多数人觉得不错并选择了这条路，所以才变得不普通。如此大言不惭的我，也只是一个普通人。”

虽说是出自年长者之口的话语，美帆却不是很懂。但她总感觉，有朝一日当自己明白这句话的含义时，遭受的那些伤害也将痊愈。

“嗯，把不可思议的事就当作不可思议的事，放着别管了。”馆长肩部失去力气，仿佛卸下了重担，“长期受到诸位的厚爱，本馆于今日闭馆。”

告别的时刻到来，美帆恋恋不舍地望着自己的分身。

菅原馆长折回礼品店，拿着一个古旧的包裹重新走过来。那是一个需要两只手才能捧住的、以包装纸包裹的箱子，不知包装了多久，系在箱子上的粉红色蝴蝶结都褪成了深褐色。

馆长摆正姿势，展露笑容，将箱子递给美帆并表示：“这是娃娃屋博物馆给客人的最后的赠礼。”

“给我的？”

“对，是为最后一位到此造访的客人而准备的。这是来自菅原小夜子的礼物，在此二十年间从未被打开过。”

接过的箱子不算太重。“我能打开吗？”

“您请便。”

美帆郑重地解开蝴蝶结。被包装纸所包裹的白色纸箱，让人联想到生日蛋糕。美帆把礼物放在展示柜上，拿掉盒盖。

三个人偶出现在其中，它们应该是一家人。父亲和母亲，以及坐在娃娃车上的孩子——三人全都幸福地微笑着。

母亲的造型和舞者的人偶完全一致。也就是说，这是描绘舞者未来生活的第八个作品。

这就是我的未来——有那么一瞬，美帆感觉很怪异，但她立刻接受了。父亲人偶的头上，顶着睡乱的头发。

看着展露笑容的美帆，馆长也开心地笑了：“您喜欢吗？”

“喜欢，”美帆点了点头，“非常喜欢。”

娃娃屋创作者在人生最后所怀抱的梦想，这份思绪，确实传达给了自己。

7

返回东京后，美帆立刻推进搬家的准备工作，搬去了新公寓。

离开住了好几年的房间时，亚纱香又露出闹别扭般的神情哭了。一想到今后两人再也无法一起练习舞蹈，美帆的心头仿佛也被什么东西堵住了。

“连同我的份一起加油哦。”她坦率地表示，“亚纱香不会有问题的，一定能成为一名优秀的舞者。”

亚纱香抽抽搭搭地点了点头。

美帆摸了摸亚纱香的头，就此告别。

开始独自生活的美帆不再去上舞蹈课，过上了偶尔和惠利了一起玩乐的普通公司员工生活。现在是耐心等候的时间。她相信，时间的流逝终将会把她引向一个好方向。

在认真做事、将总务部的工作一件件牢记于心的过程中，美帆逐渐意识到自己所肩负的责任。她收获了令人开心的赞赏之词，也受到过背地里的批评。有敌人，也有战友。所有的一切加在一起，就是公司。

时间过去了约三个月，在新年的一天，美帆被上司久保田喊了出去。

“看起来你已经习惯这份工作了，也该在会议上露个脸了。”

“好的。”

这是她第一次和外包商开会。这一天终于来临。美帆紧张地确认圆珠笔已插在了黄色夹克的前胸口袋里，拿上报告用纸和名片走向五楼的会议室。

打开会议室大门，坐在会议桌前的人们朝她看过来，都是为公司开发适合新业务的全新数据库软件的人员。美帆走到众人身边，遵照商务礼仪，从职务最高的人开始依次打招呼。

站在最后一个，同时也是最年轻的人面前时，美帆花了少许时间低下头，想要感受一下室内的氛围。有朝一日，她的孩子或许会问到爸爸和妈妈初次相见时的情景——那天虽然很冷，窗外的太阳却很亮。

美帆仰起脸，看向眼前这位后脑勺头发睡得乱糟糟的程序员。对方也眉开眼笑地看着美帆。

“我是总务部的香坂美帆。”美帆微笑着，向自己未来的丈夫递出名片，“初次见面。”

3小时后我会死

1

自从山叶圭史成为专攻心理学的研究生，已经过去了四年。从硕士课程到博士课程的研究生活一帆风顺，却完全没着手研究当初选择这条路的最初目的——解读预知能力。

超感官知觉，俗称“超能力”的研究课题本身就不允许被选择。假如提出由拥有预知能力的自己担任被实验者，圭史搞不好就不再是研究者，而会变成接受指导教授咨询的患者。

最终，他只能一边学习神秘主义和亲和性相关的荣格[1]分析心理学，一边自己思考正题。

在三月一个寒意残存的假日，圭史独自在研究室努力写博士论文，思考却不知不觉地越过了心理学的框架，踏进了超心理学的领域。

1 卡尔·古斯塔夫·荣格（Carl Gustav Jung，1875—1961）：瑞士心理学家，创立了荣格人格分析心理学理论，提出“情结”的概念，把人格分为内倾和外倾两种，主张把人格分为意识、个人无意识和集体无意识三层。

为什么会有“预知”这种东西？

自己为什么会被赋予这种能力？

其中最让圭史烦恼的，莫过于迄今为止所见识到的其他人的未来——异象全部变成现实一事。他的预知百发百中，但怎么想都感觉很奇怪。只要人们按照自由意识自主选择行动，他预测到的未来应该就会发生改变。然而圭史所遇到的那些人全都宛如被什么所吸引那般，朝着未来的某个点前进。那条唯一的窄路，避也避不开。从圭史的视角来看，他们仿佛在某种超越人类智能的力量作用下而采取行动。

莫非这就是命运？圭史如此思索。

难道自从出生起，人们就被某种肉眼不可见的力量所支配，必须沿着某条道路一直走下去？

这番推论恐怕是对的。假如人们的未来不可预定，那么预知能力也不可能存在。假如未来可被更改，那么所有的预言都会变成难以实现的妄言，预知能力者也会变成满口谎言的家伙。这样 来，虽然从心情上难以肯定，但无论是幸福的人还是不幸的人，都只能这样了。

圭史进一步思考：

那么我自己的命运呢？自己将如何活着，又将如何死去？

迄今为止，圭史从未看到过关于自己未来的异象。至于理由，他想到两种解释。

打从一开始，圭史的预知能力就有限制，只能看见他人身上发生的“非日常性事件”。之所以看不见自己的未来，也许是自己会度过不会发生非日常性事件的四平八稳的人生。

另一种解释是，这种不可思议的力量不会波及做出预知的本人。即使他能看透他人的未来，或许也无从得知自己的。

手表的闹钟铃声响起。圭史保存了只添加寥寥数行的论文，合上笔记本电脑。今天的研究截止到中午，接下来他必须去参加熟人的婚礼。

他离开桌子打开储物柜，系好领带。在确认领结是否打好而照镜子时，圭史忽然吓了一跳，停下了手上的动作。镜面横向裂开一条直线，在他的脖颈处划开一道裂缝。

预感到有不好的事要发生，圭史浮出一抹苦笑。拥有预知能力的自己竟然胆怯成这样。

他重新打起精神整理好衣着，走出研究室。穿过长长的走廊来到楼梯口，又突然停了下来——礼金袋忘在桌上了。

圭史的表情再次阴云密布，总感觉有东西试图阻拦自己。

他感觉自己的脑袋如同被乌云笼罩般沉重，这是不是无意识的警告？内心的某处，是不是已经意识到将在未来发生的凶事了呢？

圭史伫立在原地思索了片刻。该去结婚宴吗？还是找个借口不去？

面对二选一，圭史不禁陷入迷惘。

2

世田谷的砧公园是东京都内屈指可数的广阔绿地。与这片都市绿洲毗邻的，是一栋尤为引人注目的白墙大宅邸。带车廊的门廊和希腊风格的纯白列柱，给人以威严和清凉的印象。这栋希腊复古样式的建筑物名为“la Fontaine Ange”，是为今年在新娘圈里流行的“家庭旅馆式婚礼”而建造的婚宴会场。

在经济泡沫崩溃的同时，结婚披露宴[1]的形式也朝简单和个性化的方向倾斜。仍有很多新人举办仪式，但他们会舍去常规的酒店宴会场，改为包下整家餐厅，弄出“在家”的氛围。不久后，这股流行趋势催生出披露宴特色餐厅，还演变出将整栋大宅邸包场的“家庭旅馆式婚礼”等多样化形式。

在法语中，“la Fontaine Ange”意为“天使之泉”，这里原本是一座平房式样的法国餐厅，业主看准了这股热潮进行改建，

1　“披露宴”是日本的一种习俗，在结婚仪式结束后举行。这是一种比结婚仪式规模更大的结婚庆祝宴会，多在饭店的宴会厅举行。

把它变更为一座配套小教堂的三层婚宴设施。一楼依然进行餐饮业务，二楼是派对使用的大宴会场，三楼则是小宴会场和举办仪式的教堂。婚庆圈的流行竞争都非常激烈，因而建筑的功能不仅限于披露宴，而是做好了从新年聚会到圣诞派对，满足所有需求的态势。正因为这些努力，自从开业以来，营业成绩顺利增长。

上午十点前，原田美绪满怀期待地到达这栋宏伟的建筑，不禁感受到一股名为“命运”的东西。话虽如此，美绪本人却不是新娘。她正等待着和重要的人的重逢。

她穿过业务人员使用的便门，进入一楼更衣室，一边和已经到来的同事们打招呼，一边更换服务员的制服。

脑海中浮现出五年前的往事。当时，美绪被自称预言家的男子喊住，在紧要关头捡回一条命。男子名叫山叶圭史。在那个为了躲避六小时后死去的命运，而拼命在东京各处走动的夜晚，美绪和圭史心意相通。然而，圭史没留下理由就从美绪面前离去。自那之后，她再也没见过他。

时间的流逝非但没能使她忘却圭史，反倒让他的残像越发突出，美绪想要再见他一面的想法越发强烈。为一去不复返的过去而痛哭流涕绝非她的作风，因而她把一线希望寄托在了找工作上。她想在不特定的很多人集中的场所工作。

左思右想后，她判断两人最有可能重逢的地方就是婚礼现场。只要圭史对音乐会场和影院这些方面毫不关心，在这些地方下功夫就是白搭。餐厅、居酒屋这种特定某一家的店铺，圭史会出现的概率也极低。而说到婚礼，不管是什么人都会出席好几次。从圭史的年龄来看，被邀请参加朋友的婚礼的机会应该很多。

美绪在配膳会[1]做了登记，以服务员的身份被派遣到各个婚宴现场。能迅速和意中人再会的运气并没有光顾，等待着美绪的却是意料之外的充实生活。在为客人送上食物和饮料时，只要对方笑着道谢就能让她十分开心。看到欢喜的乐在其中的人，自己也能感觉到幸福。在这种持续的工作中，美绪意识到自己找到了天职。

在对工作产生欲望的时期，美绪被派遣到了才开业没多久的“la Fontaine Ange”，她的工作表现也引起了服务负责人的注意。在“要不要来我们公司工作”的邀约下，美绪迅速答应。工作能力被认可，她感到很满足。

在那之后，美绪成为“Bride Produce公司”的员工，在这家会场工作，还在近期开始了成为婚礼规划师的学习。上个月，她终于在婚宴的来宾名簿上发现了“山叶圭史”的名字。

1　配膳会：日本的一个服务组织，服务员会被分别派遣到各个派对场所进行服务。

五年来的辛苦有了回报。这或许是神明送给认真工作的美绪的奖赏。

圭史将在今天的午后前来。不知重逢之后的两人会怎么样，美绪却感受到一种不可思议的机缘。她相信两人命中注定将重逢。

美绪换好衣服，检查镜中的仪容。这种工作要求员工在婚宴现场“变成空气”，因此她只化了淡妆。香水和带颜色的美甲一概禁止。制服是熨得笔挺的白衬衫，配黑色背心和裙子。贯彻简单朴素的着装也有一个优点，就是清洁感。没问题的，我这正度过二十多岁最后几个月的身体依然充满活力——美绪如此自我评价。

随后，美绪把贴在更衣室墙上的宴会职务名单确认了一遍。名单上详细记录了这一天分在两个楼层分别举办的两场宴会。二楼是国立大学教授退休纪念派对。三楼则是圭史被邀请参加的那场婚宴。新郎和新娘已入场，在婚礼规划师的协助下，他们正被换装、化妆等准备工作追得团团转。

美绪这一天的工作是服务员——在入口处迎接宾客、帮忙寄放随身物品、将客人带进会场、转接电话和调配车辆——因此绝对能和圭史碰面。她克制着激动的心情朝会场走去，先参加了每场派对的说明会。

首先是二楼的宴会厅。那里借鉴了法兰西贵族的宅邸，装修成洛可可风格。掠过窗外宽阔的绿地上空飞射而来的阳光，和室内的水晶吊灯协调一致，形成绝妙的混合光线。为了迎接前来三百平方米的宽敞会场的一百五十名客人，前一晚就安排好了立食餐会[1]的摆放。

“客人中高龄者居多，如果他们露出疲惫的样子，就带他们去椅子那边。”全身包裹在黑色服饰中的派对负责人森本向全体员工宣告注意事项，“赠送给主宾的葡萄酒由干事带入。其他关于干杯和招待的事情全都写在职务名单上。还有一点，场地物业会派四个人进行屋顶和紧急通道的维护。各位负责人需要注意，不要让客人进入相关动线。”

所谓“动线”，是指会场内的人和物品的移动路线。森本话中的意思，即“不要让后方工程相关人员出现在客人面前”。

“好，拜托各位了。”以这句话为信号，员工们进入会场的最终确认环节。

这次的职务名单上提到，只有四名服务员需要上三楼的宴会厅。三楼设有小教堂，因而宴会厅的规模狭窄了几分。即便如此，摆设七十名来宾出席的入座式宴会仍旧十分宽敞。按照

1　立食餐会：自助式立食派对。菜品按正餐全席的标准配备，用大号餐盘盛放。适用于游园会等会场偏小的场合，有助于所有宾客加深交流，同时自由享用自己喜爱的菜品。

“something blue”[1]会给新娘带来幸福的说法，桌布、蜡烛等都是以蓝色为基调色彩进行搭配。

今天即将举办婚礼的新人，是在东京旅行社就职的员工和栃木县一家温泉旅馆的独生女。美绪一边为两人的幸福而祈祷，一边惊讶地猜想他们和山叶圭史之间的关系。

来宾之中有对食物过敏的男子，专门为他准备的料理绝对不能送错——对服务生做出上述指示之后，说明会就此结束。

上午十一点，招待客人的前台开始工作。

美绪等人在一楼前台迎接客人，忙着寄存行李并告知客人上三楼。被豪华的内部装修惊得目瞪口呆的客人之中，有人不愿使用电梯，而选择走曲线优雅、铺设绒地毯的楼梯。

全体来宾之中，被邀请参加婚礼的约在半数。全员都没有迟到，准时前往小教堂。

即使在三十分钟左右的休息时间里，四名服务人员依旧保持姿态，接待后面的宾客。山叶圭史直接被邀请前去披露宴，应该会在正午过后才现身。美绪很不淡定地看着手表，比预想中还要紧张。

---

1 西式婚礼风俗中的“something blue”是指婚礼上新娘要穿戴一些蓝色的小饰物或是用蓝色的花束，寓意诚实、纯洁和忠诚。

入口的大门开启，措手不及的美绪有些狼狈，但那里出现的却是一位身穿西装、三十出头的男子。

“敝姓手塚。”男子自报家门。

美绪等人立刻明白，对方是前去二楼另一场派对的干事。他手拿一个筒状的箱子，里面应该装着葡萄酒。服务人员用内线电话叫来预约负责人，将男子送上二楼。

似乎以此为开端，参加婚宴的客人在此之后陆续现身。在宴会开始之前，来宾们喝着饮料，在三楼的沙龙空间等待开场。在一个应该是新郎同事的、热热闹闹的团体进入电梯之后，前台再度恢复安静。

不知为何，美绪总感觉圭史就快到了。氛围很寂静，却跟他很搭。木制的大门再次无声地开启，新客人站在门口。

美绪的视线被吸引过去，心跳猛然加速。她一眼就认出对方是山叶圭史。

修长的体形和之前一致。整个人的背部被外部光线所笼罩，白皙的肌肤衬托出他的相貌。

在圭史走到前台前，美绪考虑了许多。不知他会不会注意到自己，还是早就把自己给忘了？他会因重逢而欣喜，还是……

隔着台面，圭史就在眼前。通过近距离观察，可以发现他跟五年前相比，样貌没有变化。

美绪满怀深情地迎接圭史：“欢迎光临。”

圭史一副想说什么的样子，随即移开视线，露出惊愕的表情。随后，他的脸上又挂满了毫无防备的笑意，将美绪的不安统统拂去。

"好久不见。"圭史用轻柔的声音说道。

美绪的心一下子飘了起来，不可思议地产生一种被安慰的感觉，心跳渐渐恢复平静。

"你还好吗？"

"很好。"美绪礼貌地回应着，同时偷窥一旁的其他服务人员，只见他们正忙于应对之后到来的宾客。美绪小声又说："托圭史的福。"

圭史也压低了声音："在那之后怎么样了？"

"我？我嘛……"美绪瞄了眼自己身上的制服。她应该为如此努力工作的自己感到自豪的，但又觉得有些不好意思。

"如你所见。"

"你很努力地在工作。"

"嗯。如果我有唱歌的才能就好了。"美绪掩饰着害羞般地说道，"虽然不是什么值得自豪的人生，但总算还活着。"

"大家都是这样的。"圭史微笑起来，"我唱歌也唱得很烂。"

美绪也笑了："圭史在做什么？"

"目前在读研究院，学习心理学。"

得知对方也很努力，美绪十分开心。此刻又有结伴而来的三名客人进入馆内，美绪不得不重返工作状态。“今天您是来参加平井、福本两家的婚宴的吗？”

“对。”圭史也改变了语调。

“有需要寄存的物品吗？”

“没有。”

“外套呢？”

“啊，对。”说罢，圭史慌忙脱下外套。他似乎对这种场合很不习惯。“礼金放在这里？”

“三楼设有接待处，请把礼金交到那边。请搭乘左手边最内侧的电梯前往会场。”

“谢谢。”圭史正准备离开，又停下脚步小声说道，“可以的话，在宴席结束后……”

话语中途却卡了壳。美绪随即反问：“结束后？”

圭史动了动嘴，试图说些什么，却发不出声音。

他到底在犹豫什么？美绪表面漫不经心实际内心雀跃地催促：“结束之后怎么样？”

血色逐渐从圭史的脸上退去，他的双目再度失去焦点。同时，从眉头到面颊再到嘴角，他脸上所有的肌肉都开始松弛。美绪记得这副能乐面具一样的表情。五年前的记忆在脑海中苏醒，她不由得倒抽一口气。

圭史正在看异象。

美绪身侧的同事带着狐疑的目光，看着陷入沉默的两人。

美绪慌忙询问："您怎么了？"

圭史阴沉的眼瞳朝向美绪，从喉咙深处漏出声音，听上去像在说"你的异象"。

美绪克制着恐惧感，同时探出身子附耳到圭史嘴边。

"在你的异象中，我……"

"里面有圭史？"

圭史点点头，用力抓住前台边缘，撑住摇摇欲坠的身体，留下一句模糊不清的话后，他便当场倒下。

"我会死。"

美绪一边祈祷是自己听错了，一边急忙冲向前台的另一头。

按照抢救急症病人的措施，圭史被转移到空置的休息室。休息室位于二楼宴会大厅走廊对面，是四个并排房间中最内侧的一间，放置着梳妆台、衣架等物品。

接到联络的婚宴负责人赶过来查看情况。

"我稍微休息一下就好。"圭史本人如此表示后，负责人在要求美绪留下陪护后便离开了。

两人独处时，室内唯有座钟的嘀嗒声。美绪在椅子上坐下，询问躺在沙发上精疲力竭的圭史："真的没事吗？"

"嗯，不说这个……"圭史环视休息室，"我最好还是先走。"

看样子，他已从一时的震惊状态中恢复了过来。“你到底看到了什么，能告诉我吗？”

“是发生在你身上的，非日常状态的事件。”

“我？不是圭史吗？”

“嗯，一直以来我感到很奇怪，为什么唯独看不见自己的未来。然后我终于懂了，我只能看到别人的未来。”

“然后呢？”

“然而就在刚才，我在你的未来之中看到了我自己。就在今天，我会死在这里。”

美绪小心翼翼地观察着圭史的表情，同时回想和他初次会面时那种不可思议的感觉。自称预言家这种事，到底该相信到哪种程度？

“你是说，会发生一些事情？”

“你在派对现场发出惨叫，拼命地想救我，却办不到。我的身体整个燃烧起来了。”

“烧起来？被火包围了？”

“嗯。”说着，圭史再度面无血色，“我会被烧死，无计可施。你会被身边的人带到会场外面去。”

“还有呢？”

“就这些了。”

这番话让人一时之间难以相信。难道会发生火灾？但这栋建筑彻底进行了火灾预防检查，现场根本没有火种，婚宴上也没有预订烛光服务以及会用到低温焰火的演出等活动。

“知道地点吗？在会场的哪里？”

圭史眯起眼，似乎在回想异象中出现的光景。“就在出口附近……白色的墙壁……还有古董一样的时钟，时间是三点零三分。”

美绪看了眼手表，是三个小时之后的事。

“墙边还能看到一排摆放料理的长桌。”

“你等等，桌布是什么颜色？”

“红白双色。”

那是为立食餐会而准备的自助餐。美绪惊讶地想着，又问：“能看到挂在墙上的画吗？”

“好像是一幅抽象画，色调很暗淡。”

美绪更搞不明白了。圭史所说的地方，并非他将要出席的婚宴现场。“你说的地方是这层楼的宴会大厅。圭史为什么没出现在三楼的婚宴，而是跑到二楼的立食餐会？”

“不知道。那是谁的派对？”

美绪从背心口袋里取出宴会职务名单。“是大学教授的退休纪念派对。帝都大学的藤堂重久教授，你认识吗？”

“不认识。完全跟我没关系。”说着，圭史垂下头，焦躁的神色从侧脸处浮现，“我之所以会来这里，是因为不可改变的命运。肯定是某种机缘巧合把我带来了这里。”

不管怎么说，总感觉他过于钻牛角尖了。圭史会出席跟自己无缘无分的人的派对，还在没有火种的会场被烧死，怎么想都觉得不可能。美绪甚至觉得几年不见，圭史的预知能力是不是变迟钝了，连预见的未来都变得离谱。

无论如何，美绪能保持乐观，是因为现在跟五年前不同，解决办法非常简单。“你能取消出席宴会的安排吗？”

圭史点了点头。

“那就能改变命运了。你立刻离开这里就好，只要三小时后你不在这里不就没事了？”

圭史脸色一沉：“不可能，异象绝对不会落空。”

“你忘了五年前的事了？我的命运不就改变了？”

然而，圭史依旧用阴沉的眼瞳注视着美绪：“不一样。当时的异象确实实现了。”

“什么意思？”

“我所看见的，是你胸口被刀刺中的景象。虽然想尽办法避免了被刺死，但和异象相同的画面依然出现了。也就是说，异象所预言的，是穿着防刃背心的你胸口被刀刺中的画面。”

当时，美绪确实被杀人犯的凶器所刺中……

“未来没有发生任何改变。在‘六小时后会死’的预言中共同行动的两人，防范了犯人的攻击，这一切都早已融入了你的命运。”

“也就是说，我们全都按照命运早就写好的内容在行动？”

“没错。”

“真不敢相信。”

“还有一点。你还记得当时我还看到了另一个异象吗？”

“另一个异象？”美绪开始搜寻记忆。她想起了深夜的住宅街。圭史所看到的，是一个躺在医院病床上和美绪长相相似的年老女性。话说回来，唯有这个异象拼不进当年一连串事件的拼图之中，被孤单地撇开。

“之后我才意识到，那是几十年后的你。也就是说，你从一开始就命中注定能从那晚活下来。”

美绪呆愣地注视着预言家。圭史所见过的景象在她脑海中浮现出来——变成老婆婆后，躺在医院病床上的自己……

圭史露出浅浅的笑意：“你一定能长命百岁的。”

“幸好没碰烟。”美绪说道。

笑容迅速从圭史脸上消失，恐怕他想到了自己无从避免的死亡。

美绪明快地表示：“这样一来，我的健康问题就解决了。接下来就是圭史的寿命。既然你命中注定要死在三小时之后，我一定帮你。站起来。”

圭史摇摇晃晃地从沙发上起身，美绪立刻紧紧抱住他的胳膊。“只要离开这里，问题就能解决了，对吧？”

“嗯。”

就在要打开房间门时，美绪内心生出一抹不安。圭史将被烧死的宴会大厅，就在走廊的另一头。

美绪重新振作精神——只要走出走廊，下一层楼就能走出去。时间还有三个小时，足够了。让圭史走不出这栋建筑的事，根本不可能发生。

美绪轻轻打开房门，左右窥探了一番，没有发现任何异状。她挽着圭史的胳膊走在长长的走廊上，伴随着安心所涌上心头的，还有一股悲伤。

五年前分别之际，圭史拒绝了美绪的提议，独自消失。在美绪看来，和命定之人相遇后，不知为何会变成那种结局。然而此刻，她终于明白了其中的理由。预知到美绪数十年后的未来的圭史，早已察觉到两人命中注定不可能结合。或许他早就看到了，美绪将来的丈夫不是自己，而是别人。

今天把圭史送出门后，就真的无法重逢了。她总有这种感觉。

下到一楼的台阶近在眼前。早已有手持玻璃酒杯的客人聚集在沙龙空间，等待大学教授退休纪念派对的开始。

她和圭史在一起的时间还有几秒？美绪用力抱住圭史的胳膊，仿佛要将他的温暖烙印在自己的肌肤上。意外的是，圭史也用力回应着她。不仅如此，他甚至还用空着的另一只手缠住美绪的手指。

“圭史。”美绪不由得低喃，突然被拉向后方。

他停下了脚步。

“怎么了？”

圭史垂下头，双膝不停打战。他双眼紧闭，浮现出恐惧的神色。“糟了，必须中止派对。”

“为什么？”

圭史仰起脸，目光投向宾客集中的沙龙空间。“会死的人不止我一个。”

美绪惊愕地顺着圭史的目光看去。约二十个来宾身穿西装或派对礼服，正在谈笑风生。其中多数是年长者，也有三四十岁的男女。

美绪以尖锐的声音问道：“你是说，这里的某个人也会死？”

“是所有人。”

“所有人？”

圭史点点头，露出悲痛的眼神说：“在场的所有人都会死。”

3

美绪哑口无言，紧盯着满是笑声的沙龙。

眼前的这群人，将在几个小时后全部死亡。真的有可能吗？

“你都看到了什么？”美绪问道。

圭史张嘴正要回答，却惧怕被客人们听到。“回刚才的房间去，”他表示，“在那里详谈。”

美绪犹豫了。这样一来，圭史不就要留在这栋楼里了吗？

圭史看了看手表：“没事，时间还很充裕。”

尽管美绪很想尽早把他带出去，但事到如今也别无他法。顺着走廊往回走时，美绪感受到一股不祥的力量，总感觉某种东西正试图阻止圭史外出。“你还能看到那么多人的未来？”

“嗯。大量的异象一起涌了过来。”圭史仿佛想甩掉噩梦般地甩头，“我猜，大概留在灾难现场就会变成这样。非日常性事件正朝所有人的未来逼近。”

回到休息室，圭史无力地坐回沙发。美绪在化妆台前的椅子上坐下并问道：“你看到了什么？”

“没有一个人得救。跟我一样，所有人身上都着了火。有人痛苦不堪，有人早就不能动了。地点就在会场里。”

美绪朝派对的宴会职务名单看去。

有一百五十人参加的立食餐会，下午一点开始，三点结束。圭史的异象发生于下午三点零三分。本该是宴会结束的时刻，但派对超出预定时间也很常见。火灾应该是在快结束时发生的。她看了眼手表，剩余时间还有两小时四十五分钟。

然而就算再如何检查职务名单，也搞不懂火灾发生的原因。和楼上的婚宴一样，这边的派对也没有会用到火的表演或装饰。

“火灾的原因是什么？能看到冒出火苗的地方吗？”

圭史摇了摇头：“看不到那种程度。”

弄不清关键部分，美绪焦躁起来。“没有其他线索了吗？”

“在被烧死之前，大家都满脸惊讶地看着什么东西。可能是看着正在扩散的火焰。”

“有没有什么声音？”

“听不到声音。在异象中只能看到像是贴近某人时所能看到的光景。其他能看到的，只有背景了。”圭史皱起眉头，思索了片刻又说，“火苗是从出口附近冒出来的，然后人们就呈放射状倒下了。”

“会场有两个出口能到走廊上，分得清是哪一个吗？”

“前面那个，就在楼梯旁。”

“你等一下。”

美绪留下这句话，走出休息室。漫长的走廊一头通向尽头处的紧急出口，另一头则延续到沙龙空间和楼梯。圭史所说的出口在楼梯那头。美绪走到门前一看，派对尚未开场，大厅门紧闭。

她不动声色地在附近查看了一圈，也没发现任何会变成火源的东西。就算有人把没灭掉的烟头丢在地上，地毯也是防火材质的，绝对烧不起来。如此说来，火苗应该是从会场中冒出来的。

美绪把房门拉开一条缝，进入宴会大厅。出入口附近有设在右手边的酒吧角，饮品和玻璃杯整齐排放在桌上。左手边靠墙处则是摆放料理的自助餐。桌布的颜色是红色在下、白色在上的交错双色。

在看到挂在墙上的抽象画以及作为室内重点装饰的古董钟后，之前还半信半疑的美绪不由得重新考虑，可能预知全都是真的。圭史所说的异象的确正确描述出了会场的布置。

美绪忽然关注起了地面。这里和走廊不同，大厅的地板是木质的。木质地板没有做防火处理的必要。

但在完全没有火种的情况下，火灾到底怎么发生？天花板上还有自动喷水装置，应该不可能会发生大批人被烧死的事态。

应该重视圭史的预知，还是轻描淡写地忽略？美绪在毫无收获的情况下返回休息室。

“没弄清火灾的原因。”

听美绪这么一说，躺在沙发上的圭史立刻起身。“应该是线索太少了。等派对开始，再去探查所有来宾的未来，应该就能弄清起火原因。”

“你要做到这种程度吗？”

“嗯。如果现在我自己逃走，就等于明知会发生火灾，却对一百五十个人见死不救了。”他非常坚持，“能潜入二楼的派对吗？”

美绪“嗯”了一声，点了点头，一股不经意的冰冷空气却爬上了背脊。这样一来，圭史要出席的就不是三楼的婚宴，而是二楼的餐会了。正如预示他本人将被烧死的异象所显示的那般。

意识到眼前是货真价实的预言家后，五年前的战栗再度袭来。美绪的内心终于生出某种确信——圭史或许真的会说中未来。他本人和众多来宾或许都将在二楼的派对会场被烧死。

“等一下，圭史你还是离开这里比较好吧？”

“不，反倒更危险。”

“为什么？”

“这样下去我会死，而你会得救。我觉得只需要一点小小的偶然，我们的命运就会分开。如果我不在这里，就不知道接下来会发生什么。说不定你还会替我去死。”

“到底该怎么办？”

“像我刚才说的，去会场搜集线索。只要知道火灾的原因，应该就能防患于未然。”

美绪不得不认同这番话。既然已经知道了起火地点和时间，就算发生最糟糕的情况，只要拿着灭火器等在现场，应该也能扑救。“这样做能救下一百五十条人命对吧？”

“不过……”圭史满脸不太可靠的神色，吞吞吐吐地说道，“能不能改变命运，我没什么自信。”

美绪说出了心里始终惦记的话：“至今为止，圭史的预言有没有不准过？”

“一次都没有。”预知能力者回答得很快，“我会死在今天的概率是百分之百。”

“只有拼了。”美绪表示，“但答应我一件事：万一起火前五分钟我们还没弄清原因，圭史就离开这里，行吗？”

“五分钟前，也就是两点五十八分？”

美绪点了点头。这是距今两小时三十分钟后的事。

为了让圭史混进餐会，美绪独自走出休息室。

她先是走上三楼，进入已经开席的婚宴会场，在服务负责人的耳边轻轻说：“刚才那位山叶圭史先生因为感觉不舒服已经回去了。”

负责人毫不怀疑，表示自己知道了。

接下来，美绪来到一楼。即将前往二楼出席派对的客人在接待处混成一片。前台服务生们一个个地搜寻他们的名字，将事先准备好的名牌交给客人。

美绪进入事务处，将“山叶圭史”四个字打印出来，做了一块名牌。她想了想其他必要物品，又把派对来宾的名簿装进了制服口袋。自己就跟间谍似的，感觉很奇妙。

回到二楼，正是宴会大厅即将开场的时刻。左右对开的大门沉重地开启，沙龙空间中的宾客们开始朝会场移动。

在会场内待命的服务生们笑容满面地为客人送上饮品，迎接入场的人们。美绪也进入会场，站到在酒吧角后端观察现场的派对负责人森本的身侧。

“有一位客人身体不好。”美绪压低声音说道，“前台接待处应付得过来，我能负责陪护那位客人吗？”

二楼和三楼的两名负责人在工作中不会相互联络，因此不必担心谎话被拆穿。

“拜托你了。”森本保持着面向客人时的笑容并小声答复，随即，他按下别在领口的小型麦克风，通过无线耳麦报告道，“变更位置。原田美绪负责陪护客人。”

站在自助餐那头的服务生负责人也把嘴靠近自己的麦克风，回复了一句“了解”。

这样一来，圭史就变成了立食餐会的客人。美绪原本预想多少会有些麻烦，事情却非常顺利。但在返回圭史等待的休息室时，她的内心还是涌上一股不明所以的不安。

一切都在按照命运的安排进行。

她总有这种感觉。

4

时间来到下午一点整，宴会大厅被手持玻璃酒杯的来宾填满。来宾和平常在这里举办派对的人们有着明显不同。主宾是国立大学的理工学院教授，现场总给人一种学院派的氛围。再看来宾名簿上的抬头，半数以上是大学相关人士及其家人，其余则是大企业的董事和相关部门的官员。

因藤堂教授夫妻迟到，宴会过了预定时间仍未开始。

站在会场一角窗边的美绪担心地偷窥一旁的圭史。他正一个个地注视着来宾，探查他们的未来都将发生些什么。一次性要看这么多人的异象，不知他的神经是否负担得了。不知是不是因为接二连三地看到悲惨的光景，预知能力者不时痛苦地闭上双眼。

“得救的人寥寥无几。”圭史挤出微弱的声音，“多数人不是被烧死，就是被浓烟包围后倒下。”

“你没事吧？”美绪不由得担心，“我听说目睹过他人之死的人，内心都会遭受重创。”

“之后我会自我治疗的。”专攻心理学的研究生坚强地说道，“不说这个了，真的很奇怪。明明现场有那么多人，却没人看到起火的瞬间。”

“你把异象的详情告诉我。”

“大致和刚才相同。所有人都惊愕地看着什么，视线的方向就在出口附近。至于看的是什么就不知道了。然后异象就此中断，变成所有人都被烧死的画面。”

美绪意识到一件怪事：“异象中的时间没有加速？”

“确实没有。”说着，圭史也露出惊讶的神色。

“在此期间到底发生了什么？既然出口附近火势蔓延，你没看到任何一个人试图逃跑或尝试灭火？”

“真的没看到。突然所有人身上都烧了起来。”

美绪思索片刻，发现自己遗漏了一件事：如果预知正确，那么自己就是大惨案的生存者，应该从头到尾目击了火灾的来龙去脉才对。“在我的异象中没什么线索吗？”

圭史扭转脖子，盯着美绪的眼瞳。美绪承接着他的目光，内心遗憾地想，要是能在其他场合和他重逢该有多好。

片刻过后，焦点重新回到圭史眼底，他表示：“你也看着什么东西，位置在出口的侧面。在墙边……不知为什么，你不停比较着会场里和外面的走廊。然后你看了看手表，露出绝望的神色……然后场景一变，你倒在地上，又立刻爬起来，发出惨叫朝我冲过来。刚着火的我伸出手，你就被旁边的人拖走了。”

感受到一股寒气的美绪不由得抱住双臂。两小时后，自己到底看到了什么？

“我们知道了一件重要的事——起火地点不是会场里，而是走廊。”

“你怎么知道？”

“我认为火应该是从外面冲进来的。你在会场中，在墙体的掩护下才得救。我的面前恐怕没有任何遮掩物体，就被火焰吞没了。”

美绪不假思索地叹了口气：“人与人的命运还真是一纸之隔。”

“嗯。啊，等一下。”

圭史离开现场，朝正要往前走的服务生走去。对方名叫山本，是在这里工作时间不长的新人。圭史向山本询问时间，对了下自己的表，又走了回来。

“知道正确时间了。火会在他的手表走到三点三十分十秒时冒出来。”

美绪用目光追踪着山本的背影。才十九岁的年轻后辈，手法笨拙地托着放满饮料的托盘，拼命服务每一位顾客。为了有朝一日能去法国进行真正的服务生培训，这位年轻人正在坚持从十五万日元的月薪中一点点地存钱。

美绪垂下头问道：“他的命运也是死吗？”

“嗯。”

“圭史也是，客人们也是？”

“嗯。”

两个小孩在大人们的脚边用小碎步跑来跑去，他们应该是兄妹。精心打扮过的小男孩、小女孩在出生以来初次见识到的派对会场中发出欢快的声音。

在场的所有人都会死。一想到这点，大惨案的景象突然带着现实的味道，刺痛美绪的眼底。身处这个会场的所有人都会被夺走珍贵的未来。在名为“命运”的巨大力量之下，自己也无能为力。

不经意间，某种东西在美绪的内心迸裂。到底是怒、是悲，还是悔，她分不清。明知悲惨的命运不可抗拒，仍旧活在祈祷每天幸福的日子里，这或许是对无助而悲伤的人们的一种关爱吧。

必须救出所有人——美绪如此想。决不能让这个盛满人们笑容的重要场合变成大惨案上演的舞台。

宴会大厅入口附近涌出拍手声和欢呼声。一对老夫妻穿过人群入场，正是主宾藤堂重久教授和夫人茑子。身形瘦削的藤堂教授握着手杖，步伐稳健，而阴郁的表情，大概是身为大学教授的职业画上终止符的缘故。

夫妻俩穿过会场，在设在窗边的主桌落座。派对终于正式开始了。

派对干事手塚站在麦克风前，开始发言："就在刚才，主宾藤堂老师及夫人到达现场。现在我宣布，帝都大学理工学部教授藤堂重久老师的退休纪念派对正式开始。鄙人是在老师指导下进行研究的手塚，现在是个笨拙不堪的主持人，还请各位多多关照。"

现场涌出盛大的掌声。三十岁出头的手塚，登记在宾客名簿上的职位是"应用化学科讲师"，应该是藤堂教授的部下。他清秀白皙的额头和黑框眼镜形成鲜明对照，散发着知性和诚实的感觉。

美绪掏出宴会职务名单，确认预定的派对流程。接下来将是宾客们的寒暄和干杯时间。在欢谈过后，将会上演主宾都不知道的惊喜环节——手塚向藤堂赠送陈年的葡萄酒。其后是三位来宾的致辞，之后是一段欢谈时间，最后以藤堂的致辞收尾。所有活动都围绕会场内部的主桌周边进行，完全和出口附近的起火不沾边。

只有一点——美绪留意到一个虽然细微却重要的事项。宴会职务名单上清晰记录着，为了方便迟到的来宾入场，大厅的门应该始终保持开放状态。当走廊起火时，火势将在没有大门遮挡的会场内扩散，圭史的预言完全符合现场的状态。

此刻，圭史却做出了奇怪的行动。他站在一个学生打扮的女生旁边，好像故意似的让钢笔掉落。他弯腰捡笔，做出费力的模样，同时偷看女生的手表。起身后，圭史又迅速看了下自己的手表，他折回美绪身边，压低声音说："能出去说话吗？"

美绪偷窥着会场内的状况。此刻某大学名誉教授的致辞刚开场，来宾全都在侧耳倾听。如果现在行动，就算很小心也会惹人注目，尤其会引来出口附近同事们的视线。"圭史，你装病人，我带你出去，装出难受的样子。"

圭史"嗯"了一声，用手捂住胸口。

他的模样看上去跟真的病人没区别，美绪不禁一惊。他的脸色，甚至比他预知自己的死亡时还要苍白。难道他掌握了什么新线索？美绪摆出照顾病人的模样，把手搭在他的肩上，悄悄走向出口。

她和关注宴会的森本打了个照面。也许森本认为美绪正竭力做好陪护的工作，只是无言地点了点头。美绪以目光行礼致意，来到走廊。她直接把圭史带到楼梯前的沙龙空间，两人并排在一个沙发上坐下。

"你看到了些什么？"

"刚才在那个女生的异象中，我再次确认了时间。她也是在三点三分十秒时被火焰包围的，只不过……”圭史凝视半空，做了一次深呼吸，“在那之前，她一脸吃惊地看着什么画面，一直持续到三点三分九秒。”

美绪蹙眉：“什么意思？”

“异象并没有中途断开，而是连续的。之所以谁都没看到起火的瞬间，是因为火是以看不见的速度冲过来的。也就是说，三点三分十秒在走廊上冒出的火，一瞬间就把整个会场燃烧殆尽。”

“怎么可能……”话说到一半，美绪的脑海中浮出一幅恐怖的光景：将一百五十人扫倒并瞬时吞没的巨大火焰。

“那不是火灾，”圭史说道，“而是爆炸。”

5

美绪花了少许时间，才让混乱的头脑镇静下来。迄今为止圭史所说的异象片段，全都毫无矛盾地符合了现实。

走廊上发生爆炸时，身在会场内的美绪有墙体做掩护，没被爆炸风伤到。然而，尽管圭史离美绪很近，却因毫无遮掩物而直接遭受火焰冲击，最终被烧死。

说到底，这栋建筑的防火措施根本没设想过爆炸事故。铺在走廊上的防火地毯，无法防备在空中炸裂的火焰。再加上宴会大厅的地板使用了木料材质，尤为让美绪感到强烈不安的，还有设在入口一侧的酒吧角。万一摆放在那边的大量酒精类饮品被引燃，燃烧的液体再淋到客人们头上，四下岂不就化作火焰地狱？

“什么东西可能引起爆炸？”圭史问道。

美绪首先想到的是厨房里的丙烷气体，但那种东西很难被带到二楼走廊。虽说部分料理也会当着客人的面制作，但这场派对并没有预订那样的料理。“没有啊。”

“天花板内侧呢？煤气管道之类的？”

美绪并没有这方面的知识。“你等一下。”

美绪起身，走楼梯到一楼。在客人不再往来的闲散前台处，只有两名服务生留守，全都是美绪的后辈。

“你们辛苦了。”

她上前搭话，平常跟她关系很好的小林桃子立刻说：“二楼的立食餐会那边，有两位客人联系我们表示将会缺席。还有一位客人没来。”

美绪点点头，又问道：“能联系上经理吗？”

“可以。”小林拿起无线耳麦。

“有位对建筑感兴趣的客人向我提问，二楼走廊天花板内侧是不是有煤气管道穿过？”

对于客人们奇怪的提问，所有员工早就习以为常。桃子毫不怀疑地直接联系经理。“好像没有煤气管道，只有电线和自动喷水装置的管道。”

“谢谢。”

爆炸的原因依旧成谜，还增加了印证圭史看到的异象的不祥推测。难道天花板内侧的自动喷水装置都在爆炸冲击下被破坏了？这样一来，也难怪火焰会在会场内失控。

美绪回到二楼沙龙，把结果告知圭史。一番沉思过后，预知能力者开口道：“答案只剩下一个，那就是有人把爆炸物品带了进来。”

“你是指炸弹和恐怖袭击？在这会场里？”话是这么说，但只要头脑清晰地思考一下，美绪也只能得出这个结论。如果没有任何能引起爆炸的东西，就不可能发生事故。

圭史离开沙发，一直走到走廊尽头。他注视着宴会大厅入口附近，同时询问美绪：“你觉得炸弹能被设置在那一带吗？”

“不可能。那边什么都没有，就算想藏在地板或墙壁里，也得把地毯和墙纸全都撕下来才行。”

“那么，炸弹还是在不久后被带进来的。”

“真的吗？”

“来参加派对的都是大学理工学院的人吧，知道他们的专业吗？”

美绪看了看来宾名簿，生出一股不好的预感。“几乎都是应用化学专业的。”

“既然是专攻化学的科学家，应该能合成炸药吧？”

美绪吓了一跳：“带炸弹来的人就在会场里？”

圭史点点头：“应该是从现在起到三点三分十秒之间，有客人把炸弹设置在了那里。”

美绪看了眼手表，被时间快到出乎意料的流速吓到。距离爆炸发生还有一小时四十分钟。

“让我看看你的表。”美绪边看数字显示，边核对自己手表的秒针。两人的手表开始每分每秒同步显示。“我们怎么办？监控走廊直到三点三分十秒，嫌犯一来就按住他？”

“这样做可能很危险。犯人被抓后不知会做些什么。”

令人不安的话语从美绪口中冲出：“人肉炸弹？”

圭史陷入沉思，用细长的指尖把刘海撩上去：“防范爆炸的方法有两个：第一，立刻中止派对。”

“这可办不到。谁会相信预知这种东西？”

“也对。”预知能力者表示赞同，“另一个方法就是，我们在爆炸前把嫌犯找出来。”

美绪把目光投向一墙之隔的派对会场，思索了一番。嫌疑人有一百五十个，他们真能把犯人给找出来吗？

“犯人的目的到底是什么？”

“我一点头绪都没有。”

“派对主宾藤堂重久会不会知道些什么？”

美绪摇摇头。

“他应该也不知道。真知道的话，说不定犯人的情况就有眉目了。”

“那我们要怎么调查？”

“先用异象。”圭史表示。

开幕活动结束，派对迎来了欢谈的一小时。藤堂夫妻保持坐姿，跟前来主桌的宾客们交谈。

站在远处试图看到异象的圭史，再也掩盖不住疲劳的神色。

尽管心里很不舒服，美绪仍旧让视线游走在周围的宾客身上。这些人中真隐藏着持有炸弹的人？她曾在电影中看过把炸弹缠在身上的恐怖分子，但若放在现实中，巨大的爆炸物绝对不是西装上衣藏得住的。既然如此，犯人应该是携带提包等物品的人。

就在此时，她留意到有道视线正盯着她这边。在视野一角，有个男人凝视着美绪。她转头一看，只见站在窗边的男子动了动眼球，撇开视线。

那人跟当下的场合显得格格不入，乍一看很可疑。他年龄将近五旬，头发剪得很短，很像体力劳动者的体格。让美绪大吃一惊的，是放置在男子脚边的、印有一家百货公司标志的大手提袋。这人为什么没把随身物品寄放到衣帽间去？

美绪看到男人胸前的名牌，“松田大吾”。她又把宾客名簿确认了一遍，这个名字确实写在上面，却没有记录职称。

“大致弄清楚了。”

听到圭史的声音，美绪转头。

“我看到了那边三个人的异象。”

他所指的三人，即藤堂夫妻和坐在他们身旁的干事手塚。

“他们的未来和其他人的很不一样。藤堂教授的夫人和手塚会得救。”

还是第一次听说有美绪之外的生还者。

“首先，教授夫人会在派对中途倒下，因为不舒服而被救护车送走。爆炸时她不在现场。”

宴会中途出现急症病人的情况并不罕见。为此，会场不仅常备AED（自动体外除颤器），负责人森本还去消防队学习过心肺复苏等急救技能。尽管如此，美绪仍旧觉得意外。虽说上了年纪，可此刻茑子夫人还在快活地跟客人们聊个没完。

“然后就是手塚，爆炸发生时，他就站在你的身边。”

“我身边？”

“把你救走的就是他。”

美绪吃惊地朝自己的救命恩人兼大学讲师看去。他和美绪大致生于同年代，一派学究型人物的感觉。看上去老实耿直，但关键时刻或许是个靠得住的人。

“但在手塚身上，我还看到了其他奇怪的异象。他在教授身旁拔掉葡萄酒瓶塞，给教授倒了一杯。在要给夫人倒酒时，却当场摔了。”

“摔了，是指摔倒吗？”

“嗯。难得的好酒流了满地，全都浪费了。”

这场“comedy relief”[1]的登场使美绪的紧张情绪得到了片刻的缓和。她的救命恩人似乎是个笨拙的人。“那是惊喜环节的演出，会给教授秘密地送上葡萄酒作为礼物，没想到他会摔倒。”

“但这种场景为什么是非日常性的事件呢？”

“当着一百五十个人的面摔倒，很非日常啊。”

圭史连连摇头，一副无法接受的表情。

美绪重新把目光投向主桌，开始思考。刚才得知的两起事件，不是正好可以拿来验证预知的真伪吗？只要手塚在赠送葡萄酒时摔倒，茑子夫人也因急病而倒下，派对全员的未来也都将按照圭史的预言发生。

圭史把话题转移到主宾身上：“藤堂教授也有奇怪的异象。

---

1 Comedy relief：穿插在紧张场面中的轻松镜头或活动中的喜剧性调剂。

他站在出口附近，当着众人的面，看上去想要说明些什么，手里还拿了一个小胶囊。”

“胶囊？会不会就是炸药？”

“应该不会。只有药丸胶囊那么大，就算是火药，连烟花都放不起来。”

既然是教授亲自和全体来宾讲话，那应该是预定在最后进行的主宾致辞环节。

“他是应用化学的教授，会不会要发表人生最后的研究？”圭史说道，“在那之后，教授就被火焰吞没了。”

藤堂教授将会死去，而夫人会得救。美绪悲哀地看着即将死别的老夫妇。

“从时间点去想，犯人的目标应该就是教授。或许跟胶囊也有关系。”

“圭史，再看看那个人的异象。”美绪边斜眼偷窥松田大吾边说，“窗边那个身材壮硕的人，他的脚边有个大纸袋。”

圭史把眼睛转向松田，在他身上花费的预知时间比其他人都短。传达异象内容时，圭史声音很紧张：“糟糕，那人有手枪。”

“手枪？不是炸弹？”

“嗯，他会瞄准某人射击。”

“看不出被击中的人是谁吗？”

“看不出。不过也是朝向出口那边的。”

美绪留意到，松田上衣的下摆有一侧不自然地膨胀着。如果是手机，未免太大了。会在日本持枪走在街头的人，无非是警察或黑帮，但从松田的外貌很难判断他属于哪边。

“他到底是什么人？”圭史说，“会场里有警卫吗？”

“没有。只能靠我们去确认了。”

“啊？”圭史不禁无语。

美绪打量着圭史白皙瘦弱的手腕，定下作战计划：“我去跟他搭话，圭史你站我旁边。万一发现什么就大声呼叫。你可不能动手。”

“好的。”

美绪下定决心，朝松田靠近。她装出看护圭史的模样，若无其事地和他站在一起。尽管伪装出平静的神色，内心仍旧悸动得厉害。

“这位客人。”话一出口，对方立刻用警惕的目光瞪过来。即便备受压力，美绪仍旧迅速拿起对方脚边的纸袋。虽然看不见袋子中的东西，却感觉得出相当有分量。“需不需要把您的随身物品寄放到衣帽间去？”

“少管闲事。”松田粗声粗气地说着，一把抢回纸袋。

“需不需要给您送点饮料过来？”

“不要，别管我。”

就在接不上话的美绪思考下一步该怎么做时，圭史开口了：“我叫山叶。”

松田瞥了圭史一眼，一言不发。

“松田先生和藤堂老师是什么关系？”

“干吗问这个？”

圭史说不出话来，美绪立刻接上：“这场立食餐会也是社交场合，所以我们才会给各位分发名牌……”

松田打断美绪的话，低声说道：“你是这里的员工？”

“是的。”

松田背对会场，面朝窗口站立，悄悄让美绪看了自己的警官证。知道对方的身份后，美绪顿时松了口气。

松田又指了指圭史：“能帮我把他赶走吗？”

美绪点了点头，圭史立刻做出了解的表情，退到会场一角。

“我在这里执勤，不能喝酒。”松田警官说道，“我是藤堂教授的警卫，还带着这个。”

刑警打开纸袋让美绪往里看。袋子里塞了一件看起来颇有重量感的、类似纯黑色衬垫的东西。“知道这是什么吗？”

“防弹背心。”

面对迅速给出答案的美绪，松田似乎很意外。

“以前我见过。”美绪掩饰了过去，“您说是警卫，意思是藤堂老师被谁盯上了吗？”

“可能性很高。”

这是和爆炸直接相关的线索。没有为爆炸安排警戒吗？

美绪边想边问：“有人带枪进入会场了？”

“这件背心也能防住刀具。”

美绪不由得感到佩服，能够同时预防手枪和刀具的攻击，看来防弹背心的技术在这五年里取得了长足的进步。

“但教授或许感到自己有责任，怎么都不肯穿，给我增加了不少负担。”

“您说的‘责任’是怎么回事？”

松田朝数米开外的藤堂教授看了一眼，毫不懈怠地用视线扫过包围教授的人后说道：“三年前，藤堂教授的研究室发生了一起事故，实验中产生出有毒气体，导致三名学生死亡。最终受到处分的只有负责指导实验的助理教授，藤堂教授完全免责。”

“这么说盯上教授的，就是恨他的人？”

“也不能这样断言。出事的那间实验室本身存在安全问题，换气设备不完善。但当时的法律对待国立和私立大学截然不同，就算实验设备的安全性不完善，也没有针对国立大学的惩罚规定。”松田似乎忌惮着周围人，压低了声音，“直到最近，判定结果才公布，藤堂教授被判无罪。然而就在第二天，教授家就遭到了纵火。”

美绪双眼瞪得溜圆："纵火？"

"我跟你说这些也是事出有因。事实上，有人针对这场退休纪念派对送来了威胁信。干事也收到了要求中止派对的匿名信。"

"您说的干事，就是手塚先生？"

"对。但教授不听，坚持要开派对，所以我才来负责警卫。所以……"松田把视线放回美绪身上，"如果你在会场中看到可疑的人，立刻通知我。"

"这是当然。"美绪加强语气，"关于纵火，有关于犯人的线索了吗？"

"警方把当时死亡的三名学生的关联者都查了一遍，全都有不在场证明。当然，也不排除找别人动手的可能性。"

"有没有关联人到了这里来……"

"没有。刚才我在场内确认过了。"

没被警察盯上的人才是实际的炸弹犯人，有可能吗？美绪还想刨根问底，但为了不显得可疑，她小心翼翼地说道："说到纵火的手法，火到底是怎么烧起来的？有没有用火药之类的东西？"

"是灯油。晚上早些时候，对方瞄准了教授独自在家的状况。如果没有碰巧路过的人察觉到起烟，教授早就到那个世界去了。"

未能达成纵火目的的某人，是否会做出升级犯罪的行为？美绪环顾宴会大厅，试图找出不明身份的炸弹狂。伴随着微微的寒气，她的视线最终停在了身旁的松田身上。

又是圭史的异象，给名为“未来”的黑暗带来了一束光明。松田举枪所指的，不正是炸弹嫌犯吗？应该是松田在三点零二分时发现了持有爆炸物的人，他为了阻止爆炸而拔枪，犯人则把手指按在了炸弹开关上……

美绪看了眼手表，距离那个时间点，还有一小时二十分钟。

6

圭史在靠墙摆放的椅子上坐下，等待时机。

美绪将松田刑警的话转达后，他叹了口气说道：“命运所描绘的情节可真够精细的。虽说松田在最后一刻发现了犯人，可还是赶不上。”

美绪的感想完全一致。这间宽敞的派对会场正一分一秒地朝命中注定的结局走去。

“但这说不定是个好消息。”圭史又说。

极度渴望听到好消息的美绪立刻探出身子：“为什么这

么说？”

“越是精细的东西，越容易失衡。你知道‘蝴蝶效应’吗？”

美绪摇摇头。

“被各种要素纠缠不清的复杂事件，只要少许的细节不同，结果就会天差地别。也就是说，我们只要微妙地改变分寸，就能给三点零三分造成截然不同的结局。”

美绪听罢，脑海中立刻闪过善后策略：“既然如此，叫手塚去拜托藤堂教授，让派对按时结束如何？只要派对在三点整结束，爆炸犯就会迟到三分钟。”

然而，圭史只说了句“稍等一下”，随即思索片刻。

“唯一让我挂心的，就是我们的行动也受到命运的支配。按照现在的情况来看，派对可能会更加延后结束。如果让手塚去拜托教授结束，搞不好派对会提前到三点零三分结束。”

“你是说，无论我们怎么做，命运早就把一切都给安排好了？”

“嗯。”

美绪再度回想起五年前那件事。圭史预知美绪的死讯，以及美绪会穿着防刃背心活下来，莫非全都是命中注定？

美绪不愿这样去想。假如命运都是早就安排好的，那人们的意志又有什么意义？只要人们努力，不就应该可以改变自己的未来吗？

美绪认为，打败厄运的方法只有一个，那就是推翻圭史迄今为止百发百中的预知。

“既然能试着去做，为什么不做？总比为了什么都没做而后悔强。”

“好吧。”圭史表示赞成，“让派对准点结束吧。”

在两人前往主桌的途中，美绪留意到先前见过的那对小兄妹。两人大概分别是小学生和幼儿园的年龄，正挺直了脊背，盯着摆满甜点的桌子看。

“他们两个是什么异象？”

圭史露出悲痛的神色：“再这样下去是救不了他们的。那两个孩子也被出口附近的爆炸卷了进去。”

“详细位置在哪里？”

“从这边再往右，进入会场后的旁边。”

“想要他们得救的话，要去哪边？”

“另一个出口附近。”

面对走廊的两个出口中，里侧的那个距离紧急出口很近。在那个位置，爆炸和火焰都会被长长的墙体遮挡住。圭史的话应该不会有错。

“未来是可以改变的。”美绪说着，朝兄妹俩走去。她看了看两人的名牌，哥哥名叫川井拓也，妹妹叫川井舞衣。

“你们想要哪个？”被美绪一问，拓也和舞衣分别指了指巧克力蛋糕和布丁。用甜品碟分别装好点心，美绪又说："告诉你们一个好消息。派对快结束的时候，你们把爸爸妈妈带到那边的出口去。只要待在那里，就能得到很棒的礼物。"

哥哥目瞪口呆，妹妹则询问："什么礼物？"

就是"生命"啊——美绪心想。"暂时保密。总之，在三点之前，你们要去那边等哦。"

"嗯。"兄妹俩一齐点头。

美绪摸了摸他们的头，又给他们添上了布丁。

再度迈步时，美绪和松田刑警擦肩而过。刑警正提着装了防弹背心的沉重纸袋，在会场内不停徘徊，搜寻可疑人等。从不知情的视角来看，松田才是最可疑的。两人目光一碰，对方给了个"没有异常"的暗号。

主桌仍旧围着一圈人墙。美绪朝站在一旁的手塚搭话："您是干事手塚先生吧？流程情况如何？"

"进展顺利。"手塚看了看手表说道。他很有科学家的风度，说话虽然麻利，声色却很像圭史，同样柔和。美绪不由得对他生出好感。

"再过五分钟，进入下一个环节。"

下一个环节就是赠送葡萄酒的惊喜"演出"。美绪想在这个环节对未来做出改变："请您千万别紧张，要特别留意脚下。"

"留意脚下？"手塚满脸认真地反问。

一股不好的预感掠过。美绪发觉自己的一番话，搞不好反倒让手塚紧张起来。因过度在意脚下而跌倒的事也是有可能发生的。

“没什么，不说这个，”美绪切入正题，“我听松田刑警说了……关于那封威胁信……”

“是啊。”手塚困惑地点点头，“信是寄到我那儿去的。有人不希望教授的退休纪念派对顺利进行。”

“现在场内没问题，但搞不好有人会在派对快结束时搞事情。”

眼镜后面，手塚的双眼瞪得很大：“真的？”

“松田警官是这样说的。”美绪搪塞了过去，“为了不让流程拖时间，最后的主宾致辞能提前五分钟就好了。”

“五分钟，是吗？”手塚从口袋中拿出流程表看了一眼。

就在此刻，背后响起一个令人联想到朽木的嘶哑声音：“你们在说什么？”

美绪转头，就见拿着手杖的藤堂教授站在身后。他是按时退休，因此年龄应该在六十来岁，或许是双眸黯淡的缘故，靠近点看更显老态。

“在确认派对的流程。”手塚说明，“一切都按计划进行。”

“很好。”

短促的对话间，美绪已察觉到了教授和讲师之间的关系。

教授的权力大到手塚甚至不敢告知派对流程有所变更。

“藤堂教授，”美绪带着敬意说道，“我有事想要与您商量。”

藤堂瞪了眼身穿服务生制服的美绪：“你吗？”

“为了派对能顺利进行，能请教授提前五分钟进行致辞吗？”

“刑警好像也来了，”藤堂显得很不高兴，“还会发生什么不安定的事？”

“不，我不是这个意思。”

“就算发生什么，那也是命运。”

“命运？”反问的同时，美绪的面颊上“唰”地起了一层鸡皮疙瘩。为什么就连教授也会把这种话挂在嘴边？

“没错，命运。只能放弃挣扎。”

美绪紧咬不放：“但有些命运是可以被改变的。”

“不许说‘命运是可以被改变的’这种残酷的话。”

“残酷……吗？”

美绪满脸困惑，身侧的手塚则尴尬地垂下头去。这不禁让美绪动摇，不知自己是不是说了什么不谨慎的话。

“人无能为力。”藤堂低喃道，威严中混着不知是看破人生还是败北感的异常神色，“有时候，无论怎么做都无能为力，灾厄还是会出现的。”

美绪察觉到，教授所指的是导致三名学生死亡的事故。

藤堂磕磕巴巴地继续道：“在直面会导致人们丧命的、无法挽回的事情时，你认为被遗留下来的人们能做些什么？只能认定这一切都是命运使然，并彻底放弃。如果命运真的可以被改变，他们就不会死掉了吧？导致他们死去的我们，又该如何道歉？”

美绪答不上来。她逐渐明白，体谅他人的心情是多么困难的一件事。遭受过残酷事件的教授的话语中，有着不可被颠覆的、压倒性的重量。

“我相信命运。不，应该说不得不信。”

教授弯腰驼背，以老朽的身躯站立着，神似一名在跟命运的战斗中疲惫不堪、伤痕累累、脱离战线的残兵败将。美绪担心任何安慰性的话语都会失礼，只能默默站着，一声不吭。

“老师，”手塚试图打破沉默，轻声开口，“差不多该入席了。”

藤堂点了点头，无言地重返主桌。看到丈夫的脸，茑子夫人表情微微一沉。

“大概是老年期的抑郁。”关注着对话的圭史说道，“应该去看医生。”

自己竟然搅扰了重要的纪念派对，美绪不禁自责起来。

“很开心各位仍然沉浸在欢谈之中，”手塚回到麦克风前，向整个会场发言，“但我们差不多该进入下一个环节了。”

待热闹的场面恢复安静，手塚开始了惊喜环节。“藤堂教授的亲朋好友们想必都知道，教授是一位狂热的葡萄酒爱好者。

因此，我们偷偷地为教授准备了一份惊喜。”

在会场一角待命的服务生毕恭毕敬地拿着皮革质感的葡萄酒箱走了过来。接过酒箱的手塚打开盖子，向众人展示贴着琥珀色标签的葡萄酒瓶。“产自法国波尔多玛歌酒庄[1]，一九六二年。”

“演出”似乎很成功。藤堂脸上掠过一抹惊讶，热烈的掌声一齐响起。手塚接过服务生递过来的侍酒刀，开始拔酒瓶栓。眺望这一幕的圭史小声说道：“和异象一模一样。”

美绪紧张地关注着事态。到目前为止，圭史预知了四件事：手塚摔倒、茑子夫人急病、松田刑警拔枪和派对结束时爆炸。她忍不住祈祷，至少前三件事中的一件没有命中，爆炸或许就能避免。

手塚站在主桌一旁，开始给藤堂的玻璃酒杯倒酒。教授以仿佛拿实验试管的方式拿着酒杯，盯着酒水的颜色直看。随后，手塚迈出脚步，准备给茑子夫人的酒杯也倒上酒。

没过多久，会场内发出了“啊”的喊声。虽说早有预知，美绪还是被吓得一缩身体。手塚朝前方摔倒，酒瓶脱手飞转，漏出的酒染红了地板。

“很抱歉。”手塚爬起来，像要弥补失态般地拼命扯出笑脸，“我不习惯拿那么贵的酒。”

1　玛歌酒庄（Chateau Margaux）：世界八大名酒庄之一。

笑声四起。藤堂教授边表示“那这杯就给夫人”，边将酒杯挪到邻座，获得满场的掌声。

不管怎么说，摔倒的场面算是挽救，唯有美绪战栗不已，呆呆地站着。圭史的预知真的命中了。不仅如此，圭史那句“我们的行动也受到命运的支配”也从脑海中掠过。如果美绪没有提醒手塚注意脚下，他是不是就不会摔倒？

“命运没有分毫改变。”圭史抓住美绪的衣角，把她带到会场另一头，“必须采取其他措施。”

美绪有种被牢牢束缚的感觉。她不禁暗忖，是不是无论做什么，宴会大厅中发生的所有事都将和三点零三分发生的爆炸紧密相连？再看了下手表，她更加感觉被逼入绝境。时间仅剩不到一小时，距离爆炸还有五十八分钟。一旦那个时间来到，圭史也会被烧死。

“既然如此，只能直接找出嫌犯了。”圭史说道。

美绪回神问道：“直接找？怎么找？”

“用异象去搜索。对犯人来说，引爆炸弹肯定是非日常性的事。”

确实如此——美绪也意识到这点。

“目前为止你大概看了多少人的异象？”

“会场全员的七成左右。嫌犯大概在剩下的三成里。”圭史把目光投向会场问道，“现在什么动作会被人注意到？”

派对进行到下一个环节，即三名来宾的致辞。挤满了会场的人们也停止动作，专心聆听。就算圭史想要使用预知能力，也看不到被人墙遮挡的远处，若到处走来走去又太惹眼。

“来这边。”

美绪牵起圭史的手，悄悄来到走廊。将宴会大厅和沙龙空间隔开的墙壁上有一道客人不知道的隐藏门。拆下巨大的墙板，里面有一道狭窄的空间，可以用梯子来到上部的空间。“露台”[1]的高度逼近天花板，是为了有照明演出需求的披露宴操作聚光灯而准备的。从那里，可以将整个会场一览无余。

在美绪准备打开隐藏门时，圭史开口：“走廊上有这种设备吗？”

“只有这里有。”

“炸弹会不会被藏在了这里？”

“怎么可能，这里只有员工才知道。”在美绪的手触碰到墙板的瞬间，只听“啪”的一声，手指顿时一疼。吓了一跳的美绪收回手，才意识到那是静电。

冷静下来——美绪一边告诫自己，一边打开门。安全起见，她先确认了一番，确实没找到可疑物品。

1 原文为“バルコニー”（英文 balcony），指阳台、露台或剧场二楼的包厢，此处译作“露台”。

“在那上面就能看到整个会场。”美绪让圭史顺着梯子往上爬，“等下再来接你。”

“你要干吗？”

“回大厅那边，去找带大件行李的人。”

圭史点点头，向上前往阳台。

美绪先下楼，把放在休息室的无线耳麦别在腰间。她戴上耳机，小型麦克风则别在衣领，又朝接待处走去。

服务生桃子坐在前台的椅子上待命。

“上面情况怎么样？”桃子问道。

“很顺利。”美绪答道，“有件事要拜托你，如果有员工外的人从玄关处进来，能用耳麦通知我吗？”

“没问题。”

“还有，如果有楼上的客人要拿寄存的物品，也告诉我。”

桃子讶异地发问：“发生什么了？”

“之后再告诉你。你别担心，是好事。”

“好的。”桃子笑着说。有这么一个坦率的后辈还真是幸福。

“用频道8。”做出通信用频率的指示后，美绪回到二楼。

宴会大厅中，第二位来宾的致辞刚刚开始。美绪在不引人注目的情况下移动到靠墙的位置，逐一查看死角，检查客人们的物品。如果发现可疑物品，又跟圭史的异象对上号的话，就立刻通知松田警官。

她大约花了五分钟，确认了会场的一半。目所能及的随身物品，只有女性们的手包，每一件都很小，不必担心里面装了炸弹。唯一的例外，就是松田走动时带着的纸袋。美绪只从纸袋上方看过装在里面的防弹背心，尚未确认过袋子底部，但警察应该不至于做出引爆炸弹这种事吧……

第三位来宾站到了麦克风前。美绪朝长方形宴会大厅另一头走去，就见那头客人的数量明显减少，人群基本集中在自助餐区。这边距离发生爆炸的地点很近，应该就是死者众多的主要原因。

美绪沿着包围会场的三面墙一边缓缓移动，最终把目光盯上了最后一个团体，是十来个中年男性组成的。不知其中有没有嫌犯——虽这样想，但这些人中没人带大件物品。

怎么会这样？美绪把疑问驱散出头脑。明明三点零三分就要爆炸了，为什么找不到爆炸物？

再度环顾全场，美绪突然想到一个可以隐藏炸弹的地方，那是一个完全处于盲点的位置。虽说是“立食餐会”，但会场各处都放置了摆放餐盘和玻璃杯的小型餐桌。被称作“宣传桌”的圆桌被罩上裙子般的桌布，为了隐藏桌脚，桌布长及地面。如果把什么东西藏在桌布里面，直到派对结束人们都发现不了。

“接下来，请允许我送上对教授的问候。”来宾致辞即将结束，“藤堂老师，经历了长年累月的研究生活，您辛苦了。”

连续听三个人的演讲似乎已经让客人们变得厌烦。众人敷衍地鼓掌，又回到了欢谈环节。

美绪穿过开始活动的客人，围着宣传桌的桌布检查起来。在围着十二张圆桌转的过程中，宾客们的对话传进她的耳中。

他们之中，有刚完成论文的化学家，有即将读研究生、对新生活向往不已的学生，有准备展开新事业的企业经营者，有全心期待孩子出生的孕妇——没有一个人知道，自己的人生将在不到一小时后被迫终结。

必须在此之前改变所有人的命运。美绪驱散焦躁的情绪，为寻找爆炸物，把每张宣传桌都检查了个遍，随后又把自助餐桌和酒吧角的桌子也全都确认，还是找不到藏起来的可疑物品。爆炸物并不存在于会场内部。

美绪感觉自己被狐狸迷惑了，但很快又改变了想法。剩下的可能性只有一个，炸弹应该被藏在了寄放在衣帽间的物品之中。

美绪走出会场，回到沙龙空间。圭史已把墙板复原，坐在了沙发上。

“找不到大件行李。真有炸弹的话，应该在衣帽间里。你那边怎么样？发现什么了吗？”

“异象显示，所有人都是被害者。没人带着炸弹。”

“没有？难道没有嫌疑人？”

“嗯。”圭史直皱眉，又问道，“走廊对面的休息室呢？会不会有人藏在那里？”

“全都锁上了。今天只有圭史进去的时候打开过。”

“那就是卫生间了。”

两人分别把楼梯一旁的男卫生间和女卫生间检查了一遍，仍旧毫无发现。

再次碰头后，美绪提了个让自己郁闷的问题：“员工的异象看过了吗？会不会是服务生……”

“所有人的都看过了，没有可疑人等。”

既然如此，为什么还会发生爆炸？不管衣帽间里是否藏了炸弹，只要没人用，就不会发生惨案。

两人对望，试图找出一个合理的答案。美绪脑海中掠过各种猜测。先前的“惊喜演出”上，手塚的摔倒印证了圭史的预知。然而从那时到现在，命运的齿轮会不会已发生了微妙变化，进而可以躲避爆炸的终局？

只不过，再怎么想都无法得到确证。谁都没有随身携带能够断定未来的因果。只因某个人在面对汹涌的命运时心生恐惧，进而失去了希望，放弃改变未来的努力。

各种各样的思考，让美绪没能注意到听觉上捕捉到的异变。她花了点时间才回过神并抬起头。原本热热闹闹的宴会大厅不知何时已恢复寂静，极不自然的寂静，仿若一百五十人瞬间消失。圭史也带着“怎么了”的表情，朝大厅的某个方向看去。

最终，宛如喉咙被勒住般的苦闷呻吟声传到了身在沙龙空间的两人耳边。

美绪愕然地把手绕到后腰，把耳麦频率切换到负责人使用的频道。

“出现急症病人。”森本向经理报告的声音从耳麦中传出，“藤堂夫人摔倒了，被转移到了休息室。”

就算没听到无线联络的内容，圭史也应该已有所察觉，他表情暗沉，说了一句：“是藤堂教授的夫人吧？”

美绪唯一能做的，只有黯然地点头。

异象再次命中。

“命运无法改变。”

容纳了一百五十名宾客的宴会大厅，依然朝着命定的惨案的方向进行。

7

藤堂夫人被转移到休息室，经理也赶了过去。在确认症状后，应该会直接呼叫救护车。

“只要没有生命危险，就没大问题。”圭史说道，“还是操心这边吧。”

美绪回到沙龙空间的沙发处。她想坐下来仔细思考有没有遗漏的地方，焦躁的情绪却率先涌上心头。只剩下不到四十分钟的时间了。

“想想其他楼层。一楼什么情况？有没有可疑的人混进来？”

“只有员工。虽然有附设的餐厅，但那边的客人都没进过宴会大厅。而且……”美绪看了眼别在腰间的无线耳麦，“只要有人从衣帽间拿回寄存物品，或者进入楼内，都会有人通知我。

“二楼的状况你也知道了。”

“三楼呢？”

美绪抬起头。她把楼上的婚宴忘光了。

“那是圭史原本要参加的宴会，出席的都是些什么人？”

“旅游公司的人，还有温泉行业的人。但我不觉得炸弹犯在那边，他们都跟藤堂教授没有一点儿关系。”

“保险起见，要不要去看一下？”

事已至此，必须考虑到所有的可能性。美绪拉着圭史走到楼梯口，两人并肩往三楼走去，美绪再度发问：“他们跟圭史是什么关系？”

“结婚的新娘，家里是开温泉旅馆的，我每年都会去那里。”

美绪感到有些意外。“你喜欢泡温泉？”

“嗯，小时候生过大病，自那以后，每年都去那边疗养。”

听到圭史说出自己的私事，美绪感觉很新奇。

“因为生病，我喜欢上了温泉，还获得了预知能力。”

“因为生病才有了预知能力？”

“到现在都不是很清楚，但我差点因为原因不明的高烧而死掉。好不容易恢复意识后，不知为什么就能看透别人的未来了。”圭史怀念般地说着，忽然又一脸认真，“小时候我什么都看得见，不仅限于非日常的事。不知不觉间，能看到的范围就变窄了。我的能力应该会在某天消失吧。”

对于圭史来说，或许这样比较幸福——美绪暗忖。

“如果我能平安活过今天的话。”

这句话又把美绪拉回了现实中迫在眉睫的事上。如果现在无法改变命运，圭史和其他人都会死去。尽管很怕，但也只能采取行动了——美绪下定决心。如果通过努力救下一百五十人的性命，她一定能预约到天堂里最好的房间。

然而在来到三楼宴会厅时，等待美绪的却是一番击碎她的悲壮感的意料之外的光景。法式贵族装修风格的宴会厅中间站着两个身着振袖和服[1]的年轻女孩，正在表演南京玉帘[2]。这是婚礼披露宴的余兴节目。满座气氛异常热烈，面带醉意的人们哄堂大笑，热烈地拍手伴奏。

圭史看着多少有些超现实的宴会风景问道："你觉得这些人中有炸弹犯？"

美绪摇摇头，却又被某种东西吸引。那是什么？映入眼帘的是闪光灯的闪光。从关联企业派遣过来的摄影师正用相机拍摄着大道芸[3]。

"外包员工。"美绪低喃着掏出宴会职务名单。莫非藤堂教授的那场派对找了关联企业之外的员工？然而答案却是否定的，就连饮品服务相关的人员都没安排。但美绪还是很在意一件事。她拼命地动脑筋，试图揪出内心某个角落的蛛丝马迹。最终，她想到了早上在派对之前开的说明会。

找出答案的瞬间，美绪产生的并非成就感，而是焦躁。为什么之前没留意？她看了看手表，距离爆炸还有三十一分钟，还来得及。

1　振袖和服：和服的一种，根据袖子长度分为大振袖、中振袖和小振袖，一般仅限年轻女孩和未婚女性穿着。已婚女性穿着的和服称"留袖"。

2　南京玉帘：日本传统街头表演，最早出现于江户时代，并演变成在日本颇为受欢迎的街头艺术，而且还演化出不同流派。

3　大道芸：街头艺人。

“快来。”美绪带着圭史，沿着三楼的走廊快速走动，“我把说明会上的内容忘光了。物业派了四个工人过来。”

“那些人在哪儿？”

“外侧的紧急出口和屋顶上。”正因把进行维护工程的四人排除在客人的动线之外，他们才进入了到目前为止完全看不到的死角。

“再也没有其他嫌疑人了。”打开走廊尽头的紧急出口前，美绪如此说道，“我觉得嫌犯就在接下来我们要见的四个人之中。”

圭史也点点头，表示同意。

“我去跟他们搭话，圭史负责看异象。要预知到犯罪的瞬间哦。”

“好的。”

“不过，无论看到什么都别慌。你要若无其事地退开，接下来就交给松田警官。”

“了解。”

推开铁质大门的同时，广阔的绿地在视野中铺开。在树木落叶的三月上旬，比绿色更为醒目的是深棕色。干燥的空气略让人肌肤生寒，仔细听去，可以听到外置楼梯的下端传来摇晃铁栅栏的低沉的震动声。

顺着声音下楼，在二楼门前遇到两名正在作业的油漆工人。

不等美绪搭话，年轻的油漆工已伸手制止：“要下楼吗？油漆还没干透。”

“没事，我是来确认情况的。”美绪边说边观察两人的打扮，他们全都二十来岁，怎么看都不像是炸弹狂，“进展如何？”

“稍稍推一下，怎么了？”

“推一下”指的是作业要推迟。美绪的目光在周围扫了一圈，放置的物品只有刷子和油漆罐，没发现像炸弹的物品。

“会按时完成的。我们也有下一场工程。”

“好的。”

美绪偷窥一旁的圭史，他一脸若无其事地站着，预知好像已经结束了。

“其他人呢？”

油漆工朝上一指：“在屋顶上。”

“那就拜托各位了。”说完，美绪沿着来时的楼梯再度往上走。

“刚才那两个人不是嫌犯。”圭史说得很快，“发生爆炸时他们都在屋顶上，我看到他们沿着紧急楼梯慌忙往下跑。”

这样一来，就剩下屋顶上的两个人了。

美绪和圭史路过三楼，继续往上走。从春到秋的季节里，欣赏绿意盎然最好的位置莫过于屋顶。那里同样配备了可供举办婚礼和披露宴的设备，但夏天的酷暑和冬天的严寒，再加上天气方面的考量，让人对这块场地敬而远之，利用率极低。馆方也在讨论将来在屋顶增建玻璃穹顶作为中廊，使其能够全年运行的方案。

为婚礼和派对准备的各种物品全都被收进了仓库，因此美绪和圭史所来到的屋顶，仅是一片铺设了人工草坪的煞风景的空间。

美绪和圭史很快找到了两人，他们正在修补绿地那边的铁栅栏。

“不好意思。”美绪边说边朝两人走去，看到回头望向自己的那人的脸，她又不由得停下了脚步。对方戴着一副奇怪的黑色眼镜，再仔细一看，其实是阻挡焊接时产生的火花的护目镜。

“有事吗？”中年焊接工问道。工程人员中有这样一种人，无论跟他说什么，永远用一副不满的语气回话。眼前的男人就是其中之一。

美绪看向另一个像是助手的年轻人：“进展如何？”

“做得很好。”中年人一副受不了别人指手画脚的语气。

一旁的助手则露出和蔼的笑容说道：“就快好了。我们也很急的，三点能结束。”

美绪看了下手表，时间已过两点四十分。

身旁的圭史轻咳一声。又是什么暗号？终于锁定爆炸犯了吗？

美绪小心留意着，不让自己露出紧张的神色，说了一句“那就拜托两位了”便转身离去。一起离开的圭史则露出某种呆然的表情。美绪确信，他看到了和犯罪相关的东西。

不要急——她告诫自己，并以稳重的脚步走过屋顶。在走进和屋内相连的阁楼并关上门后，她立刻问道：“怎么了？”

“我搞不懂，”圭史的语气含混不清，“第一次看到这种异象。”

“你究竟看到了什么？”

“黑暗。”

美绪难以理解这句话的意思：“是说什么都看不到吗？”

“不是，确实看到了异象——没有光，纯粹的黑暗。”

“也就是说，他们身在黑暗之中？”

圭史只是一味地歪头不解。

“那是谁的异象？”

“他们两个的。就算你问我到底发生了什么，我也答不上来。搞不好是……”圭史不安地表示，“我用尽了力量，太累了。”

莫非圭史就此失去了预知能力？美绪不禁担忧起来。

“怎么办？虽然没有证据，但要不要去叫松田警官？”

“稍等。就算靠直觉，我总觉得那两个人不是嫌犯。”

“照你这么说，这栋房子里就不存在嫌疑人了。到底是谁……”

像要打断美绪的话语般，警笛声越来越近。美绪和圭史互望。急救车辆刺耳的警报声在正门玄关处停了下来。

“这里是前台，”耳麦中传来桃子的声音，“三个救护车上的人进来了。”

是急救人员赶来，准备把藤堂夫人送往医院。

“了解。”美绪按下耳麦的发送按钮回答着，随后带着圭史下楼。她的内心生出一股微弱的期待，这应该是改变命运的最后机会了。只要藤堂教授陪伴夫人一起前去医院，派对会场就没了主宾。如此，预知的未来就会产生破绽。

美绪和圭史来到二楼，进入沙龙空间，等待一行人从休息室出来。片刻过后，就见急救人员扶着茑子夫人的双肩来到走廊。他们周围围着五名男女，分别是手塚、看似亲戚的一对老夫妇和负责人森本和经理。藤堂教授不在其中。

手塚停在电梯前，边说“拜托各位了”，边行了个礼。茑子夫人苍白的脸上露出虚弱的笑容，随后离去。

手塚正要返回大厅时注意到美绪和圭史后似乎吓了一跳，脚步也停了下来。他好像没想到这里会有人。

“夫人怎么样？”美绪询问道。

“虽然很让人担心，但应该没问题。”手塚恢复温和的表情说道，“至少没有生命危险。”

"藤堂教授怎么样？"

"最后还有主宾致辞，就留在了会场里。他是个责任感很强的人。"手塚把视线落在自己的手表上，"派对大概还有十五分钟。"

会场里一百五十人的人生，将在仅仅十五分钟后终结。一想到惨案迫在眉睫，美绪再也无法刻意隐瞒了。她拦住正要走开的手塚说："等一下，请您立刻中止派对。"

"为什么？"

就算说出预知，对方也不会相信。明知很空洞，美绪也不得不编瞎话："有威胁电话，说让我们小心爆炸。"

手塚皱着眉问："爆炸，是吗？"

"是的。"美绪满怀期待。手塚是从爆炸现场救出美绪的勇者，只要激发他的使命感，大概能防患于未然。"爆炸会在派对结束的时候发生……"

"不会发生爆炸的。"

"您为什么能断言？手塚先生不也收到了威胁信吗？"

"那只是单纯的恶作剧。"手塚看向宴会大厅，一脸沉思地伫立着，随即说了一句"我得去照顾教授"，行了个礼离去。

美绪只能默然地目送他。她再也打不起精神，被无力感折磨得站在原地动弹不得，一旁的圭史忽然开口道：

"在我看来，我们所做的一切绝非无用功。这栋楼里应该没有炸弹，也不存在嫌犯。”

“什么意思？”

“也就是说，嫌犯是还没到达派对现场的某个客人。”

美绪哑口无言，注视着圭史。

“受邀的客人中有没有还没来的人？”

某个消息从美绪头脑中闪过。她拼命唤醒记忆，随即想起桃子在前台处说过的话：缺席者两名，还没来的客人一名。

“快来。”圭史带着美绪朝宴会大厅走去。

他们很快找到了松田警官。松田位于主桌后方，坐在放在窗边的椅子上，漫不经心地环顾会场。派对快结束了，紧张感似乎也变得很弱。之前关乎生死大事般抱在手里的防弹背心也不知被放到了哪里，并不在他手边。

“松田先生，”美绪向他搭话，松田则忧郁地抬头看她，美绪留意着四周，小声问道，“三年前发生在大学的那场事故，当时亡故的学生都叫什么？”

“干吗问这个？”

“有客人来问。”

面对警官瞪视自己的眼神，美绪多少有些畏缩，但还是很快得到了答案：“宇野、川岛、滝田。”

“这几位学生的家属有没有来这里？”

"刚才就说了，已经确认过，都没来。"

看样子，松田也对被害者遗属抱持警戒态度。

"谢谢您。"美绪边离开边冲着衣襟上的麦克风说话，"前台，听得到吗？"

片刻过后，桃子回复了一句"听得到"。

"把没来参加派对的三位客人的名字告诉我。"

"稍等一下。"通话一时中断，随后桃子传回信息，"缺席的是宇野和川岛，还没来的是滝田。"

"谢谢。"

不曾露面的三人，正是在事故中亡故的学生遗属。如此，终于找到了和爆炸相关联的线索。对教授心怀恨意的人很有可能将要来到会场，可能引爆炸弹的人，除了他们三个还有谁！——得出这个结论的同时，另一个疑问也涌上心头：为什么这三个人会被邀请出席藤堂教授的退休纪念派对？

将结果告知圭史后，他很快说道："说会来的人，应该是滝田吧？"

美绪点点头。

"如果他来了，绝对不能让他靠近二楼。必须设法让他停在一楼，检查他的随身物品。"

"明白。"

美绪按下麦克风发送按钮，想把这番话传达给一楼的桃子，然而就在此时，桃子的声音在耳麦中响起：“这里是前台。滝田到了。”

美绪飞速告诉圭史：“滝田来了。”

“必须阻止他。”

美绪把麦克风放在嘴边，刚要发出指示，却发现桃子一直按着发送按钮：“他刚刚登记完，已经上楼了。”

美绪吓僵了。秘密持有炸弹的嫌犯正以宴会大厅为目标而来！

“朝这里来了。”美绪边说边跑了出去。

“冷静点，”她听到追着自己赶来的圭史的声音，“要在不让对方警戒的情况下确认物品。”

但发现炸弹后又该如何是好？在喊来松田警官之前，他会不会发狂？

两人来到走廊上没多久，最后的客人便现身于前方的楼梯口。此人的打扮和派对极不相符，一身深红色的长风衣，他们刚想到这样打扮是不是为了隐藏炸弹，就见对方肩头披着染成淡色的长发。

是女性——意识到这点的瞬间，美绪站住了。和预想截然不同，名叫滝田的客人是位二十出头的年轻女性。若说是在实验中身亡的学生遗属，可能是妹妹。

她真的带着炸弹吗？美绪不可置信地转头，就见表情正从圭史的脸上消失。他正在预知这名女子的未来。

美绪等待他得出结论。五秒，十秒……最终，焦点回到圭史眼中，他似乎精疲力竭，全身没有半分生气。

“无计可施了，”绝望的话语从呆然的圭史口中说出，“那人不是嫌犯。”

8

站在楼梯前段的女子似乎想往会场走，却踌躇不已。

美绪小声询问：“看到什么了？”

“发生爆炸时，她不在现场，不知为何独自待在沙龙空间。然后被爆炸吓到，逃到一楼去了。”

“有没有可能是她把炸弹安装在走廊上然后跑掉？”

“我没看到那种异象。”

确认美绪身穿的是制服之后，对方缓缓向她靠近。她并没把名牌别在胸前，而是拿在手中。牌子上写着“滝田凉子”。

“请问，”凉子率先发话，“藤堂教授的派对是不是快结束了？”

“是的。”

凉子回顾无人的沙龙空间问道："我能在那里等着吗？"

"可以是可以，"美绪尝试问话，"您不进会场吗？"

"不进。"凉子的语气相当生硬，眉头紧蹙的脸上可以窥见隐藏着的强烈愤怒，大约是为了避免被人怀疑，她随即又用辩解的口气说道，"我只是想来问问教授，为什么邀请我来参加这场派对。"

她也对为何自己会收到邀请而心存疑惑。

美绪走形式般地取出来宾名簿："滝田小姐是吗？您的名字确实在名簿上。"

"我不是说这个。"

"那是说什么？"

"与你无关。"凉子粗鲁地说着，朝沙龙空间走去。

"请问……"

圭史制止了正要追上去的美绪："她什么都不知道，而且让她待在沙龙空间比较安全。"

这话没错，确实不该让应该能得救的人靠近爆炸现场。再看一眼手表，此刻的时间是两点五十三分，距离爆炸只剩下十分钟了。

回到宴会大厅，美绪和圭史却在入口附近停了下来，他们显得走投无路，哪怕继续寻找线索，却又不知该做什么。长达两小时的立食餐会让参加者疲惫不堪，丧失活力的会场开始飘起一股寂静。

“接下来做什么？”美绪沉声问道，感觉自己像在说约会时的话。

“目前为止，”圭史神情恍惚地说，“该做的我们都做了。”

美绪简直怀疑自己的耳朵：“你是说要放弃？还有很多时间啊！”

“但我们还能做什么？状况就是这么让人绝望。”

寂静在整个会场蔓延，如同悄然逼近的死神气息。美绪奋力振作：“别说这种软弱的话。绝望有用吗？别搞得跟丧家犬似的，还有时间呢！赶紧想想还有什么能做的！”

控制住情绪，美绪开始在头脑中整理思绪。在这栋建筑中完全没发现犯人和炸弹，可还是会发生爆炸，那么是不是等下还会有人出现？现在还不能否定缺席的宇野和川岛中的某个会突然造访的可能性。

思考的过程中，宝贵的一分钟过去了。美绪手腕上的时针和秒针，以每一秒钟为一个单位，将会场推向未来。

“差点忘了最重要的约定。”美绪表示，“再过四分钟，圭史就得出去。”

“为什么？”

“你不是跟我说好了，在爆炸前五分钟出去的吗？”

“你打算怎么办？”

“我要留下来。”

这句话出口时，美绪几乎被扑面而来的恐惧感击倒。一旦违背命运安排的圭史离去，说不定会变成美绪死在这里。但她不能让圭史被烧死。不仅圭史，还有其他的一百五十人。

“我要尝试到最后一刻。只要监视走廊，说不定能做些什么。”

“那我也要留下来。”

“不行，圭史，再这样下去你会死的。”

圭史垂下肩膀，始终低着头。他的站姿实在显得过于寂寞，美绪的内心不禁被触动。圭史恐怕认为，自己的死亡是无从避免的。就在美绪设法鼓舞他时，圭史沉重地开口：

“有句话，现在非说不可。”

“什么？”

“初次和你见面，是在五年前吧……我是不是说过，当时我还看见了另一个异象？”

“是我几十年后的未来？”

“嗯。当时我看到的不单单是你。在异象中还出现了你的家人们。”

美绪皱起眉头：“我的……家人？”

“对，你未来的家人。你的丈夫、两个孩子，还有孙辈。”

“丈夫”一词，唤醒了沉睡在美绪心底的另一个谜，那就是五年前圭史一个人消失的理由。圭史果然看到了将在未来和美绪结伴而行的男人，那人并非圭史，而是别人。

“而且，”圭史继续说道，“因为长相很像，我立刻明白了，将与你结婚的人，正是手塚先生。”

“啊？”美绪才说了一个字，便再也说不出话来。今天遇到的手塚，即将成为美绪的救命恩人，那个一本正经的大学讲师。

“你们两人会因接下来发生的事而结缘，最终结合。之后，你们将白头偕老。在今后的几十年里，他会一直陪着你。”

美绪朝会场里侧看去。手塚仍旧待在主桌后方，陪着藤堂教授。

“今后，你将和他共建一个温暖的家庭。你们的两个孩子和孙辈都将成长为健康、优秀的人。你会长命百岁，展望全家人的未来。”

美绪低喃道：“这就是我的一生？”

“嗯。”圭史微笑着，说出五年前美绪口中的那番话，“一个小小的家，很多的家人。这是你从小就有的梦想。只要不去改变命运，这个梦想就能实现。”

美绪紧盯着圭史。她原本下定决心，在救出这里的所有人之前绝对不哭，此刻却忍不住热泪盈眶：“但我心仪的对象是……”

面对将剩下的话吞回去的美绪，圭史说道：“你将过上幸福的人生。无论将来发生什么，只要相信未来，你都能够跨越过去。再也没有任何不安，你一定能梦想成真。”

美绪意识到，这是圭史的遗言。他已做好了几分钟之后死去的准备。而把一切交由命运安排，也是为了守护美绪将来的幸福。

最后，圭史孤零零地说了一句：“能看到你精彩的未来，我很幸福。真的很高兴。”

美绪趁眼泪掉下来前将其拭去。“等一下，这样一来，我的梦想成真不就是以圭史和这里所有人的牺牲换来的吗？”

“不是这样的。”圭史强烈地否定，“为了救大家，你拼尽了全力。无论之后发生什么，你都不必自责。一切都是命运。”

“命运使然……人无能为力……”

藤堂教授的低喃在耳边苏醒。但对美绪来说，这场不可挽回的悲剧仍旧处于未来的时空。如果此刻屈从于命运，她会后悔一辈子。在看到孩子睡着的小脸、感受到家庭幸福的时刻，美绪都会想起为了她而献出生命的圭史，流下悲叹的眼泪。

“就算幸福近在眼前也留意不到，这就是女人。”美绪说道，“我要改变自己的命运。”

“美绪！”圭史责备般地喊道。

就在此刻，某人的声音通过麦克风响彻场内：“各位感觉如何？是否享受今天的这场派对？”

吓了一跳的美绪回过头去，就见手塚站在麦克风前。即将结束的派对好像迎来了最后的环节。此刻为两点五十八分，距离爆炸还有五分钟。

“让我们以今日的主宾——藤堂教授的致辞结束这场活动。教授，这边请。”

为了不被掌声淹没，美绪拔高了声音：“圭史，出去。”

然而，圭史却甩开美绪的手朝后退去。

“我的异象肯定会实现，你必能梦想成真。”

“圭史！”

美绪正要冲到他身边，却被一个意外的声音制止：“谁都不许动！”

一瞬间，把之前的致辞内容当耳旁风的美绪也被“谁都不许动！”的怒吼声吓到，回过神来。转头一看，伴随着会场内的嘈杂声越来越大，声音的主人逐步走近。

“各位，待在原地不许动。”

是藤堂教授。不知为何，他离开了麦克风，朝大厅中央走来。老人缓步而行，双眼看向圭史。“你也不许出去。我有重要的话要说。谁都不许从这里出去。”

又一个命运的齿轮咬合在了一起，美绪脸色苍白，全身变得毫无力气。圭史所在之处，正是出口前端、直通走廊的位置。同时，美绪的位置也正是夹着出口的另一侧的墙壁。

“老师，请回麦克风这边来。”

面对追上来的手塚，藤堂开口道：“退下。”

“但……”

“我有这个——”

藤堂从西装口袋里拿出药丸大小的胶囊。手塚的双眼瞪得老大，满是惊愕和警惕。

“不光是手塚，所有人都从我身边退开。”

后退的手塚站到了美绪身侧。他那充满恐惧的视线只有一个焦点，那就是教授手持的胶囊。美绪不禁起疑，那真的是炸药吗？

在确认周围空出了足够大的空间之后，教授切换到严肃的口吻：“感谢各位今天来此重温故交，我很高兴。长期以来，不光是我，内子和孩子们也受大家颇多关照。借此场合，我想向大家道声谢。”

教授行了一个礼，却没人鼓掌。在场的所有人都察觉出事态有异样。

“还有一件事，我无论如何都想要告诉大家。正如各位所知，我晚节有污。在漫长研究生活的最后关头，我做出了对不起众人的事，夺走了三名大有前途的年轻人的生命。接下来，我即将对他们致歉。”

人群开始慌乱。就在教授的正面，站在人墙前端的松田警官惊讶地问道："老师，你打算做什么？"

藤堂高举手中的胶囊，让所有人都看见。"这是氰化钾，俗称氰酸钾。"

松田立刻条件反射般地踏出脚步。藤堂大喝一声："别过来！"立刻将胶囊送到嘴边。惊呼声从四周涌起。松田停下脚步的同时，藤堂手部的动作也停了下来。然而，藤堂教授已然以立刻就要服下剧毒的态势，牵制着松田警官的行动。尽管距离只有五米，松田仍旧无法压制他。

"我打算以死谢罪，用生命来洗刷不光彩的过去。诸位全都是证人。请不要阻拦我，一起见证。"

几名克制不住紧张情绪的女客人开始呜咽。

美绪屏息注视着事态的发展，她双腿瘫软。一看手表，恰好三点，还剩三分钟。

"还有一件事，我非说不可。"教授留意着不让人靠近自己，保持警惕地睥睨众人并继续说道，"我不希望手塚被问罪。"

美绪身旁的大学讲师不由得身体僵硬。

教授看向手塚发问："你是什么时候注意到我的企图的？"

踌躇片刻之后，手塚用慎重的口吻回答："就在老师家被纵火后。我知道您一直都很自责，所以心想，不会吧。"

"没错，当时我死里逃生。"藤堂悔恨地回答，"还有呢？"

"在那之后，老师立刻计划了这场派对，同时我发现实验室丢失了氰酸钾。还有，在得知受邀宾客中有学生遗属之后，我就更加确信了。老师应该是想给自己更重的处罚。只不过……”手塚满脸苦涩，“对我来说，老师就像是人质。一旦贸然下手，可能立刻就会服毒，所以我没法建议中止派对。”

“所以你才送来威胁信？”

“对，我希望警察能说服您。”

松田瞪大了眼睛，听着两位学者的对话。

“在葡萄酒中混入异物，也是为了这个？”

“没错。想要在主宾发言前把老师弄出会场，只能用这招了。只要在去医院的路上把上衣脱掉，就能拿走氰化钾。”

“混入葡萄酒的是生物碱类的药物？”

手塚苦涩地点点头：“但我只放了微量。夫人很快就能恢复，您不必担心。”

藤堂微微一笑：“在内子倒下前，我都不知道。”

“老师……”手塚注视着藤堂，“老师的心意，已经明确地传达给在场的所有人了。请您把胶囊交给我。”

“不，我已经决定了。我再也无法忍受更多指责，必须为此赎罪。这一切都是命中注定的。”

“老师！”远处的人群中传来一声悲喊。

藤堂注视着众人，眼中浮出隐约可见的泪光，张嘴欲吞下胶囊。周围呼喊藤堂的声音变作悲鸣。就在此刻，一个粗犷的喊声镇压全场：

“不许动！”

松田朝藤堂亮出了手枪。藤堂满脸愕然，盯着指向自己的枪口。

终于还是拔枪了。这正是圭史预言中的场景，将错综复杂的事态一点点地导向会场的灾难结局。但松田为什么会把枪指向藤堂？教授又不是炸弹狂。美绪眼睛追踪手表的秒针，细小的秒针正朝右边倾斜，残留的时间开始以秒钟为单位。距离爆炸还有五十九秒，依然没找到爆炸物。

松田一边用枪瞄准目标，一边说道：“老师，请把胶囊扔掉。”

“我不扔的话，你打算怎么做？”

“射你的腿。”松田将枪口微微朝下，“想要救老师的命，只能这样做。”

现场无人能发出声音。哪怕最微小的声音震动，仿佛都能切断紧绷到极限的紧张之弦。

“快把胶囊扔了！”

然而，毅然决然的意志又回到了藤堂脸上。在他和松田对视的眼底深处，正在飞速思考。不知吞下剧毒和扣下扳机，哪个速度更快。

在还剩四十秒时，美绪的耳朵察觉到了异状——微弱的金属声从墙壁那头逐渐靠近。并非来自楼梯那边，不知为何，声音是从走廊尽头的紧急出口方向传来的。

美绪从出口处探头看向外部，随即开始怀疑自己的眼睛。原本在屋顶上的两名焊接工正沿着长长的走廊朝这边走来。工程人员应该不可能出现在客人的动线上。还剩三十秒。美绪目测了时间和距离，发现只要他们继续向前，就会在爆炸发生的瞬间来到出口前端。她本以为终于发现了炸弹狂的真实身份，然而小声谈笑的两人脸上却不见分毫的紧张感。至此，美绪终于觉察到，是因为楼梯的油漆。紧急楼梯的油漆还没干，着急赶往下一个工程现场的两人才会进入馆中。还剩二十五秒。站在出口前端的圭史也察觉到了焊接工，转头看向走廊。他的面色猛然间变得苍白无比，朝着美绪动了动嘴。美绪好不容易才听清他微弱的声音，说的是“气瓶”。

为了不让刑警靠近，藤堂发出怒吼：“别过来！”

“求你了！快把胶囊扔了！”

两人陷入胶着状态。美绪把目光转回走廊。圭史口中的“气瓶”，是放在焊接工推着的金属手推车上的两个焊接用的气瓶，标识上写着“氧气”和“乙炔”。还剩十五秒——美绪终于明白到底将要发生什么。她因命运所描述的精细走向而双腿发抖。很快，藤堂就将服毒，而松田即将开枪。射出的子弹不知是贯穿了藤堂的腿部还是射偏了，总之都将向后方继续飞行，最终击中气瓶。她也弄明白了圭史先前看到的“黑暗的异象”的意思——两名焊接工因极近距离发生的爆炸而当场身亡。

不能让他们靠近。她朝走廊喊出一句“别过来”，反倒让面露惊讶的两人加快脚步走近。美绪吓僵了。无论怎么做，命运都会沿着安排好的路线行走。再也没有任何方法能够改变十秒后即将发生的未来。

听到美绪的喊声，藤堂转过头来。松田没有错过这一瞬，试图悄悄靠上去。藤堂察觉到他的动作，又将胶囊放到嘴边。松田保持持枪姿态，缓缓拉近彼此的距离。

七秒。美绪已经认命。明明做了那么多的努力，还是无法阻止惨案的发生。唯一的安慰就是救下了那两个孩子。本将在出口附近被卷入爆炸的拓也和舞衣听了美绪的话，正和父母一起待在会场的另一侧。

五秒。美绪觉察到预知的未来产生了破绽。就在圭史的正后方，原本应该是孩子们所在位置的出口最靠前的地方，正放着百货公司的纸袋。四秒。美绪想起了放在纸袋里的东西。三秒。藤堂伸手制止靠近的松田。他正要把剧毒放进嘴里，胶囊却被湿了的指尖黏住。两秒。美绪指向纸袋，拼命扯着嗓子大喊：“圭史！防弹背心！”一秒。猛回头的圭史捡起纸袋。两名焊接工刚好来到出口外侧。

怀抱纸袋的圭史一跃而起，同时，枪声轰响。从松田的枪口到气瓶，发射而出的子弹划出一道笔直的轨迹。藤堂因子弹擦腿而过的力量，全身被弹开、回转，在其后方，圭史和两名焊接工在中弹的冲击下，连人带气瓶一齐倒下。

沉重的金属摩擦的噪声淹没了枪声的残响，当一切结束时，宴会大厅整体被包裹在了寂静之中。

被掷到走廊里的纸袋中央击开了一个烧到焦黑的窟窿。防弹背心挡住了本该射穿气瓶的子弹。

这样就阻止爆炸了吗？美绪不敢相信眼前的景象，不安地四下环顾。藤堂倒在大厅中央，右脚外侧有一道子弹造成的伤痕。他喘着粗气，右手在地板上乱摸，想要捡起落地的白色胶囊。

就在醒过神来的手塚和松田迈出脚步，试图抢走氰酸钾时，一个几近绝望的声音从走廊方向响起。

“都别动！请各位全都待在原地。”那位年轻的焊接工仍然倒在地上，大叫着，“气体泄漏了！”

伴随着气体泄漏的“咻咻”声，一股刺激鼻腔的、消毒液般的味道飘到了美绪鼻中。

“这是乙炔，请各位千万不要动。一个静电的火花都会引起爆炸。”

美绪感知到一股不可见的邪恶力量仍旧牢牢掌握着会场中所有人的命运，试图将人们拖进火焰地狱。手塚、松田和藤堂都被可燃性气体包围，动弹不得。

焊接工向横倒在地的气瓶伸手，就在手指即将触碰到松掉的阀门时，圭史叫了出来：“停下！会爆炸的！”

吓了一跳的焊接工缩回了手，不可思议地看着圭史。美绪在吃惊的同时也感受到，命定的结局开始迷失。如今摆在众人面前的，是未来。而圭史正在想方设法地摆脱命运的诅咒束缚，试图找出生存之道。

圭史朝气瓶伸出手去，眼睛始终注视着焊接工。无法看到自己未来的圭史，正通过焊接工的异象寻找不会引起爆炸的方法。

这样做似乎能阻止气体泄漏，但圭史轻轻甩头，放弃了念想。他肯定预知到了爆炸会因静电火花而发生。

就在此刻，场内响起一声“那是香烟吗？”的疑问。桌上摆放的烟灰缸中，有烟蒂正在冒烟。一旦泄漏的气体到达烟灰缸位置，必定会引发火灾。然而，靠近烟灰缸的人们全都束手无策地站着。

美绪下定决心说道：“圭史，看着我。”

圭史把眼睛转向美绪。

看着我的未来——美绪在内心说着。

即使没有说出口，她的心意也传达了过去。圭史点了点头。

美绪缓缓抬起一只脚，顿时脊背发凉。裙子的里衬带着静电，紧紧缠在腿上。然而，预知能力者的双瞳毫不动摇，仍旧看着美绪的未来。

美绪相信圭史，将脚往前方落下。

一步。

什么都没发生。

又走了两步。

没有异状。

第三步就要到走廊了。鞋底将和地毯的纤维相互摩擦。为了将摩擦控制在最小限度，她慎重地踩上地面。四步、五步，在圭史的目光守护下，美绪站到褐色的气瓶前方。

没事的——圭史的眼瞳如此说道。你的未来不存在任何不安。

美绪伸出指尖，触碰到阀门把手。没有因静电而产生的疼痛。美绪用手握住整个阀门。

“螺丝的方向和普通的相反。”焊接工说道，“请逆时针拧紧阀门。”

美绪按照指示行动，只转了半圈把手，阀门就被关闭了，可怕的气体泄漏声也随之消失。

“不漏气了。”年长的焊接工朝会场方向喊道，“快开窗！不要用换气扇和其他电器！”

听到这句话的森本没用麦克风，直接开嗓，下达指示：“储藏室里的人，全都到阳台上去开窗！”

没过多久，外部的空气从窗户中流入，四周的刺激气味逐渐变淡。

在那之前，一动不动地伫立原地的手塚小心地向前迈出快要粘在地上的脚，用手帕盖住白色胶囊并捡了起来。在他身侧的松田冲向倒在地上的藤堂，用领带把他受伤的脚绑好。

配合着两人的动作，宾客之间响起安心的吵嚷声——从千钧一发的危机中生还的人们欢欣雀跃。

有那么一段时间，美绪放心地眺望场内。大笑的人、微笑的人、哭出声的人，所有人确认彼此平安无事，一起欣喜。本该消逝的生命超越了既定的命运，朝全新的未来前去。

美绪看着毫发无伤地活下来的一百五十人，心想，这样就好。整个会场充满了哪怕用自己的梦想去交换也在所不惜的幸福。

“太感谢你了。”

轻柔的声音让美绪转过头去，圭史从地上站了起来。

“托你的福，我没死，还解决了问题。”

美绪喘着粗气说道：“保护客人的安全，是我的工作。”

圭史微笑：“你是全世界最棒的服务生。”

“唱歌很烂就是了。”美绪试图挺起胸膛笑一笑，但眼眶却不争气地湿润了。一想到没必要再继续逞强，她立刻就双腿无力。

“太可怕了。”说着，美绪哭了出来。

9

第二辆到达“la Fontaine Ange”的救护车，将腿部受伤的藤堂教授送往医院。警方的车辆也同时赶到，数量远比美绪想的多，差一点就要发生重大事故，这也理所当然。

问讯工作从宾客开始。几人一组的小团体分别被喊进休息室，接受关于派对快结束时五分钟内发生的事的询问。

美绪在其中一个等待问讯的团体中找到了拓也和舞衣，立刻去楼下取来餐厅的晚餐券，包含西式全餐[1]，虽然不是小孩喜欢的东西，但她找不到其他合适的物品。

“来，说好的礼物。”美绪递过礼物，因紧张而面部紧绷的一家四口终于笑了出来。

美绪冲着年幼的兄妹俩微笑，她忽然想到，相比大人，孩

1　西式全餐（Full Course）：西餐中从前菜冷盘开始到最后的甜点，每道菜都上的整套正式大餐。

子或许更容易改变未来。如果不是拓也和舞衣改变了既定的命运，圭史的异象应该就会实现。美绪向他们坦率的内心表达感谢，同时祈祷他们将来能够幸福。

最终，到了服务人员接受问讯的时刻。美绪被喊进了平常给新娘使用的休息室。警察的各种问话让她很紧张，但她只是做了服务客人的工作，派对时的种种行动没引起警方的任何怀疑。

完成问讯后，美绪走出休息室，去一楼更衣室换衣服，然后找在另一个房间等待她的圭史。圭史所在之处，是新郎的休息室。

“吓出了一身冷汗，”在走廊中步行时，圭史说道，“他们知道了我没受邀参加教授的派对。”

“你怎么说的？”

“实话实说啊。以前的朋友是这里的员工，不知不觉我就走到她那儿去了。”

“‘以前的朋友’，说的是我吗？”

“嗯。”

“朋友啊……”话题朝着微妙的方向转变。下定决心的美绪开始考虑怎么开口。

“这是我生平第一次预言失败。”圭史看上去很开心，“人的命运真的是可以改变的。”

“我的命运应该已经改变了。”

“是啊。”话音刚落，圭史沉默了。

走下楼梯，走出正面的玄关，映入眼帘的是被灯光照亮的白色大宅邸，以及后方闪烁的满天繁星。明明是早就看习惯的风景，却感觉分外新鲜。此时此刻，人们或许已在不知不觉间改变了自己的命运。

“圭史，你今后打算做什么？”

“这话什么意思？”

圭史正要追问，就听后方传来某人的声音：“今天承蒙关照。”

转头看向玄关的美绪停下了脚步。是手塚，只有他接受了长时间的问讯调查。

为手塚挂心的美绪问道：“调查都没问题了吗？”

“是的。”手塚疲惫不堪的脸上浮起淡淡的笑意，“在藤堂老师和松田刑警说情下，我被免于逮捕。虽然有在葡萄酒里混入异物的罪责，但好像会被缓期执行。如果运气好，也许还能继续研究生活。”

美绪暂且安心，又问：“藤堂老师今后会如何？”

“之后我们会和夫人商量，与医院沟通进行精神方面的治疗。希望他能过上安稳的退休生活。”

美绪暗自许愿：希望一切都尽快好起来，大家可是好不容易继续拥有了未来！

“话说回来，”手塚问道，“二位所说的关于爆炸的威胁电话又是怎么回事？”

还有这个问题，万一传进警察的耳朵就惨了。

“骗你的。”

“骗我的？”

“因为觉得你不会相信，”圭史一边在内心致歉，一边不得已继续撒谎，“其实，我做了占星，算出了爆炸的卦象……”

“用占星算出爆炸？”科学家一派云里雾里的模样。

“到目前为止，都算得蛮准。”

“那就厉害了。不过，幸好今天算错了。”

“是啊。”

三人一齐笑了起来。

“那好，我失陪了。这一天可真漫长。”手塚叹了口气，非常正式地鞠了一躬，独自踏上夜晚的柏油路。

目送他离去的背影，美绪不禁感叹缘分的不可思议。她跟本该成为自己丈夫的男人，仅共处了人生的短短几小时。

“谢谢你。”美绪朝手塚的背影说道，“你原本是救了我的命，并跟我白头偕老的男人。希望你能找到替代这种生活的幸福。”

“这样真的好吗？”跟美绪并肩而立的圭史说道。

“嗯。对了圭史，我们继续刚才的话……”美绪尽可能若无其事地说出跨越五年时光的这份念想，“你没想过跟我交往吗？”

圭史注视着美绪的脸庞。美绪等待着他的回答。

有一瞬，圭史的瞳孔失去了焦点。在光芒重返双眼之后，他仍旧为回答而踌躇不已。

“我没事的，”美绪说道，“活下去并不简单，我已经很明白了。真到了那个时候，我还是会努力改变未来。”

圭史微笑起来，露出卸下重担般的表情：“我应该会在某天失去预知能力……也就是说，我会变成一个普通人，这样也没问题吗？”

“我看上去像是为了预知能力而结婚的女人吗？”

“不像。”

想到自己是不是说得有点远，美绪不禁慌神，但圭史似乎并不介意。

“嗯，我明白了。”他说道，“今后请多关照。”

美绪绽开笑容，喜悦之情溢于言表。

“彼此彼此。”

圭史挽起美绪的手臂，两人肩并肩地步行。美绪把自己的手表朝圭史的左手腕处靠近，两块手表如今也一秒不差，显示着相同的时刻。在流淌的时间里，两人仿佛难以分离般地就这样结合在一起。

时针行进的前方，究竟有怎样的未来在等待我们呢？美绪不禁思忖。无论好事坏事，肯定都会发生。

但她会毫不畏惧地前进。梦想总是存在于不确定的未来之中。

闭上双眼，有异象从眼睑内侧浮现出来。

从孩提时代起就不曾变过的梦想……

美绪畅想着今后即将跟圭史一起度过的漫长时光，在全新的命运中迈出步伐。

尾声：未来的日记本

今天在工作中遇到了不愉快的事情，所以下班后去逛街。傍晚时分，我离开了经常走的热闹街道，进入了后面的小巷。

那是一条不通车的寂静小路，商住两用楼的夹缝中，只有一家店孤零零地亮着灯。

走近一看，是一家旧货店。既不是古董店，也不是废品回收站，老旧的店铺里塞满了不知现在谁还会买的古旧家具。

我被勾起兴趣，走了进去。在裸露的电灯泡映照下，沿着狭窄的通道没走几步，就被放在写字台上的一个本子吸引住了目光。皮革封面上有一条短皮带，好像可以上锁。封面上印着浅薄的金箔文字，读作“DAIRY”。

设计感不错。我向坐在店铺深处的老店主询问价格，对方回答只需要五百日元。

“只不过……”店主继续说道，“本子里有几页纸被写过。”

“没关系。”我如此回答。付过钱后，便回到自己的公寓。

我在餐桌前坐下，立刻打开包装查看。和日记本放在一起的，还有一把小小的金属钥匙。我把钥匙插进封面的锁孔，向右转动，伴随着轻微的“咔嚓”声，日记本被打开了。

本子使用的是淡格线的奶油色纸张。正如店长所说，日记本的前任主人在里面写了点东西。我读了一下，写的是这些：

今天在工作中遇到了不愉快的事情，所以下班后去逛街。

在一家旧货店买了日记本。

回到公寓，打开上锁的封面，我在日记本上写下了今天发生的事……

反复读了好几遍后，我吓到了。日记本上写的分明是今天发生在我身上的事。

怎么会？疑问在脑海中盘旋不去。

经过各种思考后，我得出了一个相当不可思议的结论：这本日记的前任主人，可能不知为何预知到了发生在我身上的事。

但这些字到底是谁写的？文字是用蓝色墨水写下的，从纤细又柔和的笔迹中，很难判断前任主人的年龄和性别。

我正想看看下一页的内容，却突然停下了手。

这可是本日记。

只要翻过去，说不定下一页写着明天即将发生的事。

我有些害怕，“啪”的一声合拢日记本并上锁。

翌日，工作上遇到的麻烦突然得到了解决，跟关系变差的同事也和好了。我心情愉快地回到公寓，看到放在餐桌上的皮革封面日记本。

我战战兢兢地开锁，翻过一页，读起了第二页上的内容。内容如下：

> 工作上遇到的麻烦突然得到了解决，跟关系变差的同事也和好了。我心情愉快地回到公寓，看到放在餐桌上的皮革封面日记本……

不会错了，这本日记上写的正是我的未来。

透过纸面，可以看到还没打开的第三页上的文字。那页上肯定预言了明天即将发生的事。

我又开始害怕，“啪”的一声合拢日记本并上锁。

第三天，出现了私人问题，最重要的人际关系开始出现裂痕。

今后的我们，将会怎样呢？

带着低落的心情，我独自走在归家的夜路上，想到了向日记本询问。事已至此，干脆把剩下的几页都读完吧。

进入房间，从餐桌上拿起皮革封面的日记本。打开锁，翻过一页、两页，翻到第三页上的日记。内容如下：

明天肯定是个好日子。

短时间内，我把那句话反复读了好几遍。

明天肯定是个好日子。

我还想知道更多将来的事，又往后翻了翻，却再也没有更多的文字。日记本其他的部分，全都是白纸一样的未来。

明天真的会是个好日子吗？在描绘自己未来的过程中，我终于察觉到一件理所当然的事：将在空白的日记本上描写出未来的人，当然应该是我自己。只要抱着坚信“明天肯定是个好日子”的态度往前走就对了。

望着最后一行文字，我浮出一个微笑。

明天，去买一支配得上这本日记的钢笔吧。

希望能写下很多开心的事——我如此祈祷着，“啪”地合上了未来的日记本。

解说

——小中和哉[1]

1 小中和哉（Konaka Kazuya，1963— ）：日本动画、特摄、电视剧与电影导演，主要导演作品有《戴拿奥特曼》《梦比优斯奥特曼》《星光战士》《铁臂阿童木》等。

《6小时后你会死》作为WOWOW的两小时电视剧，于2008年影像化。作品由两部构成，分别是第一部《6小时后你会死》，以及第二部《3小时后我会死》。原作者高野和明负责剧本和第二部的导演，第一部的导演和综合导演则由我担当，我和高野配合着共同完成了影像化。

我之所以能够参加该剧，是收到了高野的指名。当开始谈影像化时，原本志在成为电影导演的高野同意让渡原作改编权的条件，就是由他自己担任导演。又因为导演处女作就要一个人全部完成未免负担太大，所以高野担任导演时便提出要再找一名导演，于是就找到了我。

而高野选择我的理由，听说是我跟他一样，都是独立电影出身，并且拥有奇幻志向的我在风格上跟这部作品很契合。接受指名后，我把原作读了一遍，感觉这部作品正是自己想要拍摄的内容，因而兴奋不已。一言以蔽之，这是一部情感奇幻作品。在运用“预知能力”的同时，这种SF[1]要素还作为深入描写人物各种想法的设置出色地发挥了作用，让我好几次都想要流泪。

和高野开始尝试实际作业之后，我们更加确认了彼此的目标是共通的。一样以娱乐行业为志向，并热爱电影。我们还都是如同希区柯克[2]、德·帕尔马[3]那样专注于摄影工作的影像派。

主演美绪的真木阳子[4]甚至问过：“两位经常在一起工作吗？”我和高野的配合就是好到这种程度。尽管“6小时后”的场景中由我担任导演、“3小时后”的场景中由高野担任导演出现在众人面前，但我们经常一起待在现场，发生任何问题就一起商量，推进摄影流程。

对于平常独自面对电脑撰写原稿的高野来说，作为导演在拍摄现场度过的日子堪称“兴奋的坩埚”[5]。听说这个消息，我不

---

1 SF即“science fiction”的缩写，通称“科幻小说”。

2 阿尔弗雷德·希区柯克（Alfred Hitchcock，1899—1980）：出生于英国伦敦，导演、编剧、制片人、演员。主要导演作品有《三十九级台阶》《蝴蝶梦》《后窗》等。

3 布莱恩·德·帕尔玛（Brian De Palma，1940—　）：美国著名导演，被誉为“美国的希区柯克”“当代悬疑大师”。主要导演作品有《情枭的黎明》《碟中谍》等。

4 真木阳子（Maki Yoko，1982—　）：日本女演员。主要参演作品有《大逃杀2：镇魂歌》《龙马传》《再见溪谷》等。

5 日本俗语，此处的“坩埚”指“狂热兴奋的状态”。

禁深深感受到，果然高野是属于电影现场的人。

让我们在这里回顾一下高野的个人简历：

高野出生于1964年。初中时期开始制作8毫米胶片自主电影，16岁时拍摄了可被称之为《消失的13级台阶》原型的刑警电影，是个相当早熟的电影少年。

在大学复读的过程中，高野写了《幽灵》的剧本并应征城户奖，进入了最终选拔却遗憾落选。但在身为制片人的选拔委员的介绍下，高野和冈本喜八[1]导演见面，当时冈本导演正在准备《爵士大名》(1986年)，高野便担任制作进行[2]，初次体验到了专业的电影现场。

在那之后，高野一边在各种电影现场以工作人员的身份行动，一边把自己写的剧本交给冈本导演读，反倒因出席日数不足，被当年就读的大学开除了。

在此期间，高野注意到美国电影导演和摄影师在接受采访时经常谈到“讲故事”，为了抓住日本电影中很少提到的“讲故

1　冈本喜八（Okamoto Kihachi，1923—2005）：本名冈本喜八郎，电影导演。主要导演作品有《大诱拐》《普通人的优雅生活》等。

2　制作进行：日本动漫业工种之一，又称制作担当。主要负责检查原画、动画、背景等具体工作进度，并对所分配到的制作工程的整体计划、工作人员的分配及制作进程进行规划、控制和监督协调。

事”的秘密，他下定决心前往美国留学。1989年，高野前往洛杉矶城市学院，在潜入电视剧现场帮忙之后，又在洛杉矶城市学院学习电影制作，1991年回国。

1992年，高野向制作公司提出的原创企划被“火曜悬疑剧场”（周二悬疑剧场）采用。这些情节原本是为了他自己做导演而创作的，却突然被告知不能做导演，最终以编剧身份出道。

之后，高野继续自己的编剧工作。在实际感受到原创企划会被导演、制片人随意改写，编剧立场微弱的现实情况，以及直接面对在日本电视、电影界，只要不是原创作品，原创企划很难通过的现状之后，高野开始一边接受剧本创作的委托，一边练习写小说。

随后，高野创作了自称“编剧时代集大成之作”的网剧《格劳恩的鸟笼》（*グラウエンの鳥籠*，1999年），并在征集截止前两个月下定决心，一口气创作了《消失的13级台阶》，并于2001年荣获第47届江户川乱步奖[1]。其后，他又创作了《恶徒的救赎》《K和N的悲剧》《幽灵救命急先锋》等，在小说方面的才能持续开花。

1　江户川乱步奖：从1955年为第一届，之后每年一届。自1957年（第三届）开始成为专门鼓励新人作家的奖项，是日本推理小说的最高荣誉。

《6小时后你会死》是在《消失的13级台阶》获江户川乱步奖后，获奖作家按照惯例被讲谈社定下的短篇作品，原型据说是继《格劳恩的鸟笼》之后，高野所考虑创作的第二弹网剧企划。企划制片人秋元康[1]提出"用6小时的节目将6小时所发生的事连续剧化"这种"真实时间连续剧"的创意，是接受建议的高野所联想到的，真实预告了女性将死于6小时后的男性预言家的故事。最终，连续剧没能实现结局，《6小时后你会死》则成为高野获江户川乱步奖后创作的第一部小说。

尽管高野是出身电影界的小说家，其想要写的并不是电影改编的小说，而是创作没被拍成电影的小说。《消失的13级台阶》被电影化的时候，感觉有点复杂；但《6小时后你会死》原本就是从考虑影视化的企划发展而来的，所以很容易就被接受了。

小说是为了满足好奇心和知识欲，电影则是使用情感作为推动。这是高野所认为的两种媒体之间的差异，但通过《6小时后你会死》的影视化，这种考虑似乎更加深刻。

高野在这部小说中描写得最让人刻骨铭心的场景，应该是圭史看见美绪的遥远的未来异象的片段。然而，小说无法将这一幕充分描写下来，这让他焦躁不安。而在影像中，画面完全

1 秋元康（Akimoto Yasushi，1958— ）：日本作词家、编剧、导演、作家、制作人。创立少女团体AKB48等，主要导演作品《再见了，妈妈》等，主要策划作品《轮到你了》等。

描绘出了自己想象的画面。高野对此表示，无论看几遍，都会因为这场镜头而胸口发热。虽说小说和影像所描绘的是同样的场面，但在影像中，照明效果、演员微妙的表情等信息量很多，再加上音乐要素，在情绪方面的表现确实比小说更为有利。

反过来说，影像化吃力的地方，在于“解开谜题”这一核心推理要素。高野曾说过“希区柯克不是推理，而是悬疑方面的巨匠”，用以证明将推理影像化的难度。解谜能够刺激读者的求知好奇心，悬疑则是更直接地诉诸观众的生理和情感，从这点来说，悬疑确实更适合影像化。

《6小时后你会死》最为吸引我的，莫过于为了避免预知到的死亡，美绪和圭史在共同行动中逐步加深两人之间的关系的过程。意识到自己即将死去的美绪，开始重新审视在都市中孤独生活的自己，而守护着她的圭史的悲哀过往也逐渐明朗。在夜晚的东京街头彷徨的两人，分别走上了“探寻自我的旅途”。

电视剧版则强调了“伤感之旅”的一面，这样做或许也让“想杀害美绪的真凶到底是谁”的推理要素变得比原作薄弱。然而，这样做的理由正如前文所述，是出于高野“电影是使用情感作为推动”的看法。

通过“6小时后”和“3小时后”，美绪和圭史被质问：人类真的只能接受被注定的命运吗？还是能够以自身的意志改变未来？这个问题既是悬疑剧所设的机关，归根结底，还是质问个人生活方式的问题。在欣赏了命运时刻逼近的悬疑和美绪、圭史“思想”的纠葛并迎来高潮的剧情之后，人们或许会回过头去想：换作是我的话会怎么做？而在我看来，这也是欣赏这部小说的乐趣之一。

从影像领域跨越到成为小说家的高野表示，“通过制作电影所学的东西，全部应用到了创作小说之中”。此处有了解部分“高野流小说术”的基础，所以想要记录一下。

比方说，编辑。某个场面该连接什么样的场面才能产生效果，这样以场景为单位的编辑在小说中也是一样的。此外，在同一场景内以剪辑为单位的编辑，也可以应用于先写哪个信息的文章构成。举个例子，比起直接写“房间里有一具男人的尸体，女人进入房间后发出惨叫”，“进入房间的女人发出惨叫，她的视线前端有一具男人的尸体”的写法更能引起读者的兴趣。可以说，这是对“同样的镜头通过排列会产生完全不同的印象”这种蒙太奇理论的应用。

比方说，摄影。美国电影的摄影导演喜欢用“look”这个词，意思是：每部作品都有不同的画面氛围，也就是“视觉风格”。如果是严肃的悬疑片，就用阴影浓郁的硬核“look”；假如是暖心的戏剧，就用略高调些的柔焦“look”。对“look”的考量也能应用到文章中。具体说来，阴影浓郁的硬核“look”就写汉字很多的硬朗文章；想写柔软的“look”就少用汉字，让文章整体变得柔和。

以文章解析来说，汉字从多到少的顺序是“报刊社论”“杂志记事”和“学校教科书”这三种类型。用高野的作品来说，“报刊社论”就是《消失的13级台阶》，“杂志记事”是《恶徒的救赎》，“教科书”则是《幽灵救命急先锋》。

在美国电影界，原作小说作者亲自撰写剧本的情况并不罕见。而同时活跃于电影界和小说界的高野，对日本而言是极其稀有的存在。希望他在今后也能继续创作出打破既有框架的娱乐作品。顺带一提，电视剧版《6小时后你会死》已发售DVD，还没看过的各位请务必观赏！

磨铁图书旗下子品牌

更好的阅读

特约监制 潘 良 于 北

产品经理 胡马丽花

责任编辑 党敏博

特约编辑 王云欢

版权支持 冷 婷 李孝秋 金丽娜

营销支持 金 颖 于 双 黑 皮

封面设计 609工坊

官方微博：@文治图书

官方豆瓣：文治图书

联系我们：wenzhibooks@xiron.net.cn